T0348923

M

REBECA STONES

CARACOLA

Montena

Papel certificado por el Forest Stewardship Council®

Penguin
Random House
Grupo Editorial

Primera edición: diciembre de 2023

© 2023, Rebeca Stones
© 2023, Penguin Random House Grupo Editorial, S. A. U.
Travessera de Gràcia, 47-49. 08021 Barcelona
Imágenes de interior: Freepik

Printed in Spain – Impreso en España

ISBN: 978-84-19650-42-9
Depósito legal: B-17.744-2023

Compuesto en Compaginem Llibres, S. L.
Impreso en Black Print CPI Ibérica, S. L.
Sant Andreu de la Barca (Barcelona)

GT 50429

A todas esas injusticias
que permanecen ocultas

1

Gabriela

Me llamo Gabriela y tengo que confesar que he perdido por completo el rumbo de mi vida. Hace años que siento que voy a la deriva, viviendo por vivir, abriendo los ojos cada mañana para soportar el transcurso del día y volver a cerrarlos por la noche.

Tampoco es que me considere una persona infeliz, tengo un trabajo fijo, un par de familiares que se preocupan por mí, una amiga que es como una hermana y dos perritas que me reciben con una alegría desmesurada cada vez que llego a casa. Pero... últimamente el sentimiento de apatía que hay en mí va creciendo sin parar y no creo que tarde mucho en ocupar cada centímetro de mi pequeño cuerpo.

Lo resumiría como una indiferencia total por todo.

Me da igual quedarme sin planes, me da igual tener que cenar sobras porque no hay comida en la nevera, me da igual que mi jefe me grite y me trate como si fuese su maldita criada, me da igual que llueva o que salga el sol...

Todo me da completamente igual y creo que debo empezar a cambiar ese aspecto de mi personalidad si no quiero acabar irremediablemente aplastada por mi propio pasotismo.

Llevo días pensando en ese cambio, posponiéndolo una y otra vez, y esperando que, por obra y gracia del Espíritu Santo, aparezcan en mí las ganas y las fuerzas para afrontarlo. Por desgracia, eso no ha ocurrido, así que hoy me veo obligada a comenzar una nueva etapa de mi vida a pesar de tener una fuerza de voluntad bastante similar a la que tenía el porrero con el que coincidí en Bachillerato para ponerse a estudiar.

Hice el Bachillerato de Letras, saqué muy buena nota en Selectividad y entré en la carrera de mis sueños: Periodismo. Cumplí todas las metas que de forma obsesiva había apuntado en una larga lista.

Me independicé, aunque fuese a consecuencia de la trágica muerte de mis padres en un accidente de tráfico. Si seguía durmiendo bajo el techo que había compartido con ellos, lo más probable era que acabase perdiendo la cabeza por completo. Además, el resto de mi familia vivía en Galicia, por lo que tuve que mudarme desde Burgos a tierras gallegas para estar cerca de ellos. Les asustaba la idea de que estuviese sola en mitad de la península ibérica y he de admitir que yo no tenía nada por lo que quedarme allí. Con la herencia y la miserable ayuda del Estado conseguí reunir el dinero suficiente para pagar el alquiler de un piso mohoso a las afueras de Santiago, ciudad a la que no tardé mucho en acostumbrarme. No fueron las circunstancias soñadas, pero fuese por lo que fuese terminé cumpliendo mi meta de vivir sola antes de cumplir los veinticinco años.

Me gradué, aunque eso supusiese perder la salud mental, sepultar mi vida social y bajar unos diez kilos. La muerte de mis padres y la mudanza posterior dificultaron mucho las cosas; pasé de sacar nueves a rozar el suficiente; sin embargo, los profesores tuvieron mucha paciencia conmigo.

Adopté a dos perritas que hicieron desaparecer esa soledad que cada noche se instalaba en mi pecho. Kiwi y Piña son dos hermanas que algún ser despreciable tuvo la indecencia de abandonar en un polígono industrial. Mi idea inicial era adoptar solo un animal, pero cuando visité la protectora y vi lo asustadas que estaban y cómo se acurrucaban intentando entrar en calor... no pude evitar llevármelas a ambas.

Y hace un año alcancé el último propósito de mi lista: conseguir trabajar de lo que había estudiado. Puede parecer una obviedad, no obstante, en España creo que es más probable terminar ejerciendo de algo que no tiene absolutamente nada que ver con tus estudios que lo contrario. Sin ir más lejos podría poner el ejemplo de mi mejor amiga, Lúa, que se graduó conmigo y terminó trabajando en una tienda de jabones. Y, aunque a veces me duela reconocerlo, creo que ella es mucho más feliz recomendando bombas de baño y exfoliantes que yo sentada a mi escritorio.

A día de hoy, tengo un contrato con uno de los periódicos más leídos de Santiago de Compostela, aunque tampoco es que pueda presumir demasiado de ello porque el puesto que ocupo es un tanto insignificante (por utilizar un eufemismo y no admitir que soy la maldita asistente del pez gordo que organiza los artículos).

En un arranque de sinceridad confesaré que me dedico a reenviar mails, publicar algunos tweets sensacionalistas en la cuenta del periódico (sí, esos en los que no puedes evitar hacer clic para luego llevarte un chasco tremendo) y pasarle los links de las noticias publicadas a mi jefe para que las revise.

A veces también me permiten maquetar, pero no dejan de ser las noticias de otros. Trabajo organizando lo que mis compañeros escriben, pero jamás me han dado la oportunidad de publicar mis columnas.

Estudié durante años motivada por la idea de sacar a la luz noticias interesantes, pensando que me convertiría en la voz de la nueva generación, creyendo que lograría contarle al público la verdad sobre lo que creían saber, convencida de que entrevistaría a políticos, a cantantes, a empresarios, a actrices… Y he acabado alineando textos, poniendo palabras en negrita y añadiendo pies de fotos.

Así que he decidido que eso es lo primero que cambiaré para mejorar mi presente. Debo conseguir que la vida me excite, que la idea de morir atropellada al cruzar la acera para coger el bus comience a asustarme. Debo cambiar el enfoque de mi realidad.

—Sigo sin entender por qué esto te parece buena idea —dice Lúa mientras mueve el ratón del portátil.

Como os conté antes, ella es mi mejor amiga.

Y la única que tengo.

Cuando no estoy paseando a mis perras, trabajando o dándome uno de esos baños de agua caliente que tanto me gustan, estoy con ella. Íbamos a las mismas clases, aunque creo que jamás nos dirigimos ni una palabra en la facultad. Fue en el club de lectura donde hicimos migas, y es que Lúa y yo tenemos muchas cosas en común, pero la más notable es nuestra pasión por la literatura. Desde que tengo uso de razón soy una auténtica devoradora de libros, no me importa ni el género, ni el número de páginas, ni el autor. Siempre que la historia sea buena, no durará más de una semana en mis manos. Antes solía comentar todo lo que leía con mi madre, pero tras su muerte tuve que buscar otras personas con las que poder hablar sobre mis lecturas. Y fue entonces cuando me percaté de que nadie de mi entorno había leído un libro en los últimos diez años.

Por eso decidí apuntarme al club de lectura organizado por la biblioteca de la ciudad. Cada mes todos los miembros metemos en una urna un papelito con el libro que nos gustaría leer, y una mano inocente saca el título elegido. Me gusta mucho esta técnica porque es una forma de leer novelas que yo jamás habría escogido, es una manera de descubrir nuevos autores y también de cotillear los gustos de las personas que estamos en el club.

—No es que me parezca una buena idea, Lúa, es que ES una buena idea —respondo dando vueltas por mi pequeña habitación mientras me muerdo las uñas.

—¿Estás segura? —pregunta alzando la vista por encima de la pantalla.

—Sí, llevo semanas pensando en ello.

Estoy a punto de escribir el reportaje que cambiará mi vida laboral.

Voy a hacerlo a escondidas porque mi jefe nunca aprobaría que gastase una ínfima parte de mi tiempo en algo que no fuese maquetar textos, y por eso mismo cuando tenga el artículo preparado pienso imprimirlo a color y estamparlo sobre su enorme mesa de caoba.

—Podrías escribir sobre cientos de temas interesantes, no entiendo por qué has escogido este… Es tan sombrío, tan triste, tan…

—Ya estás dramatizando… —la interrumpo poniendo los ojos en blanco—. El periodismo debe abordar temas como este, temas incómodos, temas que la sociedad prefiere dejar a un lado. Es nuestro deber sacarlos a la luz —añado de forma pasional, y es que siento auténtica devoción por lo que estudié, creo que por eso me apena tanto sentirme tan insatisfecha en mi trabajo.

—Háblale con esa pasión a tu jefe a ver si así te sube un poco el sueldo, que estás cobrando el salario mínimo y te tiene explotada haciendo horas extras.

—Esa es una de las cosas que voy a cambiar, Lúa —digo con cierto tono esperanzador—. Pero hablar con él no serviría de mucho, quiero demostrarle con hechos el potencial que tengo y lo desaprovechada que estoy en el periódico.

—¡Tú no tienes que demostrarle nada a ese sinvergüenza! —exclama con una expresión de enfado en su rostro que solo consigue provocar ternura.

Lúa es de esas personas que les cae bien a todos, tiene una personalidad arrolladora, y es tan simpática y amable que todo el mundo pasa por alto sus excentricidades. No obstante, cuando algo le parece mal no duda ni un segundo en defender su postura y en argumentar de mil maneras por qué ella tiene la razón. Es cabezota e incluso me atrevería a decir que también peca un poco de impulsiva. Cuando se cabrea resulta muy graciosa porque su aspecto físico va en total discordancia con lo que es capaz de soltar por la boca. Siempre la comparo con esos chihuahuas que se vuelven locos y empiezan a ladrar sin control; por amenazantes que quieran parecer, no pueden evitar ser adorables.

—¿Has escogido ya? Te dije que simplemente eligieras uno al azar —repongo impaciente.

—Pero ¿tú sabes qué pedazo de responsabilidad estoy asumiendo? ¡Déjame pensarlo bien, joder! —protesta mientras pasa la mirada de lado a lado de la pantalla.

—¡Lúa, tiene que ser al azar, no lo pienses más!

Mi mejor amiga tiene una función clave en el artículo que me catapultará a la fama periodística. Tiene que elegir a la persona a la que tendré que entrevistar. Podría haberlo hecho yo; sin embargo, no quiero que mi subconsciente se deje llevar por ciertas preferencias y me juegue una mala pasada.

—¿Sabes qué? Voy a cerrar los ojos y a deslizar hacia abajo —responde perdiendo la paciencia.

—¡Eso podría haberlo hecho yo! Quiero que sea aleatorio hasta cierto punto, pero necesito que sea una persona joven, Lúa. Si cierras los ojos, no podrás elegir aplicando ese filtro —repongo entre risas al ver la desesperación de mi amiga.

Sentada con las piernas cruzadas sobre mi cama, aprieta los ojos para demostrarme que no me está haciendo caso y que dejará al completo azar la decisión final. La rueda del ratón que tiene apoyado sobre la mesa plegable que le he dejado se mueve a la velocidad de la luz, bajando hasta el final de la página web que abrí hace ya varios minutos.

—Tres, dos, uno… ¡Listo! —grita clicando en uno de los perfiles que tenía ante ella. No sé cómo describiros la cara que puso al ver cuál había sido su elección, aunque podríamos resumirlo diciendo que parecía haber visto un fantasma—. Creo que mejor escogeré con los ojos abiertos…

—¡No! ¡Claro que no! —replico alargando los brazos para quitarle el portátil—. Esto es lo que querías, ¿no? —le pregunto con cierto retintín.

Un nombre y una pequeña foto de perfil.

Tomás Méndez Puga.

Este chico es el elegido, ya no hay vuelta atrás.

Mi artículo para demostrar que las cárceles en España no tienen un buen proyecto de reinserción social va a tenerle como protagonista. Algunas instituciones penitenciarias permiten el envío de correos electrónicos a algunos reclusos; es tan fácil como entrar en la web del centro y elegir uno de los perfiles del listado que proporcionan. Lo hacen para darles a quienes estén de acuerdo la oportunidad de tener alguna comunicación con el mundo exterior, ya que muchos pierden los vínculos que tenían antes de entrar en prisión. Para ellos es importante hablar con alguien ajeno a su nuevo entorno, con alguien que no esté dentro de esa burbuja trágica y deprimente en la que están inmersos.

Necesito hablar con un preso, necesito contar su experiencia dentro de prisión, necesito una voz joven y potente que logre conectar con la audiencia. Quiero demostrar que las condenas pocas veces consiguen su propósito, que necesitamos una reforma del Código Penal que nos proteja a todos, también a ellos.

No sé qué crímenes le han llevado a acabar entre rejas, no sé si ha sido encarcelado justa o injustamente… No sé nada sobre él y eso es precisamente lo que quería: no tener ningún tipo de prejuicio, no juzgarle sin conocerle, no tener una idea preconcebida de lo que voy a encontrarme.

Le escribiré un mensaje y esperaré con los dedos cruzados que responda.

Y ojalá tenga algo que contar.

Porque pienso darle el altavoz más potente del mundo para que lo haga.

2

Tomás

Un día más es un día menos.

No sé cuántas mañanas llevo diciéndome a mí mismo esta frase, pero creo que prefiero no saberlo.

El tiempo es algo completamente subjetivo; aunque existan unas medidas oficiales para determinar lo que dura un segundo, un minuto o una hora, toda esa teoría se va a la mierda cuando te das cuenta de que lo que marca el paso del tiempo son las ganas con las que tú vives cada momento.

Cuando estás feliz parece que las horas se escapan entre tus dedos, entonces maldices al tiempo y lo rápido que transcurre ante tus ojos. Sin embargo, cuando estás pasando un mal momento, o cuando estás enfadado o triste, de repente parece que todo va a cámara lenta. Intentas correr, intentas escapar de ese ritmo tan pausado que parece querer aplastarte, intentas cerrar los ojos y viajar a un futuro no muy lejano…, pero no puedes hacerlo.

Lo único que puedes hacer es esperar.

Y yo llevo años esperando.

Llevo casi cuatro años en prisión y todavía no he cumplido ni una sexta parte de mi condena. No recuerdo en qué momento empezó a darme todo igual, no recuerdo en qué momento perdí la esperanza de salir de estas cuatro paredes manteniendo la cabeza sobre los hombros. No sé en qué momento me pareció buena idea resignarme a aceptar que este era mi destino y que no podía luchar contra él... No obstante, sé que lo hice.

Puede que fuese tras una de las decenas de palizas que recibí, puede que fuese tras estar en total soledad sin recibir ni una sola visita (ni siquiera la de mis padres) durante años o puede que fuese tras mirarme al espejo y darme cuenta de que no quedaba ni un ápice de lo que un día había sido.

Cuando fui consciente de que lo había perdido todo, empezó a darme igual salir de aquí porque entendí que fuera no me esperaba nada. Entendí que al cruzar la puerta tras cumplir mi condena solo iba a recibir miradas llenas de odio y susurros que día tras día me recordarían el crimen por el que fui juzgado. Llegué a la conclusión de que jamás encontraría trabajo, de que nadie querría salir conmigo, de que lo único que me esperaba en el mundo real era la total y absoluta discriminación por parte de todo ser humano de bien.

Porque ninguna persona en su sano juicio osaría acercarse a hablar conmigo, porque nadie quiere estar relacionado con la cara oscura de la sociedad a la que ahora pertenezco. Nadie quiere ser amante de un mendigo, ni amigo de un ladrón, ni familiar de un asesino.

Mi estatus social pasó de estar en lo más alto de la pirámide a ocupar el último puesto, pasé de cenar con algunos de los empresarios más importantes del país a relacionarme con los marginados y los apestados. Si ya es difícil encontrar tu lugar en el mundo, cuesta imaginar lo complicada que se vuelve la tarea cuando nadie quiere que ocupes una parcela. ¿Dónde se supone que encaja tu pieza cuando el puzle ya está completo? La respuesta es sencilla: eres la pieza que se queda en la caja.

Por eso me sorprendió tanto recibir su mail, porque por primera vez desde que me habían puesto el cartel de criminal alguien se atrevía a dirigirme la palabra.

—¿Estás seguro de que ese correo electrónico es para mí? —le pregunto al funcionario que me ha dado la noticia.

—Por suerte solo hay un Tomás Méndez Puga en nuestra cárcel —contesta intentando ser lo más asertivo posible mientras clava sus ojos en los míos. Los guardias deben mostrarse imparciales, pero aquí todos me tienen mucho asco; es lo normal en convictos que han sido sentenciados por delitos como el mío—. Nos ha sorprendido tanto como a ti. Sobre todo, recuerda que nosotros tenemos acceso a todo lo que recibís en vuestras bandejas de entrada y los mensajes pasan por nuestra supervisión antes de hacéroslos llegar.

—Me encanta lo mucho que respetáis la intimidad de los reos —respondo con una evidente ironía que sé que le molestará. Si algo me mantiene con vida es sacar de quicio a los funcionarios; me encanta ver cómo pierden la poca paciencia que tienen. ¿Será un requisito de sus oposiciones? ¿Les pedirán tener la paciencia propia de un niño de seis años?

—Muéstrate agradecido porque ni agua tendríamos que darte —sentencia mientras se acerca tanto a mí que noto su respiración en mi rostro. Estamos en una zona común, en el descanso de media tarde, así que todos los presos que tenemos alrededor vuelven la cabeza hacia nosotros deseando que este conflicto acabe con una somanta de hostias—. Y agradece también que en España no exista la pena de muerte, porque tú serías el primero en recibir una de las inyecciones —añade con furia antes de darme un pequeño empujón y alejarse refunfuñando.

Mentalmente apunto su nombre en la larga lista de personas que desean verme muerto, lista en la que a veces me incluyo. De vez en cuando no puedo evitar pensar que todo sería más fácil si acabase con mi vida, por fin se haría justicia para los demás y yo no tendría que soportar durante más tiempo el suplicio de estar aquí encerrado. Cuando no tienes ningún objetivo por el que luchar, cuando ni siquiera le encuentras un sentido a tu vida… ¿Qué interés tiene seguir? Por suerte o por desgracia soy bastante cobarde para cortarme las venas, así que si algún día la palmo lo más probable es que sea por una paliza.

Sin embargo, hoy no es uno de esos días en los que me planteo ahogarme con la almohada, o por lo menos no sin antes descubrir quién cojones se ha dignado a contactar conmigo después de tantos años.

Aún queda media hora de tiempo libre, así que decido acercarme con calma a la sala de ordenadores. No tenemos acceso completo a internet, pero en nuestro módulo, además de permitirnos tener un correo electrónico, también nos dejan acceder a ciertas webs. Hacen esto sobre todo para quienes deciden aprovechar su tiempo entre rejas para estudiar; muchas personas toman esa decisión con la esperanza de salir con un título y que eso ayude a su reinserción laboral. En mi caso, creo que por desgracia la palabra «asesino» siempre tendrá más peso que «licenciado».

Sin esperar más, entro en mi correo electrónico y, aunque ya sabía que encontraría un mensaje, mi corazón no puede evitar acelerarse al comprobar que es cierto. Lo que más me sorprende es no reconocer el nombre de quien me ha escrito, sé que la cárcel tiene un programa de reinserción activo en el cual nos pueden escribir desconocidos, pero esa era la última opción que me había planteado. Si ni siquiera mi familia quiere hablar conmigo, ¿quién en su sano juicio iba a querer hacerlo?

De: elizabethbennet@gmail.com
Para: tomasmendezpuga@cpatardecer.com

Hola, Tomás:

Seguramente te estarás preguntando por qué una completa desconocida ha decidido escribirte. Me encantaría tener un motivo superinteresante para impresionarte, pero la razón es muy simple: mi vida es demasiado aburrida y esto me pareció divertido. ¿Escribirle a una persona que no conozco absolutamente de nada para hablarle sobre mí sin que me juzgue? La verdad es que me pareció una idea brillante. Y te diré algo que creo que te va a gustar: yo tampoco sé nada de ti. Solo sé que te llamas Tomás y que eres un chico joven de pelo castaño y expresión aniñada, o por lo menos eso parece en la foto de perfil que el centro penitenciario puso en su web; aunque a juzgar por su calidad parece haber sido sacada con una webcam del año 2008… Así que quizá seas un viejo de noventa años con el pelo canoso y arrugas por doquier. ¡Asumiré el riesgo de ser una víctima más de *catfish*!

Cuando tomé la decisión de escribir a un preso tuve muy clara cuál sería la primera pregunta que le haría. Puede que ni siquiera quieras responderla —y estarás en tu derecho—, pero ahí va: ¿eres inocente, Tomás? No sé de qué crímenes te han acusado, tampoco sé cuál es tu condena, pero lo que más me interesa es saber si tú te consideras culpable o si crees que la justicia te ha fallado.

Espero con muchas ganas tu correo con la respuesta; ha sido un placer escribirte.

Releo el mensaje varias veces fijándome en cada una de sus palabras, percatándome de su tono humorístico y también de que ha elegido el nombre de un personaje literario como alias. Elizabeth Bennet es la protagonista de una de las novelas de Jane Austen, y no es que yo sea un gran lector, pero a mi hermana le encantaba esa autora.

Sin lugar a dudas esto es lo más interesante que me ha pasado desde que me encarcelaron, por no decir que es el único estímulo positivo que he recibido en estos años. El hecho de que no sepa nada de mí me motiva y me asusta a partes iguales. Me motiva porque me da la oportunidad de poder conocerla sin todas las etiquetas que llevo a rastras, y me asusta porque sé que en algún momento averiguará quién soy. Incluso me parece raro que no conozca mi caso, ya que solo con leer mi nombre debería saberlo todo. Mis fotos ocuparon los periódicos durante meses, mi nombre apareció en cientos de titulares... Lo que me hace pensar que probablemente ella no sea de Galicia, puesto que aquí es donde más se habló del tema. Puede que si fuera de otra parte de España la información no le llegase tan detallada, puede que oyese hablar de lo sucedido aunque no le ponga cara al criminal. Si ese es el caso, no me puedo alegrar más de que esta chica no sea de mi tierra.

Y el último dato que me han ofrecido sus palabras es que es una mujer, puesto que usa el femenino para dirigirse a ella misma.

—En diez minutos tendréis que volver a las celdas. —La voz del funcionario irrumpe en la sala. Aparte de mí, hay cuatro reclusos más usando los ordenadores; todos asienten.

—Mierda... —susurro.

He releído tantas veces su mensaje que casi no me queda tiempo para responder. Me hubiese gustado escribir mi correo con calma; sin embargo, los minutos pasan y no paro de borrar una y otra vez todo lo que escribo. Estoy nervioso, ansioso, no quiero cagarla y perder la única ocasión que se me ha presentado en todo este tiempo de tener algún contacto con el mundo exterior.

—Id apagando los ordenadores —vuelve a decir el maldito guardia. Todos mis compañeros le obedecen y termino quedándome solo ante la pantalla.

Podría volver a mi celda, pensar durante toda la noche cuál debería ser mi respuesta y escribirle mañana..., pero no quiero hacerla esperar, no quiero hacerme el interesante y que quizá decida escribirle a otro preso.

No puedo permitirme perder esta oportunidad, así que no me queda otra alternativa que ser claro y contundente, dejándola con ganas de más.

Mi respuesta se resume en ocho palabras.

Ocho palabras a las que no podrá evitar responder.

3

Gabriela

—Yo creo que Evelyn es el mejor personaje sobre el que he leído en mi vida; una mujer decidida, con carácter —dice Lúa con tanta pasión que todos los integrantes del club de lectura estamos completamente callados escuchándola—. Y lo que más me gusta es que comete errores, se equivoca, tiene defectos bastante notables y a lo largo de la historia hace muchas cosas cuestionables… Es lo que la hace humana. ¡Es humana! —concluye levantando el libro como si se tratase de Simba.

—Ha sido una buena lectura, a mí lo que más me ha gustado es el final, no me esperaba ese giro argumental —comenta Enrique, el señor más mayor del club. Tiene ochenta años y muchas veces es el primero en acabar los libros; siempre le repetimos que tiene que seguir los tiempos estipulados para poder comentarlos juntos, pero es una misión imposible para él.

—¡Dios, sí! ¡El final es la bomba! —exclama Lúa emocionada, y abre tanto los ojos que juraría que van a salirse de sus órbitas en cualquier momento.

A veces la veo y tengo que recordarme a mí misma que se trata de una persona y no de un dibujo animado. Os prometo que parece haber sido diseñada por Disney, con ese rostro lleno de pecas, esa sonrisa gigantesca de colmillos afilados y su melena pelirroja siempre ondulada. Y a eso hay que sumarle que siempre va vestida de colores chillones y con prendas que poca gente se atrevería a llevar.

Hoy se ha puesto un jersey de crochet (que ella misma ha tejido) de rayas rosas y rojas, con una abertura en forma de corazón en el centro que deja ver de forma muy discreta la forma incipiente de sus pechos. Lo ha combinado con unos vaqueros muy anchos y un bolso de hombro fucsia que podría dejar ciega a cualquier persona que se atreviese a mirarlo durante más de un minuto.

—La mejor novela del año, no cabe duda —añade abrazando la publicación más popular de Taylor Jenkins Reid.

—Aún estamos en abril, nos quedan muchos libros por leer —dice la última chica que se unió al club. No recuerdo su nombre, pero siempre hace buenas aportaciones cuando comentamos las lecturas. Es hábil y a menudo se percata de cosas que los demás pasamos por alto. Lúa cree que se lee los libros dos veces para venir preparada a nuestras charlas; no le cae demasiado bien porque es muy técnica y a veces transmite la sensación de que su opinión es más válida que la del resto—. A mí me gustó, aunque creo que tenía demasiadas expectativas y quizá por eso me desilusionó un poco.

Veo cómo Lúa arruga el ceño y se muerde los labios de forma discreta. Yo no puedo evitar reírme al imaginarme lo que debe de estar pensando. Tiene que estar esforzándose mucho por mantener el chihuahua rabioso que lleva dentro a raya.

—¿Y tú qué opinas, Gabi? —me pregunta Lúa al darse cuenta de que no he hablado en toda la tarde.

—Me ha gustado muchísimo, creo es un libro redondo —respondo intentando aportar algo. La verdad es que tengo la mente en otro sitio. Desde que escribí ese mail no puedo dejar de mirar el teléfono cada dos por tres para comprobar si me ha respondido. Lo envié ayer por la noche y sigo sin tener noticias—. Buena historia, buenos personajes, buen ritmo, buen final... No le pondría ninguna pega.

—En realidad, si yo tuviese que ponerle alguna pega diría que en el capítulo... —La chica nueva vuelve a tomar el turno de palabra, pero mi cerebro deja de escucharla. Me ha vibrado el móvil y únicamente tenía activadas las notificaciones del correo electrónico, por lo que solo puede significar una cosa.

—Perdonad, voy un momento al baño. —Lúa me mira extrañada, sé que he sido una maleducada al interrumpir de esta manera tan abrupta, pero sin pensármelo dos veces me levanto y me dirijo hacia el lavabo.

El corazón me va más rápido de lo que me gustaría admitir. Suelo ser una persona tranquila; sin embargo, esta situación me pone de los nervios. Aunque he de decir que son unos nervios excitantes. Como esos que sientes antes del primer beso, antes de perder la virginidad, antes de llegar a la parte de caída libre de las montañas rusas... Esos nervios que aparecen en la boca de tu estómago y que cuartean tu respiración.

Me meto en una de las cabinas del baño y me siento sobre el váter. Respiro un par de veces antes de sacar el móvil del bolsillo. Este momento es sumamente importante para mí. Necesito que la voz de Tomás sea convincente, necesito que tenga garra, que tenga fuerza, necesito que su historia despierte el interés suficiente como para escribir un artículo entero sobre su caso, sobre cómo cambió su vida, sobre quién era y quién es ahora. En mi primer mensaje le mentí. Le conté que le escribía por mera diversión cuando la realidad es que detrás de mis correos hay una intención clara... No obstante, consideré que esto era lo mejor, quiero que hable con ilusión, manteniendo un tono cercano y confiado, y estoy segura de que, si le hubiese confesado que trabajo para un periódico, su reacción iba a ser muy diferente.

Soy consciente de que en algún momento se lo tendré que decir porque jamás publicaría nada personal sin su permiso, pero también tengo claro que quiero alargar este momento de correspondencia más íntima y menos profesional todo lo que pueda.

Tras inspirar y espirar un par de veces más, procedo a leer lo que me ha escrito.

De: tomasmendezpuga@cpatardecer.com
Para: elizabethbennet@gmail.com

Hola, Elizabeth:
Sí, soy inocente.
Y puedo demostrártelo.

Ocho palabras.

La decepción es el primer sentimiento que inunda mi pecho. Un mensaje corto y escueto en el que se ha limitado a contestar a mi pregunta. Pero..., cuando vuelvo a leer el mensaje por sexta vez, encuentro tras sus palabras la intención con la que las escribió. Tomás quiere despertar en mí la curiosidad, y eso es justo lo que los periodistas debemos hacer cuando publicamos un artículo. Conseguir que el lector llegue al final de la noticia con la misma curiosidad que sintió al leer su titular. Ese manejo de la incertidumbre, esa forma de jugar con mis emociones haciéndome desear que su próximo correo llegue cuanto antes… Es una buena señal.

No sé cada cuánto tiempo le permitirán revisar la bandeja de entrada, pero sé que si le contesto ahora tendré más posibilidades de recibir su respuesta antes de que acabe el día.

De: elizabethbennet@gmail.com
Para: tomasmendezpuga@cpatardecer.com

Y dime, Tomás, ¿cuál es el crimen que no cometiste pero que aun así te llevó a estar entre rejas?

Estoy deseando que acabes con esta curiosidad que acabas de despertar en mí, no tardes demasiado en responder.

¿Mis palabras han sonado un poco desesperadas? Puede que sí, pero es así como me siento y nunca he sido fan de enmascarar los sentimientos. Si expresas de forma sincera lo que sientes es más fácil que el resto de las personas actúen de forma correcta, porque sabrán interpretar el contexto en el que tú te encuentras. No soy una persona extrovertida, aunque tampoco me definiría como introvertida, pero mi cara es un reflejo total de mis emociones y me gusta que así sea.

Salgo de la cabina en la que estaba y, antes de volver al club de lectura, me lavo la cara con agua fría. Cuando me incorporo y me veo reflejada en el espejo no puedo evitar pensar en que las ojeras que tengo debajo de los ojos son cada vez más oscuras. Con lo pálida que soy, lo negro que tengo el pelo y lo grandes que tengo los ojos parece que me he escapado de una película de Tim Burton. Al final Lúa no va a ser el único personaje animado de esta historia.

Además, estos últimos meses he adelgazado por culpa del estrés y previamente por los episodios de ansiedad que viví al fallecer mis padres, por lo que juraría que cada año soy más pequeñita. Confío en que todo esto cambie cuando por fin logre mi objetivo, espero que cuando me asciendan tenga más tiempo para dedicármelo a mí y recupere la tranquilidad que hace mucho que no siento. Entonces puede que por fin logre coger unos kilos, quizá las ojeras empiecen a desaparecer y mi pelo vuelva a recuperar el brillo y la fuerza que tenía. Siempre tuve el cabello largo, pero cuando empecé a trabajar lo notaba cada vez menos denso, por lo que decidí cortármelo a la altura de los hombros. Lúa dice que estoy mucho más guapa, y la verdad es que yo también creo que me favorece. Este corte me hace parecer mayor, aunque en muchas discotecas (las pocas veces que salgo) me siguen pidiendo el carnet de identidad.

Me pregunto cuánto habrá cambiado Tomás.

Lo más probable es que la foto que aparecía en la web del centro penitenciario se la hubieran sacado al ingresar en él, por lo que no puedo evitar preguntarme si el tiempo que ha estado encerrado le habrá pasado factura físicamente. No sé si lleva días, meses o años entre rejas, y la verdad es que me encanta la idea de ir descubriendo estas cosas progresivamente. Siento la misma emoción que experimentaba cuando se terminaba el capítulo de mi serie favorita y tenía que esperar hasta la semana siguiente para descubrir cómo continuaba.

Ahora las generaciones que crezcan con Netflix no sabrán lo emocionante que era irse a la cama haciendo suposiciones sobre lo que pasaría en el siguiente capítulo.

—Gabi, has tardado muchísimo —dice Lúa al verme aparecer en la salita que nos reserva la biblioteca para que llevemos a cabo nuestro club de lectura.

Es una estancia muy acogedora, tiene una cristalera que da al pasillo principal por la que entra mucha luz y está llena de colores porque también es donde hacen los talleres infantiles. Hay dibujos pegados por todas las paredes, trozos de plastilina por el suelo…

—Ya se han ido todos, me pidieron que te dijera adiós de su parte… —Lúa hace una pausa, pero decido no abrir la boca porque sé que ella solita llegará al motivo de mi huida—. Te ha contestado, ¿verdad?

—Verdad —respondo con sinceridad.

—¿Sabes qué? Creo que prefiero no saber nada más sobre este tema —declara moviendo los brazos como si estuviese espantando decenas de moscas—. ¡Me pongo mala cada vez que pienso que le estás escribiendo a un preso! —exclama mientras termina de colocar en su sitio las sillas que ponemos en círculo para hablar sobre los libros. A veces creo que la gente que nos ve desde fuera piensa que somos de Alcohólicos Anónimos.

—Vale, pues no te contaré nada más —replico mientras la ayudo a mover las últimas sillas que quedan.

—Pero… ¿qué te ha dicho? —pregunta llevándose la contraria a sí misma. Me río ante lo poco que puede aguantar la curiosidad que le provoca esta situación.

—Me dijo que es inocente y que va a demostrármelo.

—¡Anda, no es listo ni nada! ¿Qué pensabas que iba a hacer, decirte que es culpable? Está claro que te está mintiendo —contesta indignada.

—Puede que sí o puede que no, pero no pierdo nada por escucharlo.

—Intenta no perder tu rigor periodístico, creo que podría llegar un punto en el que tú misma querrás que sea inocente —afirma con contundencia; Lúa es una chica muy inteligente—. Intenta ser siempre lo más objetiva que puedas. Sé que eres muy profesional como periodista, pero a veces los sentimientos pueden jugarnos una mala pasada.

—Es un buen consejo —respondo asintiendo.

Lúa es muy buena dando consejos, el problema es que yo soy bastante mala siguiéndolos.

Sé que querré que Tomás sea inocente porque es lo que más le conviene a mi artículo, pero… ¿qué probabilidades hay de que realmente lo sea? Según mis investigaciones, desde 2002 hasta 2009 en España se produjeron un total de 125 errores judiciales; sin embargo, esa cifra se reduce conforme nos acercamos a la actualidad. En 2019, por ejemplo, solo se detectaron dos.

Mi cerebro lo tiene más que claro: es casi imposible que Tomás sea inocente. No obstante, mi corazón quiere dejar espacio a la duda, quiere creer en las casualidades y en que fue el destino el que lo puso en mi camino para ayudarle a hacer justicia.

—Que las ganas de escribir una buena historia no te quiten la credibilidad por la que tanto luchas, Gabi —sentencia mirándome con sus expresivos ojos azules.

—No lo harán —respondo segura de mí misma.

4

Tomás

Abro los ojos. Mi compañero de celda aún está dormido, pero no tardará mucho en despertarse, es imposible no hacerlo cuando encienden las luces y pasas de estar completamente a oscuras a tener dos focos de luz blanca apuntándote a la cara.

Creo que eso es una de las cosas que más odio de la cárcel, te arrebatan tu libertad de tal manera que ni siquiera puedes escoger a qué hora irte a la cama o cuándo salir de ella.

—Jose, venga, te vas a perder el desayuno —digo zarandeando con cariño a la única persona a la que le tengo aprecio dentro de estas cuatro paredes.

—¿Un día más?

Desde que le conozco, no hay mañana en la que no me lo pregunte.

—Un día más —respondo siguiendo nuestra tradición no escrita.

Jose tiene setenta años y su historia es una de las más tristes que he escuchado nunca. Lo juzgaron por matar a la mujer que amaba y fue declarado culpable, lleva diez años entre rejas y me temo que lo más probable es que acabe muriendo entre ellas. Aquí todos le respetan porque su caso es cruel e injusto, y, sinceramente, creo que si sigo vivo es gracias a que soy su protegido.

La mujer de Jose sufría una enfermedad degenerativa que la estaba consumiendo en vida. Muy a su pesar, su mente se mantuvo intacta durante todo el proceso, lo que provocó que ella misma fuese consciente de que estaba perdiendo, una a una, todas sus facultades físicas. Primero fue el habla, luego la fuerza de las piernas, por lo que se vio obligada a vivir en una silla de ruedas, después fueron sus brazos los que quedaron inmóviles y, cuando se quiso dar cuenta, sus días se basaban en ver pasar las horas postrada en una cama, conectada a aparatos que regulaban algunas de sus funciones vitales y dependiente en todo momento del personal sanitario.

Se llamaba Carmen.

Carmen vivía con dolor algo que estaba muy lejos de considerarse vida, y una tarde de abril, cuando tras darle infinitas vueltas, resolvió que no quería seguir en este mundo de una manera tan inhumana y cruel, le pidió a su marido que pusiese punto final a su existencia.

Habían estado más de cuarenta años casados, queriéndose y respetándose desde el primer día, apoyándose de manera incondicional incluso en los momentos más difíciles. Jose era su principal soporte y Carmen sabía que sería la única persona que entendería su decisión, la única persona que no la juzgaría y que acataría la orden como un acto de puro amor.

Jose tomó la decisión más difícil que se le puede presentar a un ser humano, se dispuso no solo a dejar marchar al amor de su vida, sino que la ayudó a abandonar este mundo que tan mal se estaba portando con ella.

Jose no dedicó ni un solo minuto a reflexionar sobre qué pasaría después. No pensó en lo solo que se quedaría, en lo vacía que estaría su vida sin su mujer, en las consecuencias que tendría que asumir, en el trauma que le causaría matarla… Jose demostró no conocer el egoísmo y accedió a lo que su mujer deseaba sin cuestionarla.

No sé cómo lo hizo, solo sé que veinticuatro horas después de pedirlo, Carmen abandonó su cuerpo dejando todo el dolor atrás.

¿Por qué Jose acabó siendo juzgado como un asesino? Porque sus propios hijos lo denunciaron para llevarse la herencia de su progenitora. Se escudaron en el dolor que sintieron tras enterarse de que su padre tomó la decisión sin habérselo comentado, se justificaron en sus creencias religiosas, diciendo que su madre quería seguir viva y que Jose lo había orquestado todo para librarse de ella.

Cuando en realidad fue una decisión que su mujer le pidió mantener en secreto.

Jose no solo lleva sobre sus hombros la muerte de su esposa, también carga con la traición de sus hijos y con la injusticia que este país cometió con él.

—Pues vamos a conseguir que sea un día menos —me responde con una de sus sonrisas mientras sale de la cama. Como todas las mañanas, alarga el brazo hasta su mesilla para coger la foto que tiene de Carmen, la acaricia con su dedo índice y después posa un delicado beso sobre ella.

No sé cuántas veces le he visto haciéndolo, pero mi corazón sigue partiéndose un poco cuando veo sus ojos llenos de lágrimas.

Recuerdo el día que le conocí, recuerdo la forma en que tomó mi cara entre sus arrugadas manos y me dijo que una mirada tan triste como la que yo tenía no podía ser la mirada de un asesino.

Cuando escuché sus palabras rompí a llorar como un niño pequeño y lo único que hizo él fue estrecharme entre sus brazos hasta que mi llanto fue perdiendo volumen. Es la única persona en la cárcel a la que le he contado lo que realmente pasó ese día, el día que mi vida cambió por completo.

Bajamos juntos a desayunar, la comida está tan insípida como de costumbre, aunque hoy me importa un poco menos porque no dejo de pensar en Elizabeth Bennet. ¿Habrá leído mi correo? ¿Qué habrá pensado? ¿Me habrá respondido? Termino el café y las tostadas lo más rápido que puedo; el comedor es una de las partes de la cárcel en la que más incómodo estoy, solo hay dos turnos para realizar las comidas y somos demasiados para las pocas mesas disponibles. La sensación de estar rodeado de gente que te odia no es demasiado agradable y permanecer junto a Jose es lo único que consigue mantenerme sereno.

—¿Has acabado? —me pregunta cuando se da cuenta de que mi plato ya está vacío.

—Sí, voy a ir a la sala de ordenadores, por la noche te contaré la razón —contesto guiñándole el ojo.

—¡Estoy deseando saberlo! —exclama con su bigote lleno de espuma.

Me levanto y sorteo las mesas para dejar mi bandeja en la montaña de bandejas sucias. Las estancias del centro resultan frías y poco acogedoras, los suelos son de hormigón y, con la intención de hacer las superficies más higiénicas, todos los muebles tienen acabados metálicos. Lo que más me entristece es la poca luz solar que tenemos, porque las ventanas son diminutas o tienen grandes barrotes que nos privan de esa calidez que aporta la luz natural.

Quizá en cárceles más modernas el diseño cambie y sean algo más hogareñas, pero por desgracia yo estoy en un centro penitenciario bastante antiguo y todo se parece mucho a las imágenes deprimentes que se ven en las películas.

Cuando llego a la sala de ordenadores me agrada comprobar que, a excepción del funcionario, está vacía. Es muy temprano y los reos que desayunan en el primer turno seguirán todavía en el comedor.

Escojo el equipo más lejano al guardia para gozar al máximo de la privacidad que he conseguido al zamparme el desayuno a la velocidad de la luz y pulso el botón de encendido con bastante impaciencia. Llevo toda la noche pensando en este momento, así que cuando por fin veo un nuevo mensaje en mi bandeja de entrada no puedo evitar emocionarme.

De: elizabethbennet@gmail.com
Para: tomasmendezpuga@cpatardecer.com

Y dime, Tomás, ¿cuál es el crimen que no cometiste pero que aun así te llevó a estar entre rejas?

Estoy deseando que acabes con esta curiosidad que acabas de despertar en mí, no tardes demasiado en responder.

Leo sus palabras con una sonrisa en la cara, mi mensaje ha cumplido su objetivo. He creado en ella una curiosidad incipiente que, sinceramente, no podré alargar demasiado. Elizabeth podría buscar mi nombre en Google en cualquier momento y descubrir por sí misma cuál fue el crimen por el que me encarcelaron; de hecho, creo que si no lo ha hecho todavía es porque quiere que se lo cuente yo… Así que no voy a hacerme de rogar.

Debo encontrar la forma de llenar mi mail de incertidumbre para mantener su atención, pero sobre todo debo ser sincero y permitirle decidir si quiere seguir hablando con un asesino.

De: tomasmendezpuga@cpatardecer.com
Para: elizabethbennet@gmail.com

Hola, Elizabeth:

No te voy a mentir. Pensaba que podríamos hablar un poco más antes de que llegase este momento. Me asusta que después de saber lo que hice no quieras seguir manteniendo contacto conmigo, pero creo que debo ser sincero y contarte por qué he acabado aquí.

Hace casi cuatro años me condenaron por homicidio.

El juez me declaró culpable de haber asesinado a mi hermana, Jimena, que acababa de cumplir dieciocho años. Un 26 de abril su cuerpo fue encontrado sin vida sobre su propia cama y la autopsia posterior determinó que lo que causó la muerte no fueron las cuatro puñaladas que tenía en el pecho, sino la asfixia provocada por la almohada que supuestamente apreté contra su rostro.

Creen que lo hice en ese orden para que no sufriese cuando, según la versión oficial, la apuñalé con uno de los cuchillos que teníamos en la cocina.

Esa es la información que se difundió sobre el caso, puedes buscarlo en internet y confirmar mis palabras. También podrás encontrar mi versión de los hechos en la defensa que empleé en los juicios. De poco sirvió mi perspectiva, ya que, antes de descubrir el cadáver de mi hermana, mi padre me encontró durmiendo en mi habitación entre unas sábanas llenas de sangre y con el arma del crimen en la mano.

¿Cuál fue el móvil del asesinato? Ni más ni menos que el sonambulismo profundo que sufro desde pequeño. Todo parecía tan evidente que nadie me escuchó, y el caso se cerró en menos de un mes.

A día de hoy, sigo deseando tener la oportunidad de demostrar mi inocencia, pero ni siquiera mis padres quieren reabrir la investigación. El mundo encontró un culpable y ahora ya no es necesario hurgar más en la herida. ¿Sabes lo que se siente cuando ni tus padres te dan un atisbo de credibilidad?

Si tú quisieras escucharme, podría demostrarte punto por punto que mi caso es el más corrupto que se ha visto en la historia judicial de nuestro país.

Si no respondes a este correo, interpretaré que no quieres seguir hablando con un asesino y lo entenderé.

Sé que si releo el mensaje no lo enviaré, así que sin pensarlo dos veces pulso el botón que le hará llegar mis palabras a Elizabeth. Estoy dispuesto a contarle mi verdad, estoy dispuesto a revivir ese pasado que tanto daño me hizo y que aún no he superado.

Soy un asesino ante los ojos de mi familia, de mis amigos, del resto de los prisioneros y de toda la población española que conoce mi nombre.

La pregunta que me hago es si también seré un asesino para ella.

5

Gabriela

Y con este ya van diez artículos maquetados en lo que va de mañana. Cabe resaltar que, como siempre, ninguno de ellos está escrito por mí.

El ambiente en la oficina es opuesto a lo que siempre pensé que me encontraría cuando entrase en un periódico. Creía que habría un equipo en el que encajaría a la perfección y con el que me iría a tomar café en los descansos, pero la realidad es que acabé siendo la marginada de la oficina. Supongo que el hecho de que entrase como becaria favoreció que me viesen como una trabajadora inferior. Era una estudiante joven, una mujer sin ningún tipo de experiencia laboral y con una inocencia que les venía como anillo al dedo para manipularme a su antojo. Entré en este periódico para realizar las prácticas de la carrera y tuve la suerte —o quizá la desgracia, ahora que lo veo con perspectiva— de que tras explotarme durante meses sin pagarme ni un mísero euro decidiesen contratarme y hacerme fija.

A pesar de que estaba descontenta con las tareas que me asignaban, decidí aceptar el puesto porque era consciente de que en los tiempos que corren es muy difícil conseguir trabajo en mi sector. Me convencí a mí misma de que no podía dejar escapar la oportunidad de estar en la plantilla del periódico más importante de la ciudad y quise creer que irían ascendiéndome cuando se dieran cuenta de mi potencial... Muy a mi pesar, a día de hoy sigo haciendo y cobrando lo mismo que por aquel entonces.

Sin embargo, eso está a punto de cambiar.

Sé que soy una periodista hábil, con muy buenas ideas y segura de sí misma. Toda esa ingenuidad que me caracterizaba se ha esfumado para dejar paso a un ego arrasador que me ayuda a no dejar que nadie me pise. En el mundo laboral es necesario tener cierto egocentrismo, no demasiado porque podría acabar nublándote el juicio, pero si pecas de humilde acabarás aplastada por la enorme autoestima de algunos de tus compañeros.

Trabajar me ayudó a dejar la vergüenza a un lado, a ser más valiente y a darme cuenta de que, si quieres algo, debes luchar por ello. En la vida real nadie te regala absolutamente nada.

—Gabriela, ¿has maquetado ya todos los artículos que te envié? Necesito que pasen una última corrección antes de las doce —me pregunta mi jefe, despertándome de mis cavilaciones.

Después del maquetado, todas las noticias que publicamos pasan por una corrección final para comprobar que no se nos ha colado ninguna errata. De eso se encargan las correctoras, cuyo trabajo me atrevería a decir que es incluso más aburrido que el mío.

—Me faltan dos artículos, te acabo de enviar los diez primeros que me encargaste —contesto sin despegar la vista del ordenador.

—Pues métele caña, últimamente has bajado mucho el ritmo —dice el señor cuyo único oficio es vagar por la oficina supervisando el trabajo de los demás. Eso cuando se digna a salir de su despacho, porque la mayoría de las veces prefiere mandarte un correo aunque estés a dos metros de distancia.

—Mira, ahora mismo estoy maquetando una noticia sobre la inteligencia artificial —respondo siendo consciente de que igual me gano unas cuantas horas extras no remuneradas por lo que estoy a punto de decir—. ¿Cuánto tiempo crees que falta para que todo mi trabajo lo haga una máquina a la que no tendréis que explotar ni pagar una nómina irrisoria?

La cara de Alberto, el hombre cincuentón que se encarga de darme órdenes cada maldito día, se congela ante mi pregunta. Aquí todos me conocen y saben que tengo un humor muy ácido.

En cualquier caso, no diría que esto haya sido precisamente un chiste.

—Un comentario más de este tipo y estás despedida —sentencia siendo consciente de la pesadilla que sería echarme y buscar a otra persona que acepte las condiciones tan malas a las que accedí yo.

—Ya es la segunda vez que me dices esto, pierdes credibilidad —respondo mientras vuelvo a centrar mis ojos en la pantalla.

—Pues ya sabes lo que dicen, querida, a la tercera va la vencida —añade mientras me da un par de toques en la espalda para después alejarse de mi escritorio y, por ende, dar por finalizada nuestra conversación.

Creo que si todavía no me ha despedido es porque, aunque lo quiera ocultar, mis comentarios le hacen gracia. Él tiene poder en la redacción, es la persona a la que todos los de la oficina tenemos que rendirle cuentas, y por eso mismo no está acostumbrado a que le hablen con la sinvergüencería con la que le hablo yo. Los demás le tratan como si fuese un dios todopoderoso, aceptando sus órdenes sin quejarse aunque sean de lo más injustas, asintiendo ante sus afirmaciones aunque no puedan estar más en desacuerdo...

Al principio yo también lo hacía, pero acabé perdiendo el miedo porque, habiendo firmado un contrato con un sueldo penoso, sé que incluso me haría un favor si algún día decide ponerme de patitas en la calle.

Él también lo sabe, por supuesto.

Y eso nos ha llevado hasta el punto de crear esta extraña dinámica entre nosotros. Nos tratamos relativamente mal, pero por lo menos lo hacemos mutuamente, no como los otros empleados, que consienten un trato vejatorio con la cabeza agachada.

Me dispongo a seguir trabajando cuando escucho vibrar mi teléfono. Me ha llegado una notificación y en mi cabeza aparece instantáneamente el nombre de Tomás. Deseo con todas mis fuerzas que sea él, ojalá se haya animado a hablarme sobre su caso, a exponerme esas pruebas que demuestren lo inocente que dice ser.

Desbloqueo el móvil con torpeza, el iPhone siempre elige no reconocerte la cara en los momentos más inoportunos. Una vez que estoy en la pantalla de inicio bajo la barra de notificaciones y, al igual que la última vez que supe de él, mi pulso comienza a acelerarse al ver su nombre.

Leo sus palabras con rapidez puesto que la adrenalina que siento no me permite ir más despacio, pero me obligo a releer su mensaje un par de veces más para procesar toda la información que me ha dado.

Noto que el corazón se me acelera más en cada una de las lecturas, las manos incluso comienzan a temblarme de una forma discreta. Siento cómo toda mi sangre viaja al cerebro para quedarse allí, provocándome un calor abrasador en las sienes.

El crimen del que se le acusa es atroz, inhumano y cruel.

Mi racionalidad no me permite creer que un juez le haya declarado culpable de algo tan grave sin estar completamente seguro de que él había sido el asesino. Su crimen no es un robo, no es narcotráfico, no es una agresión menor.

Tomás ha sido condenado por asesinato.

Está entre rejas por matar a su propia hermana.

¿Acaso hay alguna posibilidad de que se cometiese una negligencia tal como para llevar a prisión al hermano de la víctima siendo este inocente? Lo dudo. Lo dudo tanto que también dudo entre responder su correo electrónico o dejar pasar esta aventura que quizá me venga demasiado grande.

Dejo el teléfono sobre la mesa y abro la pestaña de incógnito del navegador del ordenador. Escribo su nombre en el buscador y empiezo a empaparme de los cientos de artículos que hay sobre él. En Galicia su caso fue muy mediático, la mayoría de las noticias que leo han sido publicadas por medios gallegos. A nivel nacional tuvo poco eco porque, por lo que leo, el caso se cerró en apenas unas semanas. Algo muy extraño en un crimen de tal gravedad. Algo que me hace llegar a la conclusión de que el juez debía de tener pruebas más que suficientes para inculpar al reo. El año en el que sucedió el asesinato coincide con el año en el que murieron mis padres, lo que explica que yo no me enterase de lo ocurrido. Durante 2019 no recuerdo haber encendido el televisor ni una sola vez, me pasaba las tardes durmiendo y las noches en vela, leyendo para estar lo suficientemente cansada como para volver a dormir todo el día siguiente. Vivía aislada del mundo porque yo misma quise alejarme de ese lugar que por aquel entonces tan injusto me parecía.

La pantalla comienza a llenarse de fotos de Tomás.

Fotos sacadas antes del crimen en las que sale sonriente, con el rostro lleno de pecas, la nariz afilada, los labios carnosos y una mirada un tanto pícara. Cualquier productora americana le hubiese fichado para interpretar al *quarterback* del equipo del instituto. No sé cómo explicarlo, pero en todas las imágenes desprende un aura de seguridad, de tranquilidad. Incluso en algunas en las que está rodeado de amigos o compañeros de clase, él parece ser el líder. El chico al que votarías para ser delegado de clase, el hombre en el que confiarías para que te acompañase a casa después de salir de fiesta.

Siempre vestido con ropa muy moderna y holgada, siempre perfectamente peinado y sin un atisbo de masculinidad frágil. Lleva gafas de sol divertidas, las uñas pintadas y prendas con estampados que ni yo me pondría. Me fijo más en sus ojos, que son de color verde y parecen estar siempre iluminados por la luz del sol. Como si fuesen dos trozos de cristal traslúcido, como si brillasen por sí mismos.

Después están las fotos de los juicios, donde todo su ser cambia de una manera radical. Su cuerpo es la mitad de lo que era, como si hubiese adelgazado más de diez kilos en esas pocas semanas. Sus ojos ya no destacan porque están enmarcados por unas ojeras prominentes y oscuras. Su rostro ya no desprende ninguna emoción, parece como si el alma hubiera abandonado su cuerpo y solo hubiese dejado la carcasa desahuciada.

Leo algunas noticias y me sorprende ver que muchas de ellas ni siquiera tocan el tema de su sonambulismo. Relatan que cometió un asesinato, pero no mencionan el móvil, no cuestionan siquiera el nivel de consciencia de Tomás cuando acabó con la vida de su hermana; no mencionan nada porque supongo que aclarar que la asesinó sin ser consciente de lo que estaba haciendo le quita morbo al caso.

También veo algunos vídeos, esos que siempre salen en el telediario en los que el acusado va encapuchado y todo el mundo a su alrededor grita sin cesar. Algunos le tiran piedras mientras él intenta subirse al coche de policía lo más rápido que puede, tratando de escapar de los insultos que le profieren todos los que le rodean. En otros escucho lo que dicen sobre lo ocurrido jóvenes que dicen ser sus amigos cuando son entrevistados por canales provinciales. Hablan con odio y rabia, deseándole que se pudra en la cárcel y dejando claro que no quieren saber nada más de él, que no piensan ir a visitarle y que ojalá no tengan que volver a verle.

Son esos vídeos los que hacen que se empiece a gestar en mí una pregunta.

¿Y si realmente Tomás tuvo que pasar por todo esto sin ser culpable?

Me imagino lo que sería para alguien inocente ser visto por todo un país como un asesino, ser rechazado por su propia familia y por sus amigos, ser encarcelado en un sitio hostil lleno de personas que querrían atacarle, ver cómo toda su vida y todos sus logros desaparecen y aceptar que jamás podrá volver a ser la persona que creía ser.

No tardo mucho en llegar a la conclusión de que eso es justo lo que buscaba con mi artículo. Además de hablar sobre la reinserción de los presos, mi intención es dejar clara la posible corrupción y las carencias de nuestro sistema judicial, así como las sombras del sistema penitenciario. Aunque no solo eso, ahora puedo añadir el debate sobre lo mucho que la prensa puede alterar la opinión pública tergiversando los hechos a su gusto. Sería tirar piedras sobre mi propio tejado, ya que estaría dejando en evidencia mi profesión, pero a veces es necesario hacer un poco de autocrítica para para poder mejorar en el futuro y, además, hacer justicia. Nunca he estado a favor de la prensa sensacionalista; de hecho, cuando decidí estudiar Periodismo lo hice con la intención de contar todas esas verdades que a veces necesitan un empujón para salir a la luz.

Si consigo demostrar que Tomás es inocente, no solo le devolvería la libertad a una persona que ha sido despojada de ella injustamente, sino que pondría en cuestión la reputación de todo el jodido sistema.

Es un riesgo gigantesco y la probabilidad de que Tomás no sea un asesino es casi nula, pero si algo me ha enseñado la vida es que si no juegas a su juego nunca podrás disfrutar de sus premios.

Y yo ya estoy cansada de quedarme en el banquillo.

6

Tomás

Un día después de enviarle el mensaje en el que le confesaba el crimen del que se me había acusado, su respuesta apareció en mi bandeja de entrada. Sentí un alivio tremendo, ya que, pusiese lo que pusiese, el hecho de que me hubiese contestado ya significaba algo.

Antes de entrar en la cárcel recibir un correo electrónico de una chica me habría parecido de lo más ridículo, lo más probable es que lo hubiese borrado al creer que se trataba de contenido publicitario. Y, en el caso de que llegase a leerlo, serían solo las palabras de una de las muchas mujeres que me escribían a diario por mis redes sociales.

Aunque lo pueda parecer por mis palabras, nunca he sido un chico ególatra. Nunca me sobreestimé, pero tampoco me infravaloraba, siempre tuve muy claro quién era y todo lo que podría conseguir si realmente me proponía llegar hasta el final de mis objetivos. Era un hombre valiente, decidido, seguro de sí mismo y con madera de líder… Y a todos les gustan las personalidades así, las que pisan fuerte y hacen que los demás se giren cuando aparecen en una habitación. Las que no dudan, las que no titubean ni sienten miedo.

Antes ligaba mucho, muchísimo. No soy excesivamente guapo, aunque, tal y como acabo de decir, mi carácter me hacía ganar un montón de puntos. Era tan deseado entre las chicas que poco a poco fui perdiendo el interés por ligar; sé que sonará fatal y que quizá sea un poco tóxico, pero cuando todo el mundo te baila el agua te aburres de las alabanzas y de lo fácil que te lo ponen. Por eso mismo empecé a ignorar los fueguitos que mis compañeras de clase añadían a los comentarios en las fotos que publicaba, empecé a entornar los ojos cada vez que salía de fiesta y un grupo de amigas se peleaba por ver quién acababa aquella noche conmigo y empecé a mostrar total indiferencia por el sexo y por las relaciones afectivas.

Sin embargo, la vida puede dar un golpe en la mesa y sorprenderte en cualquier momento. Todo ha cambiado tanto que ayer pasé la noche en vela preguntándome una y otra vez si ella tendría el valor de seguir adelante con nuestra conversación, si rompería con lo establecido y querría mantener una relación por correspondencia con una persona en los márgenes de la sociedad.

Ya no queda nada del hombre que un día fui, el sistema penitenciario se encargó de destrozar los pilares de mi existencia hasta convertirme en un ser que se limita a respirar, comer y dormir. Siento que mi personalidad se ha esfumado por completo y dudo que algún día pueda recuperar todo aquello que me caracterizaba. El trauma que supone estar encarcelado entra en tu mente y cada día que pasas entre rejas va alargando sus raíces hasta tocar partes de ti que no sabías ni que existían. Dudo que se pueda extirpar algo tan arraigado, algo que, aunque no me guste admitirlo, es la base de mi nuevo yo. Cuando pasamos por un momento traumático no llegamos a hacernos una idea de lo mucho que pueden llegar a alargarse sus consecuencias. Los traumas de un amorío tóxico de apenas un año pasan a acompañarte el resto de tu vida; el miedo tras un accidente de tan solo unos segundos pasa a ocupar cada minuto de tus días y te impide volver a subirte a un coche; la traición de quien considerabas tu amigo puede nublar todas las relaciones de amistad que vengan a continuación, consiguiendo alejarte de personas que no se lo merecían... Un solo instante puede llegar a tener el poder para marcarte por el resto de tu existencia.

Yo ya lo he asumido, pase lo que pase la huella que ha dejado esta situación me acompañará hasta la tumba. Debo aprender a vivir con eso y controlar el miedo que habita en mí hasta ser capaz de convivir con él, hasta manejarlo todo lo que pueda. Cuanto más pequeño lo haga, más opciones tendré de volver a ser quien era.

Había perdido por completo la esperanza de salir de aquí sin ser un despojo humano, un boceto lineal y borroso de la persona que llegué a ser. Pero, cuando leí su último mensaje, sentí que quizá en lo más profundo de mí aún existía una llama de mi anterior yo implorando hacerse más grande, deseando quemar la nueva personalidad que he construido sobre ella.

Una llama con ganas de convertirse en un incendio.

De: elizabethbennet@gmail.com
Para: tomasmendezpuga@cpatardecer.com

No te voy a mentir, Tomás.
Me ha costado digerir tu historia y he pensado en dejar de escribirte. Una parte de mí teme que todo lo que cuentan sobre

ti sea verdad y, sinceramente, no me gustaría hablar con un asesino. Pero... hay otra parte, quizá más pequeña pero también con mayor determinación, que quiere continuar.

Quiero creerte, pero no sé si lograré hacerlo. ¿Puedes conseguir que lo haga, puedes demostrarme tu inocencia de una forma tan contundente como para convencerme de que merece la pena creer en tus palabras?

Te prometo que, si lo haces, te sacaré del agujero en el que estás metido.

Te lo prometo, Tomás.

Para que una pequeña llama se convierta en un fuego abrasador necesita ayuda. Necesita una climatología favorable, un soplido que la haga crecer y una yesca decidida a arder.

Elizabeth se arriesgará a ayudarme si yo me arriesgo a quemarme. Y eso supone volver a abrirme a alguien después de años encerrado en mí mismo, supone abrir heridas que casi había conseguido cerrar por completo.

Pero sé que no tengo otra opción.

No puedo quedarme de brazos cruzados cuando alguien se atreve a darme un voto de confianza.

Todo esto me asusta, me acojona tanto que me he pasado las últimas horas pensando en qué puedo responderle, en cómo empezar a trasladarle punto por punto toda la información que he recopilado tras pensar día tras día en todo lo relacionado con el crimen de mi hermana.

Así que finalmente tomo una decisión algo arriesgada.

Decido que no es el momento de entregarle todos esos datos que quiere conocer y comienzo a teclear escribiendo la que espero que sea la respuesta definitiva.

De: tomasmendezpuga@cpatardecer.com
Para: elizabethbennet@gmail.com

Antes de compartir contigo las pruebas irrefutables de mi inocencia, quiero que me conozcas un poco más. Quiero que tú misma llegues a la conclusión de que alguien como yo jamás podría hacer nada de lo que se me acusa. No creas que esto es una artimaña deshonesta, tendrás punto por punto toda la información que desmiente la versión aceptada por el juez.

Pero primero quiero darte unos datos sobre mí para que, llegado el momento, empatices conmigo y sientas lo que yo sentí ante la injusticia que se cometió.

1. Odio mi nombre; sin embargo, me encanta mi apodo. Todo el mundo me llamaba Tom, pero aquí no consiento que nadie lo haga. Este no soy yo. Yo no tendría que estar aquí.

2. Me sentía fuera de lugar en mi familia, vengo de un ambiente elitista, de apariencias, clasista.

3. Me encantan los animales y siento devoción por los perros salchicha desde que en mi decimosexto cumpleaños me regalaron a Frankfurt, un cachorro adorable y larguirucho al que echo muchísimo de menos.

4. Por el nombre de mi perro puedes intuir que la originalidad no es uno de mis fuertes. No soy demasiado creativo,

pero sí que me considero un soñador empedernido. Tenía un montón de proyectos antes de acabar aquí.

5. Te contaré cuál era el mayor de ellos: abrir mi propio restaurante. Me encantaba cocinar, hacía las mejores hamburguesas del mundo. Mi abuela me enseñó todo lo necesario para ser un gran cocinero.

6. Odio el deporte, y bendigo mi anatomía porque estoy mucho más musculado de lo que me merecería. Solo me gustaba salir a correr, me ayudaba a desconectar. Ahora en prisión mato mucho tiempo libre ejercitándome en el gimnasio, pero, si te digo la verdad, solo lo hago porque no tengo nada mejor que hacer.

7. Tenía una colección de pines muy grande. Compraba uno cada vez que viajaba al extranjero, muchos otros son de coleccionista y algunos los encontraba en mercadillos. Llenaba mi ropa y mis gorras de ellos. Siempre me preocupó mucho mi imagen personal; era muy presumido y arriesgaba bastante con mis looks.

8. Olía a vainilla. Todos mis geles, champús, desodorantes y perfumes tenían olor a vainilla.

9. Era muy amigo de mis amigos, tenía un grupo genial con el que quedaba todos los viernes para ir al cine. Mi película favorita era *La milla verde*... Irónico, ¿verdad? Creo que ahora no podría volver a verla, o por lo menos no con los mismos ojos.

10. Jamás tuve pareja, creo que nunca me enseñaron lo que significaba amar.

¿Me dejarás saber diez cosas sobre ti, Elizabeth? Podrías empezar por decirme cuál es tu verdadero nombre, me encantaría dejar de imaginarte como una mujer de finales del siglo XVIII.

Espero tener noticias tuyas pronto, no sabes con qué intensidad lo espero.

Me asusta sonar desesperado, pero quiero que sepa cuánto significan sus mensajes para mí. Parecerá exagerado que una completa desconocida se vuelva tan importante en mi vida en apenas unos días... Sin embargo, cuando todo lo que te rodea es oscuridad, un ínfimo rayo de luz puede llegar a convertirse en uno de esos días soleados que consiguen hacer aparecer tus pecas y sonrojar tu piel.

Ella es como un día de verano después de pasar mil inviernos cubierto de nieve.

7

Gabriela

El lunes es el único día que no trabajo, y, por lo tanto, es mi día favorito de la semana. Me fastidia mucho no librar el domingo como la mayoría de la gente porque así podría cuadrar mejor mis horas libres con Lúa. Ella trabaja en Lush, una tienda del centro de la ciudad que vende geles para la ducha, bombas de baño, limpiadores faciales… Su oficio no tiene nada que ver con lo que estudió, pero la verdad es que su puesto le queda que ni pintado.

La estética de Lúa encaja a la perfección con los olores tan absorbentes y divertidos que te atrapan nada más cruzas la puerta; es una tienda llena de colores y con una imagen cercana que necesita empleados que hagan sentir al cliente cómodo.

Y ella es la mejor en eso.

Persona que entra por la puerta, persona que sale de la tienda con una bolsa llena de champús, pastillas de jabón o lo que sea que haya decidido venderle ese día.

—¡Bienvenido a Lush! —exclama Lúa cuando entra en la tienda un chico que parece estar más perdido que un pulpo en un garaje.

A mí, que he entrado tras él, me guiña el ojo de una manera discreta. Habíamos quedado a esta hora, supuestamente su turno tendría que haber terminado, aunque Lúa siempre se queda más tiempo del que debería.

—¿Necesitas ayuda? —le pregunta esbozando una de sus enormes sonrisas. Mientras espero a que acabe de atenderle, doy una pequeña vuelta por la tienda para ver las novedades que han traído esta semana.

—Quería regalarle algo a mi novia, un detalle —responde el chaval algo avergonzado. Parece que no le gusta mucho la idea de pedir ayuda, pero parece gustarle aún menos pensar por él mismo qué le puede comprar a su pareja. No le juzgo, a mí también se me da muy mal hacer regalos.

—¡Genial! Los hombres detallistas son los mejores —dice Lúa provocando que él se sonroje un poco—. ¿Alguno de los dos tiene bañera?

—Sí, en su piso.

—¿Qué te parece si le compras una bomba de baño? Además de regalarle algo material, le estarás regalando una experiencia de relajación que incluso podéis compartir —le explica mientras lo acompaña hasta la estantería donde se encuentran todas las esferas de colores—. Te recomiendo esta, es mi favorita —añade cogiendo una que imita los diferentes tonos de una galaxia.

—Genial, muchas gracias… —susurra el chico agarrando la bomba entre sus manos.

—Y ya que vais a compartir ese baño…, ¿por qué no le regalas algo que pueda disfrutar ella sola? —Y aquí es, damas y caballeros, donde entra en acción mi mejor amiga—. Seguro que alucina si le regalas una rutina para el cuidado de su piel; haremos una combinación sencilla: un gel facial, un tónico y esta crema que huele de maravilla —dice mientras coge de los estantes todo lo que va citando a una velocidad impresionante.

—¿Y no será demasiado? —repone el pobre chaval, que seguro que está haciendo cálculos de todo el dinero que está a punto de gastarse. Lush no es una tienda demasiado económica.

—Tenemos una oferta: si te llevas una rutina, Lush te regala estos parches de pepino para sus ojos. ¡Yo no dejaría escapar esta oportunidad! —exclama siendo consciente de que ya lo tiene en el bote.

—En ese caso, supongo que tendrás razón. Me lo llevo todo.

—¡Genial! Allí te cobrará mi compañera, muchas gracias por tu compra en Lush —dice mientras señala las cajas de pago que se encuentran al final de la tienda.

Cuando el cliente se aleja, Lúa camina hacia a mí con una expresión de satisfacción en el rostro. Ojalá mi trabajo me gustase tanto como a ella el suyo. Puede que no fuese el oficio con el que soñaba de pequeña, puede que incluso al principio fuese una decepción total acabar la carrera de Periodismo para terminar aquí… Sin embargo, a veces encontramos nuestra felicidad en los sitios donde menos esperamos hallarla. Lúa decidió no complicarse la vida, aquí está muy cómoda, la tienda le queda cerca de casa, se lleva genial con sus compañeros y tiene un buen horario. ¿Por qué iba a dejar esto? A veces seguir el camino que escribimos para nosotros mismos es un error, en ocasiones hay que improvisar e intentar descubrir qué es lo que realmente nos hace felices.

Algunos compañeros de clase se rieron de ella cuando descubrieron que trabajaba aquí, algo que sin lugar a dudas es terriblemente clasista. Por suerte, a Lúa siempre le dio igual lo que los demás dijesen sobre ella o sus decisiones. Creo que es la persona más segura de sí misma que conozco y que conoceré jamás.

—Voy a por mis cosas y enseguida vuelvo —me dice mientras me abraza rápidamente para después correr hacia el almacén.

Mientras la espero, desbloqueo el móvil y entro en Instagram para cotillear las últimas publicaciones de la gente a la que sigo. No me gustan demasiado las redes sociales, pero por mi trabajo debo estar actualizada sobre todo lo que pasa en ellas. Voy deslizando y deslizando sin fijarme demasiado en lo que veo cuando de repente me llega una notificación que, como de costumbre, me paraliza por completo.

Es uno de sus correos electrónicos.

Lo abro de inmediato, lo abro con urgencia, lo abro como si pudiese desaparecer en cualquier momento. A medida que mis ojos recorren sus palabras, voy dándome cuenta de que yo no soy la única que tiene miedo. Por primera vez soy consciente de que Tomás teme que deje de hablarle, porque soy su único contacto con el mundo real, porque mis palabras le hacen desconectar de su realidad, le hacen olvidarse por un instante de dónde está. Es por eso por lo que intenta retrasar lo máximo posible el momento de contarme cuáles son sus evidencias. Lo hace porque sabe que, si para mí no son creíbles, esta extraña relación de correspondencia que está surgiendo entre los dos se terminará sin ningún tipo de miramientos. Él sabe que nadie en su sano juicio querría hablar con un asesino, sabe que, si no es capaz de convencerme, el hilo que le une con la realidad se cortará de inmediato.

Y, en su táctica de alargar el momento decisivo, ha decidido añadir emotividad contándome cosas sobre él. O, mejor dicho, sobre quién era.

La mayoría de los datos que ha escrito describen al Tomás que era antes de ser juzgado y encarcelado. Usa verbos en pasado, dejando claro que ya no se considera así. Me duele ser consciente de lo mucho que el sistema penitenciario puede llegar a destruir todo lo que uno creía ser, pero me alegra que Tomás sea un buen ejemplo de esto porque es uno de los puntos más importantes que quería tocar en mi artículo.

Lo deshumanizante que es el sistema.

Sin pensarlo dos veces y aprovechando que Lúa todavía no ha salido del almacén, le respondo de forma escueta y contundente.

Tengo muy claro lo que quiero decirle.

De: elizabethbennet@gmail.com
Para: tomasmendezpuga@cpatardecer.com

Cuéntame diez cosas sobre quién eres ahora. Cuéntamelas y te dejaré conocer diez cosas sobre mí.

—¡Ya estoy aquí! —exclama Lúa justo en el momento en el que pulso el botón de enviar—. ¿Estás bien? —pregunta al ver en mi rostro cierto nerviosismo.

—Estoy bien, aunque necesito hablarte sobre algo —respondo sabiendo que ocultarle algo a Lúa nunca es una buena idea—. ¿Vamos a tomar un café?

—Vamos a tomar muchos cafés —contesta levantando una ceja, intrigada. Esta actitud no es propia en mí, Lúa siempre tiene que insistir mucho para que le cuente mis preocupaciones, así que es normal que le extrañe la iniciativa que he tenido hoy.

Nos pasamos el camino hacia la cafetería hablando sobre cosas triviales, sobre nuestros trabajos, el libro que estamos leyendo en el club de lectura, el clima tan nublado y lluvioso que está haciendo últimamente… Las calles de Santiago tienen un aura melancólica, a veces me atrevería a decir que quizá un poco triste, pero creo que esto forma parte del encanto de la ciudad. La cafetería que escogemos es una de nuestras favoritas, antiguamente era una librería y el nuevo dueño decidió mantener su estética, colocó mesas de madera rústica entre las viejas estanterías y llenó todo de velas, flores secas y de una decoración muy bohemia en tonos marrones.

No es hasta que nos sentamos y nos traen nuestras bebidas que saco el tema de conversación que pondrá todo patas arriba.

—Hablo con Tomás día a día y creo que voy a ir hasta el final con él —sentencio siendo lo más directa que puedo. Lúa abre los ojos de par en par, y, si ya los tiene enormes, no os queráis imaginar cómo se le ponen cuando se sorprende tanto como en este preciso instante.

—¿A qué te refieres con llegar hasta el final? ¿El final de qué?

—Escribiré mi artículo sobre él. Tiene una voz fortísima, es justo lo que estaba buscando.

—Mira, Gabriela, te seré lo más sincera posible… —responde acomodándose en la silla y estirando el cuello hacia la derecha para después hacerlo hacia la izquierda. Cualquiera diría que estuviera a punto de lanzarme un gancho con su mano derecha—. Si lo que quieres es que la gente empatice con tu artículo, Tomás es la persona menos apropiada para ello. Aún no vivías aquí cuando sucedió todo, pero probablemente sea la persona más odiada de

Galicia. La opinión popular fue muy clara, no hubo ni una pequeña duda sobre lo sucedido.

—He estado investigando su caso y hay muchas incongruencias, no entiendo cómo el juicio pudo ser tan rápido.

—Pues es muy fácil, apareció con el arma del crimen en la mano y ensangrentado. ¿Qué más pruebas necesitas, no te parece suficiente? —me pregunta algo sorprendida; parece no entender que a mis ojos no sea tan obvio.

—¿Por qué está en la cárcel y no en un psiquiátrico? Tomás es sonámbulo diagnosticado desde los ocho años. Nadie cometería un crimen tan atroz y volvería a la cama como si no hubiese pasado nada —argumento intentando crear en ella cierta duda—. En España hubo otro caso parecido, el de Antonio Nieto. Asesinó a su esposa y a su suegra y no paró hasta que su hijo, que también resultó herido, consiguió desarmarlo. ¿Sabes dónde acabó? En un hospital psiquiátrico.

—El juez no tuvo en cuenta su sonambulismo porque llevaba más de diez años sin sufrir ningún ataque, y no solo eso, sino que consideró que, dada la naturaleza del crimen, el autor tuvo que tener un mínimo de conciencia para llevarlo a cabo —me explica removiendo el café.

Me sorprende lo informada que está sobre el caso, aunque si me paro a pensarlo es normal. Es un crimen bastante reciente y causó mucho revuelo en la comunidad autónoma. Además, la madre de Lúa es policía, así que seguro que en su casa fue el tema de conversación durante bastante tiempo.

—¿Y entonces cómo se explica que tras asesinar a su hermana volviese tranquilamente a la cama para seguir durmiendo? —repongo incrédula—. ¿En serio soy la única persona a la que todo le parece muy raro?

—Psicopatía —responde sin pestañear—. Fue juzgado como un psicópata.

—Joder, Lúa, pues volvemos a lo mismo… ¿Y por qué está en la cárcel y no en un maldito hospital psiquiátrico? —vuelvo a preguntar perdiendo un poco la paciencia.

—Mi madre me explicó que el juez había considerado el crimen un acto de demencia aislado. Es decir, un arrebato —me aclara mientras remueve el café y frunce el ceño tratando de recordar más datos sobre el caso—. La vida de Tomás era completamente normal y tras ser analizado por psicólogos llegaron a la conclusión de que no padecía ninguna enfermedad mental. Simplemente se le fue la cabeza.

—¿Se le fue la cabeza? —repito mientras niego con la cabeza—. A mí se me va la cabeza cuando me gasto la mitad de mi sueldo en libros, o aquella vez que me hice un tatuaje borracha…, pero ¡no se me va la cabeza y te mato a ti! —exclamo perdiendo un poco los estribos, siento que estamos teniendo una conversación de besugos.

Al darme cuenta de lo mucho que he levantado el tono de voz, miro a mi alrededor y agradezco que solo haya otra mesa ocupada y que esté demasiado lejos como para que la parejita que está tonteando en ella se haya enterado de algo. Siempre hablo más alto de lo que debería, es uno de los defectos que mi madre siempre me corregía.

—¡Ay, Gabriela! ¡Yo qué sé! ¿Me ves cara de jueza, me ves cara de policía? Quizá tengas algo de razón, ¿vale? Si lo veo como lo ves tú, puede que alguna cosa no cuadre, pero…, no sé, el caso se cerró y la familia pudo pasar página. En ocasiones las personas actúan de manera extraña, creo que a veces simplemente hay cosas que no tienen una explicación lógica.

—Si su sonambulismo no se tuvo en cuenta, no hay ningún móvil que justifique el crimen.

Lúa guarda silencio, agarra la taza que tiene delante y le da un sorbo largo, muy largo.

—¿Adónde quieres llegar con todo esto, Gabi?

—No lo sé —respondo con sinceridad.

—¿Crees que es inocente?

—Todavía no lo sé.

—¿Todavía? —pregunta frunciendo el ceño.

—Quiero averiguar si lo es.

Lúa apoya los codos sobre la mesa y se tapa la cara con las manos. Esta situación la pone nerviosa, la desespera. Mi idea le disgustó desde el primer momento, incluso intentó elegir a otro reo cuando de forma aleatoria escogió a Tomás.

—Te estás metiendo en unas arenas movedizas de las que luego no conseguirás salir —sentencia con una seriedad muy impropia en ella—. Ten cuidado, Gabriela. Que tus deseos no te desvíen del camino de la verdad.

8

Tomás

Ni siquiera me había dado cuenta de que la mayor parte de las cosas que le conté sobre mí hablaban del chico que un día fui, y no decían absolutamente nada sobre la persona en la que me he convertido.

No sé muy bien qué responder a su correo, llevo media hora delante de la pantalla tratando de pensar en algo positivo de estar entre rejas. ¿Acaso esta experiencia me ha hecho mejor en algún aspecto, es eso posible? A veces un momento duro puede aportarte ciertas enseñanzas, pero, si me paro a reflexionar, todo esto solo me ha enseñado lo crueles que pueden ser las personas, lo injusta que puede llegar a ser la justicia y lo bajo que puedes llegar a caer aun cuando crees que ya has tocado fondo.

—¿Cuándo piensas levantar tu culo? Hay gente esperando —me increpa Julián, un reo que comienza a perder la paciencia.

—No tardaré mucho, perdona —respondo siendo consciente de que llevo más tiempo del que debería ocupando un ordenador.

Cualquier otro día daría igual; sin embargo, parece ser que mañana los internos que dedican su tiempo libre a estudiar tienen un examen muy importante. Esta sala suele estar vacía, en cambio hoy no cabe ni un alfiler. Sin más demora, me dejo llevar y comienzo a escribir el mensaje.

De: tomasmendezpuga@cpatardecer.com
Para: elizabethbennet@gmail.com

¿Hay mayor sensación de pérdida que la que sientes cuando ni siquiera sabes lo que estás buscando? Así es como me siento, tan perdido que no sé ni quién es la persona que está tecleando en este momento. Por eso mismo, escribirte cosas sobre quién soy me cuesta más de lo que me gustaría admitir. Los datos que leerás a continuación no me definen como persona, más bien definen una etapa de mi vida que espero que algún día llegue a su fin. Los seres humanos tenemos una asombrosa habilidad de adaptación al medio que nos rodea y yo he tenido que hacer muchos sacrificios para mantenerme cuerdo entre estas paredes que muchas veces siento caer sobre mí. No me juzgues, uno nunca sabe cuál es su límite hasta que las circunstancias le empujan a llegar a él. Cuando crees que ya has tocado fondo, la vida te sorprende y resquebraja el suelo para que puedas seguir bajando hasta las profundidades más inhóspitas y tenebrosas: aquellas en las que solo te tienes a ti y una oscuridad que poco a poco va acabando contigo. Es muy difícil sobreponerse cuando hasta tú mismo quieres terminar con tu existencia. Es muy difícil acallar esas voces que suenan en tu interior y que te suplican que pongas punto y final a tu sufrimiento.

Para silenciar todos esos pensamientos y para lograr frenar una caída suicida, tuve que renunciar a todo lo que creía ser hasta convertirme en una sombra de lo que un día fui.

Hoy te hablaré de esa sombra que en algún momento espero dejar atrás.

1. Soy muy desconfiado, cada noche me despierto como mínimo cinco veces para ser consciente de que sigo vivo.

2. En estos cuatro años no he recibido ni una sola visita. Me siento solo, abandonado, siento que soy la lacra de la que nadie quiere responsabilizarse, la mierda con la que nadie quiere tener nada en común.

3. Aquí he aprendido a dibujar y he encontrado una nueva pasión entre hojas y lápices. Mi especialidad son los retratos a carboncillo, tengo una libreta llena de los rostros de los presos con los que comparto bloque.

4. También le cogí el gusto a la lectura; en prisión tenemos muchas horas libres y tienes que ingeniártelas para ocuparlas si no quieres acabar perdiendo la cabeza. Los libros me ayudan a desconectar, a sentir que por un instante estoy muy lejos de aquí.

5. Me han dado muchas palizas, tantas que ni siquiera las recuerdo todas. Tengo el cuerpo lleno de tantas cicatrices que no soy capaz de identificar en qué momento me hicieron cada una.

6. Sueño cada noche con el mar: con su olor a salitre, su color azulado, su sonido al romper contra las rocas...

7. Pienso cada día en mi hermana, hago un esfuerzo constante para no olvidar su rostro y su voz.

8. Siempre acepto las tareas remuneradas que nos ofrece el centro para ahorrar todo el dinero que pueda y así intentar comenzar una nueva vida cuando salga de aquí. Sé que nadie querrá contratarme, nadie querrá acercarse a mí. La reinserción no es igual para todos.

9. Mañana cumplo veinticuatro años, aunque siento que sigo en los veinte. Mi vida se paralizó después de aquel día.

10. Soy inocente, pero han conseguido que una parte de mí acabe creyendo que soy culpable. Sé lo que pasó ese día; sin embargo, a veces me sorprendo a mí mismo con preguntas imposibles. ¿Y si es cierto que tuve un episodio de sonambulismo? ¿Y si es cierto que maté a mi hermana? Sé que no es así, yo habría dado mi vida por ella, pero pasarte cuatro años escuchando y repitiendo en tu cabeza la versión que el juez dio por veraz acaba trastocando tu propia versión de los hechos.

Mi mayor miedo es perder la cabeza, Elizabeth. Porque, si eso llegase a ocurrir, no existen escaleras tan largas como para sacarme de ese abismo.

Ojalá pudiera contarle cosas agradables, ojalá mi mensaje no llevase consigo un aura triste y gris... Pero ella me lo pidió, quiere saber quién soy ahora y esta es la realidad.

—¿Has terminado ya? —vuelve a preguntar el mismo reo, Julián, un hombre de treinta años al que todo el mundo respeta y teme a partes iguales.

—Todo tuyo —respondo levantándome y cediéndole la silla.

Tras dedicarme una mirada de soslayo, toma asiento y comienza a repasar el temario que tiene que aprenderse para el examen.

Julián es un hombre de dos metros, tan fornido que a veces parece que no podrá pasar por según qué puertas. Fue condenado por asesinato, mató con sus propias manos al violador de su hija. Por eso mismo nadie se ha atrevido jamás a encararse con él, todos están de acuerdo en que su condena es injusta y lo consideran un hombre honorable.

En prisión hay muchos casos cuya resolución es cuestionable. En la justicia solo puede existir una única vara de medir y en la mayoría de las ocasiones no se tienen en cuenta los factores humanos o el contexto de cada situación. Julián tenía un historial impecable, ni siquiera constaba en él una multa por exceso de velocidad o por estacionar mal el coche… Sin embargo, un día la vida le sorprendió con la peor de las tragedias: su hija llegó a casa llorando, con el vestido roto y con marcas en los brazos y las piernas que demostraban la violencia con la que la habían tratado. Y fue entonces cuando un monitor de crossfit, un marido ideal, un padre cariñoso y un ciudadano ejemplar se convirtió en un asesino a sangre fría de un chaval de veinte años.

Julián no iba a esperar durante meses para ver cómo el violador de su hija acababa entre rejas con una pena irrisoria. Julián no quería que su hija pasase por decenas de juicios en los que iba a ser interrogada, cuestionada, intimidada, culpabilizada… Así que decidió tomarse la justicia por su mano, aunque eso supusiese renunciar a todo.

Algunos reos teorizan diciendo que Julián no quería matarle, pero que no supo parar y la paliza acabó siendo mortal, otros dicen que iba con la intención muy clara y aplauden su forma de actuar.

Sea como fuese, acabó siendo juzgado por asesinato.

Todos los criminales que me rodean tienen sus historias, historias en las que siempre hay un motivo, una supuesta justificación, un perdón, un arrepentimiento, un contexto que a veces es justo y a veces no lo es… En las cárceles hay un montón de malas personas, pero también hay buenas personas que cometieron un error.

Hoy dibujaré a Julián, llenaré una de mis hojas con su rostro y escribiré su historia por la parte de atrás. Lo hago con todos los presos que dibujo, mi compañero de celda me cuenta sus historias y yo las plasmo en papel.

El mundo está lleno de relatos que nunca serán contados, pero que si lo fuesen podrían cambiar muchas vidas.

9

GABRIELA

Sin ni siquiera darme cuenta, los ojos comienzan a llenarse de lágrimas mientras leo su correo electrónico. Sabía que su nueva realidad entre rejas sería dura y cruel, pero no era consciente de lo mucho que me iban a afectar sus palabras. Mi vida no ha sido fácil, nadie te prepara para ver morir a tus padres, nadie te enseña cómo afrontar una pérdida tan grande y mucho menos cómo empezar de cero en una ciudad nueva rodeada de desconocidos... Sin embargo, tras leerle, hoy siento que no puedo quejarme.

Tal y como me dijo, mañana es su cumpleaños y entonces tendremos exactamente la misma edad: veinticuatro años. Y me hiela la sangre ver lo diferentes que son nuestras vidas. Él encerrado, carente de toda libertad, repudiado por los suyos, sentenciado a ser visto como un asesino por la sociedad, afrontando en soledad la muerte de su hermana...

La historia de Tom me ha recordado que cada persona tiene problemas a los que debe hacer frente, me ha recordado que todos tenemos fantasmas y dificultades a las que debemos sobreponernos.

También me he dado cuenta de que, muchas veces sin ser consciente hasta pasados unos minutos, siempre que leo sus mensajes, en mi cabeza Tom ya figura como inocente. Sé que tengo que ser más imparcial, sé que todavía no puedo confiar en sus palabras cuando ni siquiera me ha dado las pruebas que dice tener..., pero no puedo evitarlo, cuando pienso en él me resulta imposible verle como un asesino. Mi rigor periodístico está más en juego que nunca y no estoy siendo todo lo precavida que debería ser.

Además, lejos de tratar de alejarme y tomar cierta distancia emocional, ahora mismo me estoy dirigiendo al centro para ir a una librería y comprar el que será el regalo de cumpleaños de Tomás.

Santiago de Compostela es una ciudad muy especial, cuando paseas por su casco antiguo parece que estés dando marcha atrás en el tiempo. Esos callejones estrechos que te sorprenden acabando en grandes y hermosas plazas, los edificios grisáceos con grandes arcos de piedra, las baldosas resbaladizas que son pisadas a diario por cientos de peregrinos, su imponente catedral rodeada de gaiteros que llenan de música las calles... Me siento cómoda viviendo aquí, me gusta el olor a hierba mojada que deja la recurrente lluvia, e incluso me resulta estética la niebla que en muchas ocasiones baja tanto que parece sumergir la ciudad entera entre nubes.

—Perdona, Julieta, ¿tenéis algún ejemplar de *Los siete maridos de Evelyn Hugo*? —le pregunto a la dependienta cuando llego a la librería.

He venido a mi librería favorita, es muy pequeña y no forma parte de ninguna franquicia, lo que la convierte en un local peculiar al mismo tiempo que dificulta que en muchas ocasiones tengan existencias de los ejemplares que busco. Sin embargo, antes de ir a preguntar a las grandes superficies me gusta asegurarme de que aquí no los tengan. Creo que es importante fomentar el comercio local y ayudar a esos empresarios y autónomos que lo arriesgan todo por su negocio.

—Hola, cielo, déjame ver en el almacén, porque se están vendiendo como churros —me responde con una sonrisa la hija de la dueña. Julieta tomó el relevo de sus padres, que en 1969 abrieron por primera vez las puertas de este lugar, y es la chica que suele atenderme siempre. Algunas mañanas está su marido, que es más reservado.

—Has tenido suerte, es el último que nos queda —confirma con una sonrisa de oreja a oreja. Cuando decidí mudarme a Galicia me dijeron que me fuese acostumbrando a lo serios y cortantes que eran los gallegos, aunque la verdad es que yo solo he tenido buenas experiencias con ellos. Puede que a veces sean escuetos en cuanto a palabras se refiere, pero su amabilidad y sus ganas de ayudar en todo lo posible te ganan el corazón—. ¿Buscas algo más? —me pregunta cuando me pilla cotilleando las novedades que le han llegado.

—¡No! Eso será todo por hoy —repongo dirigiéndome a la caja registradora. Si me gasto más dinero en libros, tendré que ayunar lo que queda de mes.

—Juraría que compraste este mismo libro hace un mes... ¿Es para regalar? —me pregunta mientras pasa el lector del código de barras por la contraportada de la novela.

—Sí, mañana es el cumpleaños de un amigo —asiento extrañándome a mí misma cuando escucho la palabra «amigo» saliendo de mi boca.

—¿Quieres que te saque el tíquet regalo? Así tendrá quince días para devolverlo en caso de que no le guste.

—No será necesario, no podrá cambiarlo, así que espero que sea de su agrado —replico mordiéndome el labio.

—¿Y eso? ¿No es de Santiago? —pregunta con curiosidad. A los gallegos les encanta hacer preguntas, y eso que ellos siempre responden a medias tintas. ¿Sabes el tópico de que un gallego jamás te contestará ni con un sí ni con un no? Pues es bastante fidedigno.

—Más o menos, vive a una hora de aquí. —Decido responder con una media verdad. El centro penitenciario de Tomás está a cincuenta minutos de la ciudad y podría decirse que ese lugar es ahora mismo su casa.

—¿Y se lo vas a llevar tú? Porque tenemos un servicio de entrega a domicil…

—No te preocupes, no hará falta —la interrumpo a la vez que apoyo el móvil en el datáfono para pagar—. Una amiga se lo hará llegar —añado demasiado segura de que el plan que he preparado en mi cabeza saldrá adelante.

—Perfecto, Gabriela, pues espero que le guste mucho —concluye metiendo el libro en una bolsa de papel para después alargar el brazo y dármela—. Que tengas un buen día, bonita.

—Muchas gracias e igualmente —digo despidiéndome con una sonrisa.

Y ahora es cuando llega la parte más complicada del plan que diseñé. En esta historia hay un dato crucial que todavía no os conté. O, mejor dicho, en esta historia hay un personaje muy pero que muy importante que todavía no os presenté.

Esa persona es ni más ni menos que la madre de Lúa. ¿Y por qué es tan fundamental? Porque Sol no es solo una mujer valiente e independiente que ha criado a su hija sola, no es solo la persona más inteligente y cualificada que he conocido y que probablemente conozca jamás, sino que también ocupa uno de los cargos más importantes en la Policía Nacional.

Fue destinada a Galicia cuando con tan solo veintiséis años aprobó las oposiciones con la mejor nota de su promoción. Se quedó embarazada de un hombre que no quiso hacerse cargo del bebé y ella sola decidió darle una vida de ensueño a Lúa, convirtiéndose en una madre ejemplar que desde que me conoció me ha tratado en todo momento como si fuese una hija más.

Siempre he considerado a Sol y a Lúa mi familia. Nuestro cariño y amor van más allá de una simple amistad. No sé cuántas veces dormí bajo su techo, cuántas veces comí en su mesa y cuántas más me ayudaron sin pedir nada a cambio cuando lo necesité. Esa es la única baza que tengo a mi favor, la confianza ciega que Sol tiene depositada en mí. Ella admira mi trabajo, se alegró mucho cuando le dije que iba a luchar por mi sueño de ser periodista, aunque eso supusiese estar algunos años ocupando un rango menor en el periódico. Y no me malinterpretéis, también apoyó a Lúa cuando decidió aceptar un trabajo que nada tenía que ver con la carrera en la que se licenció.

Sol parece una mujer de armas tomar, con esa expresión dura en el rostro y esa entereza que sigue conservando aun cuando se quita el uniforme…, pero en realidad es una persona generosa, empática, bondadosa y que siempre nos ha dejado clara una cosa: que lo más importante de todo es nuestro bienestar y nuestra felicidad.

Por eso, cuando toco el timbre de su casa lo hago con la esperanza de que entienda lo importante que es todo esto para mí.

Al escuchar cómo sus pasos se aproximan hacia la puerta, aspiro todo el aire que puedo.

—¿Gabriela? —pregunta extrañada al verme; no la he avisado ni a ella ni a Lúa de mi visita—. ¡Qué sorpresa, cariño! ¡Adelante! —añade dándome un abrazo para después apartarse y dejarme pasar al interior del precioso adosado en el que viven—. Lúa se acaba de ir a trabajar —dice dando por hecho que venía a verla a ella.

—En realidad quería hablar contigo —le explico siguiendo sus pasos hacia el salón comedor.

Sol enseguida me mira extrañada, ha notado seriedad en mi tono de voz y sus labios apretados ya muestran la preocupación que comienza a sentir. Estoy nerviosa, sé que debo elegir muy bien mis palabras si quiero que el libro que acabo de comprar llegue a su destinatario.

—¿Ha pasado algo? —pregunta sentándose en una de las sillas junto a la mesa de madera maciza que tienen al lado del sofá. Sol me hace una seña para que me siente enfrente de ella y eso mismo es lo que hago.

—Tengo que pedirte un favor que no sé si entenderás.

Al escucharme veo cómo una de sus cejas se eleva con curiosidad. Sin más miramientos y con total sinceridad, comienzo a contarle todo lo referente a mi historia con Tom, pero omitiendo en todo momento su nombre. Sé que si comienzo con la bomba de que estoy hablando con el asesino más odiado de toda la comunidad autónoma posiblemente no siga escuchándome. Así que empiezo hablándole sobre el artículo periodístico que quiero publicar, prosigo aclarándole que escogí a un preso de forma aleatoria y que llevo días manteniendo correspondencia con él. Le digo que tiene la voz y la historia que estaba buscando para mi reportaje y que necesito ganarme su confianza. Y concluyo con la gran petición:

—Quiero hacerle llegar un libro, mañana es su cumpleaños.

—¿Puedo ser sincera contigo? —repone tras haberme escuchado en completo silencio.

—Sí, claro —afirmo tragando saliva. A pesar de ser una persona maravillosa, Sol nunca dejará de imponerme. Tiene esa clase de mirada que, al cruzarse con la tuya, consigue que la desvíes al instante.

Lúa no ha heredado ni un rasgo de su madre: su rostro es dulce y aniñado, mientras que Sol tiene unas facciones duras y marcadas. Su mandíbula es muy cuadrada, las cejas oscuras y largas enmarcan los ojos con agresividad, y su metro ochenta, acompañado de los músculos tan definidos que tiene, forman un conjunto difícil de olvidar. Siempre me he preguntado quién será el padre de Lúa, es una información que solo Sol conoce y que jamás ha compartido con nadie, ni siquiera con su propia hija. Ella le explicó a Lúa todo lo ocurrido y fue Lúa quien tomó la decisión de vivir en la ignorancia, algo que su madre agradeció.

—Me encanta tu idea. Creo que es arriesgada, pero España necesita un periodismo así. Un periodismo que hable sin tapujos sobre temas que nadie quiere tocar y que tan necesarios son.

—Pero… —digo sabiendo que Sol tendrá un grandísimo «pero».

—Pero quiero saber quién es el preso con el que estás hablando para valorar la peligrosidad de lo que estás haciendo.

Tengo que mentir.

Si le digo el nombre de Tomás, jamás me dejará continuar; no solo no me ayudará sino que seguro que pondrá trabas en mi camino para que no pueda seguir hablando con él.

No obstante, no puedo hacerlo.

Si quiero que le haga llegar el libro, si quiero que en un futuro me consiga visitas sin supervisión con él, si quiero hacer todo lo que he planeado… Ella debe saberlo. No tengo otra opción.

—Es Tomás Méndez Puga.

Al oír su nombre abre los ojos de tal manera que parece que vayan a salirse de sus órbitas. El resto de su cara permanece inmóvil, totalmente congelada. No sé qué se le está pasando por la cabeza, pero transcurren los segundos y sigue sin reaccionar.

—¿Sol? —pregunto empezando a preocuparme al percatarme de que incluso su rostro ha perdido algo de color—. ¿Estás bien?

Sol cierra los ojos y, muy lentamente, menea la cabeza de lado a lado. Pensaba que iba a enloquecer al escuchar el nombre de Tomás, en cambio, su reacción ha sido tan extraña que ni siquiera sé cómo tomármela.

—No sabes dónde te estás metiendo, Gabriela —susurra llevándose la mano derecha a la frente para masajearla.

—¿Crees que él es peligroso?

—Tomás no es peligroso —contesta dejándome sin respiración—. Es su caso el que lo es.

—¿Su caso? —repito tan confundida que todo empieza a darme vueltas.

—Si quieres que tu artículo salga adelante y llegue a ser publicado, deberías escoger a otra persona.

—¿Por qué? ¡Él tiene la voz que estaba buscando! Su historia está llena de incongruencias y puede ser la prueba perfecta de lo injusta que puede llegar a ser la justicia en este país.

—Por eso mismo, Gabriela —me dice con una calma que estoy segura que no corresponde con lo rápido que debe de latirle el corazón. Sé que está nerviosa, el párpado de su ojo izquierdo ha comenzado a temblar y eso solo le ocurre cuando no tiene algo bajo control. Y Sol siempre tiene todo bajo control—. Los altos cargos jamás dejarán que una crítica con tanto fundamento salga a la luz.

—¿Tú también crees que fue juzgado injustamente? ¿Tú crees que es inocente? —me atrevo a preguntar en estado de éxtasis.

—No lo sé.

—¿Y no quieres saberlo? —le insisto con la respiración acelerada a más no poder.

—A veces no es querer, es poder o no poder —responde con ambigüedad alargando el brazo para coger el libro que puse sobre la mesa al sentarme—. Le haré llegar el libro con una condición —añade mirándome fijamente.

—¿Qué condición?

—Quiero que me prometas que este será el último contacto que tendrás con él.

Su respuesta me pone contra la espada y la pared, el libro lleva oculto en su interior algo importante, algo que necesito que Tom tenga para poder seguir avanzando en nuestra relación.

Pero no pienso tirar todo por la borda, no pienso resignarme y dejar las cosas así cuando incluso Sol, una policía nacional, parece tener dudas sobre el caso.

Así que ahora sí que solo me queda una opción.

Mentir.

—Te lo prometo —enuncio con entereza.

10

Tomás

Hoy es mi cumpleaños.

En mi anterior vida me encantaba hacer grandes fiestas para soplar las velas; invitaba a mis amigos a una barbacoa y nos quedábamos en el jardín de mi casa cantando y bailando hasta que amanecía. Qué ingenuo era al pensar que les importaba a aquellas personas.

¿Cuántos amigos reales tenemos a lo largo de nuestra existencia? ¿Cuántos de ellos, sin dudar ni un solo segundo, pondrían la mano en el fuego por nosotros? Nuestra vida es como la ruta de un tren, algunos pasajeros deciden subirse en la primera parada y quedarse hasta el final, mientras que otros se bajan antes de alcanzar la última estación. Unos cuantos suben en la segunda parada y no aguantan más allá de la tercera, y después están los que se montan en la cuarta, pero se quedan hasta que acaba el trayecto.

Mi tren estaba tan lleno que no había hueco para nadie más, ni siquiera quería arriesgarme a tener una novia que pudiese acaparar parte del tiempo que quería destinarle a mis amigos. Siempre fui de relaciones esporádicas, de besos improvisados en discotecas y revolcones que al día siguiente ni recordaba. Nunca fui un capullo, únicamente me esforzaba en buscar mujeres que no quisieran ningún tipo de vínculo afectivo más allá del de la piel con piel. Cuando dejas claras tus intenciones desde un principio, haces que no existan malentendidos que puedan romper el corazón de nadie.

Yo vivía por y para mis colegas.

Y creía que ellos vivían por y para mí.

La parte más dura de este proceso, obviando por supuesto la muerte de mi hermana, fue ver que todas las personas que consideraba importantes en mi vida decidieron darme la espalda. Los primeros años en la cárcel me martirizaba pensando en cómo era posible que ellos, que me conocían incluso mejor que mis padres, podían creer que yo hubiera cometido tan atrocidad. Sabían que no era violento, sabían que llevaba años sin tener ningún episodio de sonambulismo, sabían que a pesar de las discusiones que tenía con mi hermana la quería más que a nadie. Con el paso del tiempo comprendí que, a veces, lo más sencillo es ceder y creer lo que todos creen, pensar lo que todos piensan. ¿Qué iban a hacer si no? ¿Ir en contra de la justicia? ¿Mantener públicamente una relación de amistad con un asesino? Habrían sido repudiados por la sociedad, incluso expulsados del equipo en el que un día yo también estuve.

Cuando accedes a formar parte de la opinión general, tu única preocupación es dejarte llevar por la corriente del pensamiento único.

Me pregunto qué será de ellos.

Me pregunto si Simón habrá terminado la carrera, si Uxia seguirá yendo a clases de baile, si Pedro por fin habrá encontrado al amor de su vida o si Lucas habrá cumplido su sueño de montar su propia empresa.

Sus vidas continuarán, sin pausa, y quizá se hayan distanciado mucho de los futuros que creíamos que nos esperaban. No cabe duda de que mi historia tuvo el desenlace más sorprendente.

—Eh, tú —me llama un funcionario mientras hace ruido aporreando con su porra la gruesa puerta de metal de mi celda—. El director te espera en su despacho —añade para después irse sin mirar atrás.

Extrañado, frunzo el ceño.

—¿Qué querrá ahora ese pesado? —pregunta mi compañero Jose, que estaba a punto de quedarse dormido en la litera de abajo. Le encanta echarse una siesta al terminar de comer.

—No tengo ni idea, supongo que algún preso se habrá inventado algo para putearme.

No sería la primera vez que me registran porque los reos se encargan de difundir el rumor de que llevo droga encima. Entré en la cárcel con veinte años, con más miedo que pelos en la barba y con una sentencia que llegó muy resumida al resto de los prisioneros. Era —y en realidad lo sigo siendo— el blanco fácil de la diana.

—Ya me contarás, Tommy.

Bajo de la litera y le guiño un ojo a Jose, por lo menos tendré algo interesante que contarle cuando vuelva. Camino hasta el final de nuestro bloque y bajo las escaleras para llegar a la primera planta. Aquí es donde se encuentra el comedor, la enfermería, la sala de visitas que nunca he tenido el placer de conocer y el despacho del director del centro penitenciario.

Antes de abrir la puerta que nos separa, doy dos pequeños golpes con el puño sobre la madera para hacerle saber que voy a entrar.

—Adelante, toma asiento —me pide el director. Así como el resto de los trabajadores son bastante crueles y me tratan siempre con desdén, él mantiene su profesionalidad e intenta ser imparcial con todos los reos. Entiende que ya estamos pagando por nuestros delitos y se dirige a nosotros con respeto y educación. A veces incluso llego a percibir en sus ojos algo de compasión. Él ha sido testigo de todas las palizas que he recibido, sabe que soy el eslabón débil y creo que mi juventud le hace ver en mí al hijo que perdió hace unos años en un accidente de moto. Nuestra cárcel es como el patio de un colegio, los rumores vuelan y no tardamos mucho en averiguar a qué se debía su baja del año pasado.

Admiro que el poder que regenta no le corrompa, estoy seguro de que, si llegasen a darle su posición a cualquier otro funcionario, toda la directiva del centro cambiaría por completo y esto pasaría a parecer una dictadura.

—¿Qué ha ocurrido ahora? ¿Se han chivado de que soy un camello, de que tengo armas bajo la cama, de que infrinjo las normas en el comedor? —bromeo dejándome caer en la silla.

La respuesta que recibo me deja atónito.

Juan, el director, no pronuncia ni una sola palabra. Simplemente se incorpora hacia delante para deslizar por la mesa que nos separa un libro que nunca antes había visto en la biblioteca.

—Feliz cumpleaños —susurra con una pequeña, casi invisible, sonrisa compasiva.

—¿Es para mí? —pregunto enderezándome.

—Una vieja amiga me hizo llegar esta novela con la intención de que te la diese a ti —responde volviendo a sentarse correctamente—. Sé que nunca has recibido ni una sola visita y jamás te han dado nada del exterior, así que accedí a hacerlo —añade con ese tono solemne que siempre acompaña su voz—. Es una excepción, Tomás.

No necesito preguntarle quién lo ha enviado, sé que ha sido ella.

No sé cómo lo ha conseguido, no sé qué contactos puede tener como para conocer al director de la cárcel en la que cumplo condena…, pero nada de eso me preocupa. Ahora tengo algo suyo, algo real, algo que ella ha tocado.

—Gra… Gracias —musito cogiendo el libro entre mis manos.

Acaricio la cubierta pensando en que sus dedos se habrán posado en el mismo lugar y no puedo evitar preguntarme si esto es lo más cerca que estaré de ella. Lo abro y, al pasar algunas páginas, compruebo que ha perfumado el libro con su fragancia. Huele a libertad, atisbo un cierto olor a frambuesa, huele dulce pero sin llegar a ser un aroma empalagoso, huele igual que la brisa veraniega, con ese frescor cálido que sientes cuando te das una buena ducha después de pasar todo el día en la playa.

También me paro a leer la dedicatoria que ha escrito:

Todo el mundo tenía una opinión sobre Evelyn, pero solo ella sabía quién era en realidad.

Enseguida entiendo a qué se refiere y no puedo evitar emocionarme. Ella ha decidido conocerme sin ideas preconcebidas, sin prejuicios. Me ha dado el beneficio de la duda, me ha dejado explicarle quién creo ser.

—Espero que sea un buen libro —dice Juan haciéndome una disimulada seña con la mano para que abandone su despacho.

—Estoy seguro de que lo será —respondo aún ensimismado por su olor.

Cuando llego a la celda, y tras contarle a Jose todo lo ocurrido, empiezo con la lectura. *Los siete maridos de Evelyn Hugo*, una novela de la que nunca antes había escuchado hablar, pero que, cuando me quiero dar cuenta, me tiene atrapado entre sus capítulos. Cuenta una preciosa historia de amor, de esas que te hacen volver a creer en él. Si bien mi mayor sorpresa llega cuando, al intentar pasar una de las páginas para seguir leyendo, me doy cuenta de que está pegada a la siguiente de una forma que parece intencional.

Con cuidado, las voy despegando tratando de dañar lo menos posible el libro. Mi sorpresa es mayúscula cuando, al separarlas por completo, encuentro un papel doblado a la mitad escondido entre ellas. Sin dar crédito, lo despliego y es entonces cuando me encuentro con sus palabras. Tengo que obligarme a cerrar los ojos y a relajarme para no devorar su carta y comerme la mitad de las frases que ha escrito, víctima de mi exaltación.

Me llevo su carta al pecho, que sube y baja cada vez más rápido, y, cuando consigo estabilizar un poco mi desmesurada emoción, comienzo a leerla.

Hola, Tomás:

No sé si finalmente recibirás esta carta, pero no quería dejar pasar la oportunidad de hacerte llegar un detalle por tu cumpleaños. Más allá del libro, quiero regalarte algo que tú me has pedido: conocerme más.

1. Soy una persona solitaria, aunque no me siento sola. Tengo un entorno sano que me hace sentir muy querida.

2. Me encanta leer y el libro que tienes ahora mismo entre tus manos es mi favorito, espero que lo disfrutes tanto como yo lo hice.

3. No me gusta escuchar música, quizá pienses que soy un bicho raro, pero me encanta el silencio.

4. Mi humor es algo ácido y suelo ser bastante sarcástica e irónica. Creo que, si no me conoces, cuesta entender mi tono, por eso mismo me cuesta sociabilizar.

5. No quiero tener hijos, no aguanto a los niños. ¿Soy el maldito Grinch? Puede que sí.

6. Siempre duermo con una luz encendida, mis padres murieron en un accidente de tráfico y tengo pesadillas de forma recurrente. Revivo su accidente una y otra vez y si me despierto a oscuras me cuesta más volver a la realidad.

7. Me encantan los helados, mi favorito es el de menta y chocolate. Algunos consideran su existencia un acto terrorista, pero supongo que no todos podemos tener buen gusto.

8. Soy la persona que le hace fotos a todo y a todos, y que luego odia salir en ellas. Si te soy sincera, creo que el problema es que soy muy poco fotogénica.

9. Me considero una persona justa, confiable y sensata.

10. Yo sí que he tenido pareja, pero ojalá no la hubiera tenido nunca. No fue demasiado bien, quizá por eso me asusta la idea de volver a enamorarme. El amor me hace demasiado vulnerable.

Aquí tienes unas pequeñas pinceladas de quién soy yo.

Con cariño,

Gabriela

Gabriela.

Se llama Gabriela.

Repito su nombre una y otra vez en mi cabeza, leo su carta tantas veces que las palabras comienzan a perder su sentido. Me pierdo en su caligrafía, tan cursiva y hermosa que recuerda a la de siglos pasados.

Gabriela me ha dado el mejor regalo que he recibido en mi vida, me ha regalado esperanza. La esperanza de volver a tener ganas de vivir, de volver a sentir, de volver a ser quien un día fui. Puede que no sepa mucho sobre ella, pero sus actos la definen. Sé que es una persona valiente, porque una cobarde jamás se atrevería a seguir hablando conmigo. Sé que es inteligente y que cuando se propone algo no hay nada que pueda frenarla, ¿cómo si no iba a conseguir hacerme llegar esta carta?

Ojalá hubiese incluido una foto para poder ponerle cara cuando sueño con ella, para poder imaginarme su rostro, la forma de su cuerpo, el color de sus ojos y la densidad de su cabello... Ahora mismo, cuando pienso en ella, solo soy capaz de vislumbrar una sombra gris y alargada. Aunque hoy no puedo quejarme, hoy he descubierto el nombre de la mujer que consigue quitarme la respiración: Gabriela.

—Gilipollas... —Una voz grave corrompe la sonrisa que se estaba instalando en mi rostro. De forma instintiva, me reincorporo para sentarme en el borde del colchón—. ¿Es tu cumpleaños?

Tres de los reos que más me odian empujan la puerta de la celda para irrumpir en mi habitación. Jose, que estaba durmiendo debajo de mí, se despierta por el estruendo.

—Ha llegado a nuestros oídos que te han hecho un regalito —dice consiguiendo que apriete el libro de Gabriela contra mi pecho. ¿Quién se lo habrá dicho? ¿Cómo es posible que en este maldito lugar los rumores viajen tan rápido?

—Dejadle en paz. —Jose se levanta e intenta hacer que reculen, pero esas tres máquinas de matar que tantas palizas me han dado no dan ni un paso atrás.

—Jose, no te preocupes —le tranquilizo bajando por las escaleras de la litera con miedo de que le agredan por protegerme.

Nada más pisar el suelo, el más agresivo y robusto de los tres me arrebata el libro de las manos. Nunca me han dado miedo los golpes, pero el hecho de que puedan quitarme lo único que tengo de ella me asusta demasiado.

—¡Devuélvemelo! —exclamo fuera de mí.

—Cógelo si puedes —responde estirando el brazo hacia el techo haciendo que sea completamente imposible que lo alcance. Me saca más de medio metro y varios kilos de puro músculo—. ¿Qué pasa, te has quedado sin regalo?

No soy un hombre violento; sin embargo, esta vez no pienso bajar la cabeza y asumir que me arrebaten lo único que me importa dentro de estas cuatro paredes. Con toda la fuerza que consigo reunir, le doy un fuerte rodillazo en sus partes íntimas y logro con ello que se encoja de tal forma que me permite llegar al libro.

—¡Serás hijo de puta! —grita uno de sus amigos al ver el daño que he conseguido causarle. Enseguida se acerca a mí junto con el que parece su mano derecha y consiguen reducirme en el suelo tan rápido que ni siquiera logro reaccionar para defenderme.

—¡Sois tres contra uno, dejadle en paz por favor! —Oigo la voz de Jose lejana, los golpes que estoy recibiendo comienzan a dejarme sordo—. Iré a avisar a un guardia.

—Tú no vas a ninguna parte, viejo. —Uno de los hombres que me estaba agrediendo se aparta para agarrar a Jose. Lo hace sin ejercer fuerza, es tan mayor que solo con sujetar sus brazos consigue inmovilizarle por completo.

—¡Tomás, Tomás! ¡Ayuda! —grita Jose antes de que le tapen la boca. Me desgarra por dentro escuchar la desesperación en su voz, me rompe el corazón ver cómo intenta ayudarme sin conseguir nada.

Los golpes me duelen, pero cada vez menos.

Son tantas las patadas que recibo que poco a poco voy dejando de sentir mi cuerpo. Noto cómo las costillas se rompen, saboreo la sangre en la boca y advierto cómo se desliza por la comisura de mis labios. Estoy hecho un ovillo contra el frío suelo, frío que incluso alivia el ardor que invade cada centímetro de mi piel.

—¿No vas a soltar ese puto libro? —me pregunta el reo al que le propiné el rodillazo.

Como respuesta, aprieto contra mi estómago la novela que Gabriela me ha regalado, no voy a dejar que me la quiten de las manos, no puedo permitirlo.

—Puto imbécil —sentencia antes de darme una patada en la nuca que consigue oscurecer por completo mi visión.

Tardo tan solo unos segundos más en perder el conocimiento.

11

Gabriela

Hace cuatro días que no sé nada de Tomás.

Si se tratara de otra persona, entendería la tardanza en responder, pero siendo él me parece algo completamente imposible, y más después de que le enviara como regalo de cumpleaños un libro junto con esas diez cosas sobre mí que tanto ansiaba conocer.

Empiezo a considerar la opción de que Sol haya reculado y optase por no enviarle el regalo. Estoy segura de que Tomás me habría escrito en cuanto lo recibiera, sé que le gusta leer y que no habría tardado más de seis horas en devorarlo y mandarme un mensaje para darme su opinión.

—Gabi, ¿me estás escuchando? —me pregunta Lúa al darse cuenta de que no le estoy prestando atención. Hemos quedado para merendar en nuestra cafetería favorita, pero mi mente está muy lejos de aquí.

—Sí, sí —respondo sin tener ni idea de lo que me estaba contando.

—Ah, ¿sí? ¿Y qué te estaba diciendo? —replica cruzándose de brazos y mirándome de forma amenazante con esos enormes ojos azules. Si Lúa fuese un animal, sería igual que Mort, ese lémur enano de ojos saltones de la película de dibujos animados *Madagascar*.

—Me distraje un momento y perdí el hilo, lo admito —confieso a regañadientes.

—¿Un momento? ¡Últimamente estás más perdida que yo qué sé! —exclama demasiado alto; la gente en las mesas que tenemos alrededor se vuelve hacia nosotras.

—Shhh, Lúa —susurro pidiéndole que baje el tono—. ¿Tienes que hablar siempre tan alto, tía? —le digo como si yo no pecase de exactamente lo mismo.

—Estoy segura de que estabas pensando en él —afirma sin contestarme directamente, pero controlando un poco más el volumen de sus palabras.

—Hace cuatro días que no me escribe —le explico con sinceridad; entre nosotras nunca ha habido secretos y nunca los habrá.

—Igual se ha cansado de este rollo raro de correspondencia que teníais.

—¡Oye! —me quejo ofendida.

—O igual el libro que le mandaste le pareció tan malo que no quiere seguir hablando contigo. Ya te dije que es un hombre, los hombres no tienen la sensibilidad necesaria para leer tal obra de arte.

—Lúa, deja de decir tonterías. —Su tono bromista e infantil comienza a sacarme de mis casillas.

—Tienes razón, los hombres gais sí que la tienen.

—¡Lúa! ¡Basta! —profiero—. Tómatelo en serio, por favor; es importante para mí... Ha tenido que pasar algo, quizá el libro no llegó a sus manos.

—¿Crees que mi madre no cumplió su palabra?

—No lo sé... —respondo confusa—. No quiero dudar de ella, me prometió que lo haría y sé que jamás incumple una promesa.

Lúa baja la vista hacia su café y comienza a removerlo; mira que es difícil que esta mujer esté callada, pero sé que cuando se concentra en algo necesita guardar un silencio sepulcral para organizar sus pensamientos. Me imagino su mente como una explosión de colores, de texturas y de formas diferentes.

—¿En qué piensas? —le pregunto pasados unos minutos.

—En que mi madre no era el único eslabón de la cadena —contesta con la seriedad que antes le exigí—. ¿Y si ella lo envió, pero la otra parte no se lo entregó a Tomás?

—Puede ser…

¿Cómo no se me había ocurrido antes? No sé por cuántas manos tenía que pasar el libro antes de llegar a Tomás, pero tan solo con que unas no hiciesen bien su trabajo es más que suficiente.

—La comisaría de mi madre está aquí al lado y ahora mismo está trabajando, así que podemos acercarnos y hablar con ella —sugiere Lúa, y sus palabras logran despertar en mis ojos cierto brillo de emoción.

—¿En serio?

—Sabes que no me gusta nada este rollo policiaco, aunque si es importante para ti lo respetaré y te ayudaré en todo lo que pueda —responde tras terminarse el poco café que había en su taza—. Al fin y al cabo, yo también soy periodista y he de admitir que esta historia tiene cierto morbo.

—Gracias, te quiero —digo emocionada y me levanto para darle un fuerte abrazo. Nunca he sido demasiado cariñosa; sin embargo, la vida me ha enseñado que es mejor no dejar ningún abrazo por dar, ninguna aventura por vivir y ningún «te quiero» por soltar.

La comisaría en la que trabaja Sol está tan solo a dos calles de donde nos encontrábamos, justo debajo de la catedral. Cuando llegamos, y después de pasar el control, vemos a varias personas en la sala de espera y a dos policías atendiendo en el mostrador. Lúa los saluda y, como Pedro por su casa, avanza hasta el pasillo que hay al final de la sala para llegar al despacho de su madre. No sé hasta qué punto debería hacer esto, pero por la naturalidad de sus pasos interpreto que no es la primera vez que se toma estas confianzas.

—¿Mamá? —pregunta al llamar a la puerta de uno de los despachos.

—¡Pasa! —exclama Sol desde dentro.

Cuando me ve entrar a mí también, suelta un largo suspiro. Es demasiado inteligente y sabe perfectamente por qué hemos venido a verla.

—Gabriela quería hacerte una pregunta —suelta Lúa consiguiendo que me sonroje. Todo ha sido tan rápido y tan directo que no sé por dónde empezar ni cómo formular la pregunta que quiero hacer. Hace diez minutos estaba tomándome un café con mi mejor amiga y ahora estoy en el despacho del máximo cargo de la comisaría de Santiago.

Lúa se sienta en una de las sillas del escritorio, frente a su madre, pero yo me quedo de pie junto a la puerta que acabamos de atravesar.

—¿Y cuál es esa pregunta? —Sol me ayuda a empezar y no desaprovecho la oportunidad.

—¿Sabes si el libro le ha llegado?

Ni siquiera he pensado en cuál habría sido la mejor manera de preguntárselo, he soltado la primera retahíla de palabras que apareció en mi cerebro.

—Sí, Gabi, le ha llegado.

Su respuesta rompe mis esquemas. No me esperaba esa afirmación; ahora no hay excusas que justifiquen la falta de comunicación de Tom.

—¿Estás segura? —insisto, tratando de obtener otra respuesta.

—Completamente, el hombre al que se lo entregué es el director de la cárcel en la que está recluido, y es de mi total confianza.

—Cada palabra que pronuncia hace que se me rompa un poco el corazón.

¿Puede ser que Tom se haya aburrido de nuestras conversaciones? ¿Puede ser que no quiera seguir hablando conmigo, que haya descubierto que soy periodista y no quiera continuar con esto? Noto cómo mi respiración se acelera; no había valorado ninguna de esas opciones y de repente aparecen todas frente a mí. Quizá no debí ocultarle cuál era mi intención al decidir escribirle, puede que se sienta engañado. ¿Habré perdido el vínculo que estábamos creando? ¿Lo habré echado todo por la borda por sobrepasar una línea que tal vez no debí cruzar jamás?

—Lo mejor que puede pasarte es que ese chico se olvide de ti, cariño —sentencia la madre de Lúa, pisoteando los últimos restos de esperanza que quedaban en mí.

¿Aquí se acaba todo?

12

Tomás

Intento abrir los ojos, pero la luz enseguida me molesta y tengo que cerrarlos de nuevo. Me llevo la mano a la frente; la cabeza me duele tanto que siento que podría explotar en cualquier momento. Oigo que la máquina a la que estoy enchufado emite un pitido bajo y continuo, lo que significa que mis constantes vitales son estables. ¿Tan grave ha sido la paliza? ¿Cuántos días llevaré postrado en esta cama?

Vuelvo a despegar los párpados, esta vez lo hago lentamente, con cuidado. La claridad del día entra por la ventana de la enfermería bañando mi cara con el brillo del sol; el cielo está despejado, no hay ni una sola nube que interrumpa su azul celeste.

—Qué día tan hermoso —susurro con un hilo de voz.

No hay nadie más en la sala, el resto de las camas están vacías y Mercedes, la doctora que siempre me atiende, no está por ninguna parte. Sé que no tardará en venir para atosigarme con decenas de preguntas sobre mi estado, así que agradezco tener este momento de tranquilidad para mí.

Entonces pienso en ella, en Gabriela.

En la mesilla junto a mi cama está su libro, el libro que me regaló por mi cumpleaños y que ocultaba esa carta que tanto me gustó leer. Estiro el brazo derecho para cogerlo, algunas de sus hojas están arrugadas y las esquinas de la cubierta se han deteriorado, pero lo importante es que no me lo arrebataron, lo importante es que nadie más en este lugar conoce a Gabriela como yo. No me habría perdonado jamás que alguien hubiese llegado a leer su carta, que alguien que no fuese yo invadiese de esa forma su privacidad, que alguno de esos tres asquerosos tuviese la osadía de posar sus repugnantes ojos sobre su perfecta caligrafía.

Cuando irrumpieron en mi celda, estaba cerca de terminar la novela. Me quedaban menos de cinco capítulos cuando encontré su carta. Le debo a Gabriela una opinión sobre Evelyn, así que, aprovechando el silencio que me rodea, prosigo con la lectura que tanto me estaba gustando.

Las páginas parecen pasarse solas; un buen libro tiene el poder de atrapar cada parte de tu conciencia y conseguir que vivas o bien leyéndolo o bien pensando en hacerlo. Al llegar al desenlace, noto que una lágrima se desliza por mi mejilla para acabar en la comisura de los labios.

—¡Te has despertado! —exclama la doctora mientras recorre como un torbellino la enfermería. En un acto reflejo cierro el libro e intento recomponer mi rostro—. ¿Cómo te encuentras, Tomás? ¿Lloras por el dolor, quieres que te subamos la medicación?

—No, estoy bien —respondo—. ¿Cuánto tiempo llevo aquí?

—Hoy es tu quinto día... Esta vez te han dado fuerte, chico —explica Mercedes con un tono de voz algo triste. Las primeras veces que me trató lo hacía con una completa indiferencia, incluso parecía que con asco, pero creo que ese sentimiento de desagrado terminó convirtiéndose en compasión. En los primeros años de condena me trataba cada mes, a veces por lesiones leves, como una ceja rota, y otras tantas por palizas como la que me ha traído aquí esta vez.

—¿Me han roto algo?

—Dos costillas, aunque solo son fisuras —contesta revisando los parámetros de las máquinas que se encuentran junto a la cama—. Tienes fuertes contusiones en la espalda y en la cabeza, pero nada que el tiempo y el reposo no curen.

—Entonces no ha sido para tanto —repongo con una media sonrisa para quitarle gravedad al asunto.

—Tomás, tu compañero de celda ha declarado que te pegaron patadas sin cesar mientras tú estabas hecho un ovillo en el suelo… —dice horrorizada—. Si una de esas patadas hubiese dado en un punto concreto de tu cabeza o de tu columna, es probable que ahora mismo no pudiéramos mantener esta conversación.

—Sin embargo, no ha sido así.

—Esta vez no, pero quizá la siguiente sí —aclara de forma contundente. Su trabajo como doctora consiste en preocuparse por mi salud, pero a veces siento que también se preocupa por mí. Por la persona que hay detrás de las placas, de los análisis y de los cardiogramas.

—Yo no busco pelea, Mercedes. No hay nada que pueda hacer; debería ser el centro penitenciario el que velase por la salud de sus internos —enuncio, para dejar claro que la víctima jamás tendrá la culpa en una agresión.

—Lo sé, los reos que te pegaron están en aislamiento.

—Pero no estarán ahí eternamente. Permanecerán unos días castigados, saldrán todavía más enfadados y cuando se olviden de lo mal que lo pasaron en el encierro volverán a meterse con cualquier preso que haga algo que les moleste.

Mercedes suspira; sabe tan bien como yo que el sistema penitenciario tiene muchos problemas a los que nadie quiere buscar solución.

—No lo soltaste en ningún momento —añade señalando la novela que tengo sobre mi regazo. Ha decidido cambiar de tema porque sabe que estábamos entrando en un callejón sin salida—. Te dieron golpes hasta hacerte perder la consciencia y tú seguías apretándolo contra tu pecho… Debe de ser importante.

—Lo es.

—¿Más importante que tu propia vida, Tomás?

—Sí.

Mi contundencia a la hora de responder provoca un silencio perturbador entre nosotros. Ella no sabe qué más decir, y yo no quiero decir nada más.

—¿Podrás darme el alta hoy? —pregunto, ansioso por salir de la enfermería. Ahora que lo pienso, Gabriela lleva cinco días sin saber nada de mí. Cinco días en los que quizá haya pensado que su regalo me ha ofendido, o que me he aburrido de nuestra correspondencia, o que no me han gustado las cosas que me ha contado sobre ella.

—Me gustaría que pasases aquí el resto del día para tenerte en observación, pero, si todo va bien, mañana volverás a tu rutina.

Y de pronto surge en mí una urgencia que hace que no me guste su respuesta. Debo salir de aquí ahora mismo, tengo que enviarle un mensaje a Gabriela para que sepa que todo está bien, para explicarle lo sucedido y que no piense cosas que no son ciertas.

—Necesito redactar un correo electrónico, Mercedes —pruebo a sincerarme con ella. Es una mujer empática y comprensiva y mi mayor baza es apostar por su apoyo.

Sin embargo, Mercedes frunce el ceño.

—Ese mensaje seguro que puede esperar —responde, sin comprender mi urgencia. No la juzgo, no tiene el contexto necesario para entender lo que ocurre.

—Es un mensaje para la persona que me regaló el libro —añado. Ella sabe que estaba dispuesto a morir para proteger este maldito libro, así que será consciente de lo mucho que significa para mí.

—Entiendo… —susurra asintiendo—. ¿Cómo se llama?

No quiero decírselo, quiero que su nombre siga siendo nuestro secreto, no quiero que nadie aquí dentro sepa nada sobre quién es Gabriela, ni siquiera cómo se llama.

—Ella es mi Esperanza —respondo con un doble sentido que me libra de mentir.

Odio las mentiras, llevo muy mal que me mientan e intento no hacerlo nunca. Prefiero una verdad dolorosa que vivir en un engaño, prefiero ser sincero y hacer daño antes que soltar una falsedad que tarde o temprano saldrá a la luz. Porque las mentiras siempre se descubren, tienen las patas demasiado cortas como para llegar lejos.

—Te acompañaré hasta la sala de ordenadores, redactarás ese correo y luego volveremos a la enfermería. ¿Trato hecho? —propone tendiéndome su mano.

—Trato hecho —acepto estrechándosela con una sonrisa.

—Pues venga, arriba.

Con su ayuda, me levanto de la cama y doy los primeros pasos apoyado sobre sus hombros. Tengo las piernas entumecidas después de pasar tantos días sin moverse y tardan en recordar cómo se caminaba. Lo primero que hago cuando consigo llegar al baño es quitarme el camisón que me han puesto para sustituirlo por el vestuario reglamentario que todos los reos llevamos. Un pantalón gris con nuestro número de identificación y una camisa del mismo color.

—¿Puedes tú solo? —me pregunta Mercedes cuando salgo del baño cambiado. Ahora nos toca ir hasta la sala de ordenadores y, aunque dudo que pueda mantenerme estable todo el camino, no quiero que los otros presos sean conscientes de lo débil que estoy.

—Sí —respondo, y comienzo a andar.

El camino se me hace larguísimo, siento un hormigueo tan intenso en el cuerpo que es comparable a que me estuviesen clavando pequeños cristales en cada centímetro de piel. Finalmente llego a la sala, al ordenador. Mercedes me espera en la puerta con impaciencia, sin quitarme el ojo de encima. Sé que esta situación la pone nerviosa, así que enciendo la máquina y, mientras arranca, voy pensando en todo lo que quiero decirle a Gabriela. Pero, al iniciar sesión en mi correo electrónico, veo que hay varios mensajes suyos. En los primeros me pregunta si me ha llegado el libro, me desea feliz cumpleaños de nuevo y me pide que le responda cuanto antes. Haciendo cálculos, me doy cuenta de que tardó dos días en escribirme después de conseguir que el libro llegase a mis manos. Estaría extrañada tras no recibir mensajes míos en ese periodo de tiempo, y más teniendo en cuenta la sorpresa que el libro suponía. En sus últimos correos, uno escrito esta mañana, noto preocupación en sus palabras. Me pregunta si estoy bien, si me ha pasado algo, si acaso no quiero seguir con la correspondencia o si algo me ha parecido mal. Gabriela suena inquieta, nerviosa... Y en la forma de expresarse atisbo cierto miedo al abandono. Me rompe el corazón saber que se ha sentido así, saber que se ha pasado días pensando y sacando conclusiones que seguro que se alejan mucho de la realidad. Y no la culpo; creo que los jóvenes de hoy en día tienen muchas dificultades a la hora de dar explicaciones. No me incluyo, pero sé que muchos prefieren huir antes de enfrentarse a una situación que quizá se les antoja demasiado dura.

Afrontar tus propios sentimientos no siempre es fácil; sin embargo, cuando hay otra persona involucrada, lo mínimo que puedes hacer es ser sincero y hablar las cosas. Mis padres no le dieron demasiada importancia a la inteligencia emocional de sus hijos, pero mi hermana y yo aprendimos juntos y maduramos hacia el entendimiento y la empatía. Tu familia no siempre es el referente que debes seguir, cuando creces tienes que aprender a disociar y a pensar por ti mismo lo que está bien y lo que está mal. Crecí sin amor, rodeado de lujos, pero sin ningún tipo de atención; desde pequeño me inculcaron los valores fríos y herméticos que debe tener un buen empresario y se olvidaron de hablarme sobre el amor, la lealtad o la conciencia social. Son cosas que yo mismo decidí aprender, cosas que no dudé en enseñarle a mi hermana menor cuando vi que ya empezaba a cuestionar la educación que nuestros padres se esforzaban por darnos.

Así que puedo imaginarme todas las películas que Gabriela se habrá montado en la cabeza, soy capaz de ponerme en su lugar y sé que no hay nada más angustioso que no saber qué vaga por la mente de la persona con la que te relacionas.

Con muchas ganas de dejar todo claro, comienzo a teclear mi respuesta.

De: tomasmendezpuga@cpatardecer.com
Para: elizabethbennet@gmail.com

Hola, Gabriela:

Antes de nada, me gustaría aclarar por qué no te he escrito estos días. No dudes de que me moría de ganas por decirte lo mucho que me ha gustado el libro que me has enviado. No dudes de que has estado en mi mente cada hora y cada minuto de todo este tiempo que has estado sin saber de mí. El día de mi cumpleaños recibí una paliza que me dejó inconsciente, pero no te preocupes por mí, ahora ya estoy recuperado y no he sufrido lesiones graves, aunque no he recobrado la consciencia hasta hace unas horas.

Gabriela, te prometo que todo el dolor desaparece cada vez que recuerdo que ya conozco tu nombre, y no solo eso, sino que además me regalaste esa información sobre ti que tanto ansiaba conocer. La novela que me enviaste también me ha ayudado a desconectar, al sumergirme entre sus páginas he logrado escapar de los barrotes que me asolan desde hace años. La historia de Evelyn me ha hecho reír, llorar, me ha enfadado y, sobre todo, me ha removido por dentro. Gracias por regalármela y gracias por, tal y como hacen en la historia, tratar de ver más allá de lo que todos creen que soy.

Me siento muy conectado a ti, al fin y al cabo, eres mi único vínculo con el mundo de ahí fuera… Quiero acabar este mensaje con una propuesta que quizá taches de indecente, pero no quiero quedarme con las ganas de lanzarte esta pregunta.

Tú me habrás visto en decenas de fotos y vídeos, mi rostro está colgado en cientos de artículos por internet... Pero, cuando yo te pienso, solo soy capaz de visualizar una imagen borrosa. No logro atribuirte ninguna característica, creo que eso sería limitarte a una imagen que seguramente dista mucho de la realidad. No quiero imaginarte rubia y que seas morena, no quiero imaginarte como una chica bajita para después descubrir que mides casi dos metros... Nada me gustaría más que visualizar tu cara, y no una invención, cuando leo tus palabras. Así que... ¿me dejarías verte, Gabriela? ¿Me dejarías conocer el rostro de la mujer en la que no paro de pensar?

Si con este mensaje Gabriela sigue teniendo algún tipo de duda sobre mi interés por ella, es que ha perdido la cabeza.

13

Gabriela

Cuando vi su mensaje en la bandeja de entrada del correo electrónico se me aceleró el corazón, y cuando lo leí y descubrí que la ausencia de noticias suyas se debía a que había estado inconsciente se me paró por completo. Sentí cierta culpabilidad por haber pensado que me había dejado tirada, me sentí mal por haber desconfiado de Tomás mientras él trataba de recuperarse de una paliza. También sentí angustia, o más bien una especie de inquietud ante la idea de que volviesen a hacerle daño.

Tengo que admitirlo, mi experimento con Tomás está llegando demasiado lejos. La preocupación que siento por él va más allá de lo profesional, el desasosiego que aparece en mí cada vez que pienso que pueden volver a lastimarle, que puedo volver a pasar un tiempo en la incertidumbre de no saber cómo esta… Sé que estoy en una cuesta abajo sin frenos, pero a pesar de reconocerlo sigo sin hacer nada que disminuya mi velocidad. Sé que hay un problema, pero, lejos de arreglarlo, cada día me sumerjo más y más en él.

Aún no he respondido a su mensaje porque su propuesta también hizo que me replantease toda esta situación. Quiere verme, quiere saber cómo es mi rostro y yo no sé si estoy preparada para mostrarme ante él. Necesito cerciorarme de que no es una persona peligrosa, y, aunque la madre de Lúa me dio a entender que no es un chico conflictivo, quiero que antes de mandarle una foto mía me cuente esas razones por las que no cabrá en mí ninguna duda de su inocencia.

Hoy he quedado con Lúa, así que decido esperar un poco antes de enviarle mi respuesta, así podré pedir consejo a mi mejor amiga y tendré más tiempo para sopesar mi decisión.

Preparo el pícnic que le prometí que llevaría —la vez anterior lo hizo ella, así que ahora me toca a mí—. A Lúa le encanta que romanticemos nuestras vidas, cada semana tratamos de montar algún plan diferente que aporte algo de luz a la rutina diaria. A veces vamos de ruta en bici hasta algún mirador, otras a probar unos cafés carísimos que te venden con la excusa de que son una especialidad, también hemos ido a esos sitios de pintar cerámica que se están poniendo tan de moda, a obras de teatro, a talleres de costura en los que siempre estamos rodeadas de abuelitas o incluso a clases de surf, que tuvimos que abandonar a las pocas horas porque nos iba a dar una hipotermia.

Termino de rellenar la cesta de mimbre con las bebidas y el mantel y, tras despedirme de mis bolitas de pelo, camino hacia el lugar donde hemos quedado: la Alameda de Santiago, un parque lleno de vegetación con unas vistas increíbles de la catedral.

Estamos en abril y, aunque en esta ciudad suele refrescar, hoy hace un día espléndido para estar al aire libre. Soy la primera en llegar al lugar donde siempre nos instalamos, al pie de un gran roble que nos da sombra. Extiendo el mantel blanco que he traído y dispongo sobre él la comida que he preparado. Dos sándwiches, fruta fresca, colines con tarros de queso crema, algo de embutido, quesos variados y frutos secos. Yo soy mucho más funcional que Lúa y habría traído todo en *tuppers* de plástico, pero sé que a ella le encanta currarse la presentación, así que intento ponerlo todo lo más bonito que puedo.

—¡Gabriela, hola! —Al escuchar su voz enseguida levanto la cabeza.

Y ahí está ella, acercándose a la carrera y dejando tras de sí una estela de alegría. Todos se vuelven a verla, con la melena pelirroja tan bien peinada y sus *outfits* tan llamativos es imposible que pase desapercibida. Hoy lleva un pantalón acampanado pero bien apretado en la zona de la cintura, un corsé amarillo muy romántico y un pañuelo de crochet en el pelo, también amarillo, en el que ha cosido varias margaritas, su flor favorita. El estilo de Lúa recuerda muchas veces al de los años sesenta; creo que por eso es sobre todo la gente mayor la que se queda embobada mirándola, estoy segura de que les recuerda a su juventud.

—¡Qué monada de pícnic! Cada vez los haces más bonitos… —exclama con una enorme sonrisa cuando ve todo lo que he preparado. De su bolsito de mimbre saca su cámara analógica y fotografía la escena. Siempre la lleva a todas partes, dice que esas fotos tienen mucho más encanto que las digitales. La foto analógica no puede ser retocada, y tampoco puedes verla hasta que revelas el carrete, lo que hace que todo se vuelva único, natural y especial—. Venga, ahora tú también saldrás en la foto —añade alejándose hasta encuadrarme en el visor.

—¡Ay, sabes que no me gustan las fotos! —digo a regañadientes mientras poso con una sonrisa demasiado artificial.

—Estás guapísima, Gabi, tienes un brillo especial en los ojos.

—Su comentario me sorprende y logra sonrojarme, y, justo cuando noto que mis mejillas se están encendiendo, ella aprieta el botón—. ¡Listo! ¡Estoy deseando ver cómo han quedado! Hazme tú una, porfa.

Después de unos minutos de sesión fotográfica (porque cuando Lúa pide una foto realmente se refiere a que le saques unas mil doscientas, y todas desde ángulos diferentes), por fin nos sentamos y empezamos a comer. Yo le hinco al diente a la sandía que he cortado hace unas horas y Lúa saborea el jamón ibérico y la selección de quesos.

—Hum, Dios mío, el jamón me recuerda lo agradecida que tengo que estar de ser española... —dice con la boca llena—. Normal que los turistas se vuelvan locos, nuestra gastronomía es increíble.

—Española y gallega, que te recuerdo que además estás en la comunidad autónoma en la que mejor se come.

—Shhh, no lo digas muy alto, que ya sabes lo rápido que se ofende la gente —susurra entre risas mientras me guiña un ojo.

Y no le falta razón, como periodista soy consciente de que es completamente imposible publicar un artículo sin que a nadie le parezca mal, incorrecta o indecente alguna de tus palabras. A veces nos obcecamos tanto en que nuestra opinión es la válida que nos olvidamos de escuchar y tratar de entender otros puntos de vista. Debatir con personas que no piensan igual que nosotros puede nutrirnos y aportarnos ciertos datos o información que antes desconocíamos.

—¿Al final Tomás te ha contestado? —pregunta Lúa, sacando el tema del que tarde o temprano íbamos a acabar hablando.

—Sí, hoy he recibido un mensaje suyo —respondo con since-ridad. Lúa cada vez tolera más la situación, en algunos momentos sigue mostrándose algo reacia, pero creo que ha comprendido que no hay tanto peligro como supuso al principio—. Estos días ha estado inconsciente, le pegaron una paliza.

—¡¿Qué dices?! —exclama alzando el tono de voz y abriendo la boca y los ojos de par en par. Siempre será la reina del dramatis-mo—. ¡Ni que estuviésemos en una película! ¿Estas cosas siguen pasando en la vida real?

—Pues parece que sí, y son este tipo de situaciones las que quiero plasmar en mi artículo —contesto para recordarle, y por supuesto recordarme a mí misma, que todo esto tiene un fin perio-dístico—. No es normal que un centro penitenciario dirigido por el Gobierno permita esta clase de abusos.

—¿Y ya le has respondido?

—He escrito un correo, pero todavía no le he dado a enviar, lo tengo en la sección de borradores.

—¿Y eso por qué? ¿Acaso no estás segura de tu respuesta? —re-pone intrigada mientras se lleva a la boca un puñado de frambue-sas que tiñen sus dientes de rojo.

—Me ha pedido que le envíe una foto y no sé si hacerlo —res-pondo sabiendo que esto va a escandalizarla por completo.

Y, en efecto, tras oírme, Lúa escupe las pocas frambuesas que le quedaban en la boca.

—¡Tienes que estar de broma! —profiere limpiándose con el dorso de la mano la comisura de los labios—. ¡Tienes que estar de broma! —repite, todavía más alto, por si no la había oído la pri-mera vez.

—¿Te parece una locura enviarle una foto mía? —pregunto a pesar de conocer su respuesta.

—¿Que si me parece una locura? —pregunta a su vez, incrédula—. ¡ES UNA LOCURA, UNA LOCURA GIGANTESCA! —grita sin entender cómo me lo puedo tomar tan a la ligera—. ¿Sabes cómo acabaría esta historia si todo esto fuera una de las novelas negras que tanto nos gustan?

Entorno los ojos, ya ha comenzado su telenovela.

—¡Acabaría matándote, te enterraría en medio del bosque y mi madre y yo te buscaríamos hasta el fin de nuestros días, pero jamás te encontraríamos! ¡Y él se daría a la fuga, empezaría una nueva vida en...! En... —Hace una pausa tratando de encontrar un buen destino para el desenlace de su trama—. ¡En Nuevo México!

—Qué va, los lectores odiarían el libro y nunca perdonarían a la escritora si la historia terminase así.

—Pero esto es la vida real, aquí no hay fans ni autores —añade recuperando cierta seriedad; aunque, tratándose de Lúa, es imposible tomársela cien por cien en serio—. ¡Aquí es tu vida la que está en juego!

—Tu madre me dijo que no le consideraba peligroso —digo, con idea de restaurar un poco la calma—. De todas formas, no te preocupes. He decidido que no voy a enviársela; de hecho, ni siquiera sé cuál podría mandarle... No tengo apenas fotos mías en el teléfono.

—Hum... Yo sin duda elegiría la foto que te saqué ese día que, por alguna extraña razón, accediste a posar para mí durante cinco minutos. Madre mía, estás increíble en esa foto, el rollo analógico te sienta genial y tus ojos salían superverdes y enormes. —Después de este calmado discurso en medio de la tormenta previa, se hace un silencio, la miro con la ceja levantada y Lúa no tarda mucho en volver a la histeria—. Pero, vamos, ¡que yo no le mandaría ninguna! ¡Me parece un riesgo que no deberías correr, Gabriela!

—Ya te he dicho que no voy a enviársela —repito con una sonrisa que no puedo evitar esbozar. La locura de mi mejor amiga es una de las cosas que más me gustan de ella. Congenia a la perfección con mi serenidad, hacemos que nuestra balanza emocional esté siempre equilibrada.

Ella es el impulso y yo soy el razonamiento, ella es la mecha corta y yo la larga hilera de pólvora… Aunque esta vez es Lúa quien está siendo más cautelosa y analizando más las consecuencias de mis actos. ¿Acaso nos hemos intercambiado los roles y ahora soy yo el corazón desbocado y ella es el cerebro pensante?

—Entonces ¿qué vas a responderle? ¿Puedo leer ese borrador? —pregunta acercándose a mí con una curiosidad que no es capaz de controlar.

Sin decir nada, le tiendo el móvil con el mensaje aún sin enviar abierto en la pantalla. Lúa lo agarra al instante, sabe que en cualquier momento puedo arrepentirme de esto. De hecho, puede que ya lo esté haciendo, pero es demasiado tarde. Sus ojos van de un lado a otro de la pantalla a una velocidad asombrosa.

De: elizabethbennet@gmail.com
Para: tomasmendezpuga@cpatardecer.com

Hola, Tomás:

No quiero enviarte una foto por aquí; como ya te he dicho, no soy nada fotogénica. Pensé en la opción de describirte con detalle mi rostro y mi cuerpo, pero he recordado que una de las cosas que me contaste sobre ti es que tienes poca imaginación... Así que deja que esta vez sea yo la que realice una propuesta indecente.

Cuéntame por qué eres inocente. Déjame conocer esas pruebas que, según tú, tan irrefutables son. Convénceme de tu inocencia y te prometo que iré a verte.

No será una foto, tampoco una descripción. Podrás verme con tus propios ojos. Podrás sentir el calor de mi piel, percibir el aroma que emano, contemplar el brillo de mis labios y escuchar el timbre de mi voz.

Espero tu respuesta con ansias.

—Esto tiene que ser una broma —sentencia Lúa después de releer el mensaje unas cuantas veces—. ¿Acabo de leer lo que acabo de leer? —añade sin ser capaz de procesar mi mensaje.

—Supongo que sí —respondo con cierto nerviosismo. No estoy nerviosa por su reacción, sino porque compartir mi plan con otra persona hace que este se vuelva más real.

Ahora ya no es un pensamiento intrusivo, ahora es una posible realidad.

—No vas a enviarle una foto porque has decidido ir a verle en persona. ¿He leído bien? Dime por favor que no he leído bien —me pide con una expresión en su cara que no sabría ni cómo definir.

—No voy a enviarle una foto porque iré a verle en persona —repito en voz alta, siendo consciente de que esto es lo que quiero y lo que voy a hacer—. Has leído bien —sentencio mientras doy un gran sorbo al zumo de melocotón.

14

Gabriela

Si antes odiaba mi trabajo, ahora mismo la aversión que siento es total. No es que se necesite mucha concentración para maquetar noticias, pero hoy me han asignado el rol de correctora y en este puesto sí que he de prestar más atención. Tengo que leer las noticias que mis compañeros redactan y encontrar erratas, cambiar algunas palabras que se repitan demasiado y mejorar la sintaxis, sin afectar al estilo personal de cada uno. A veces parece que corrijo borradores y al final acabo escribiendo yo la mayor parte del reportaje, pero, por supuesto, sin llevarme ningún mérito por ello.

—Gabriela, las últimas noticias que te he enviado no las corrijas —dice mi jefe acercándose a mi escritorio—. Finalmente no vamos a publicarlas.

—¿Y eso a qué se debe? Ya había corregido una y me iba a poner con las demás —respondo ofuscada al ser consciente de que acabo de desperdiciar media hora de trabajo.

—No van con nuestra línea editorial, nos han cortado el grifo desde arriba —me explica alargando el brazo para coger uno de los caramelos de limón que tengo sobre la mesa—. Te haré llegar los reemplazos en unos minutos.

Entorno los ojos y, antes de enviar a la papelera los documentos que estaba editando, me fijo en lo que cuentan aquellos que todavía no había empezado a revisar. Son noticias políticas en las que se favorece a cierto partido. Tratan sobre un hecho del que se debería hablar, un avance que tendría que alegrarnos a todos y que no supone ninguna polémica, pero, si llegásemos a publicar estos artículos, estaríamos alabando a la fuerza una política contraria a la que entendemos como nuestra.

¿Sabéis cuál fue la mayor decepción que me llevé cuando comencé a trabajar para el periódico más leído de la ciudad? Descubrir que la mayoría de la prensa está muy lejos de poder considerarse libre.

Cuando empecé como becaria aquí me explicaron el término «línea editorial» que tiene cada medio de comunicación. Una línea que debe estar presente en todo lo que se publique bajo el nombre de la empresa, una línea que como periodista nunca debes sobrepasar. Y entonces comprendí que, aunque nuestro deber siempre es informar, hay muchos puntos de vista desde los que puede hacerse.

Puntos de vista que, la mayoría de las veces, son impuestos.

—Espero que también me hagas llegar una bolsa de caramelos, no hay día en el que no me robes unos cuantos —digo alzando la voz para que mi jefe logre oírla, ya que tras zamparse el caramelo no tardó en dar media vuelta y volver a su despacho.

—¡Menuda agarrada! —exclama volviéndose y fingiendo que está ofendido.

—Con lo poco que me pagáis tengo que minimizar cualquier gasto —replico aprovechando la situación para soltar una de esas pullas que tanto me gustan.

Mi jefe se ríe a pleno pulmón y niega con la cabeza.

—¡No sabes las ganas que tengo de despedirte! —exclama antes de cerrar la puerta de su despacho y dar por finalizada la conversación.

No puedo evitar sonreír; puede que le odie, pero me gusta esta relación de sinceridad que tenemos. Nos decimos todo a la cara, no como el resto de los compañeros, que le hacen la pelota de tal manera que no descarto que algún día comiencen a ponerse de rodillas para suplicarle unas condiciones laborales decentes.

Mientras espero la llegada de los nuevos artículos, ordeno un poco el escritorio. Me gusta tener todo en su sitio correspondiente —puede que sea un poco maniática del orden, aunque nunca me veréis admitirlo—. A la derecha está la taza del café —que yo misma pinté en un curso de cerámica—, también tengo una jarra de agua y su vaso, un pequeño marco con una foto de mis pequeñas bolas de pelo y dos tarros en los que planté unos hermosos cactus en flor. A la izquierda, un pequeño bol en el que guardo mis característicos caramelos de limón, un estuche con bolígrafos y rotuladores, y una libreta de hojas blancas en la que tomo ciertos apuntes. A pesar de que cada vez todo esté más digitalizado, me niego a dejar de usar papel. Me encanta anotar cosas como se hacía antes, deslizando el boli a todo correr por el folio para intentar plasmar las ideas más importantes, subrayando y llenando de marcas los escritos, resumiendo y tachando lo que no considere del todo importante… En mi bolso nunca falta un pequeño bloc de notas y estoy segura de que os sorprendería la cantidad de veces que llego a usarlo.

También aprovecho este pequeño e improvisado descanso para entrar en mi correo electrónico. Desde que le envié mi propuesta a Tomás anoche, siento un nudo en la garganta que me impide respirar con normalidad. Estoy nerviosa, ansiosa por conocer su reacción, temerosa de que quizá él no quiera romper la distancia que nos separa, angustiada por si dar este paso hacia delante puede llegar a ponerme en peligro.

Al fin y al cabo, estoy hablando con un supuesto asesino que, al cumplir su condena y salir de prisión, viviría en la misma ciudad que yo.

Al refrescar mi bandeja de entrada, veo su nombre y me sorprende lo rápido que hago clic sobre él.

De: tomasmendezpuga@cpatardecer.com
Para: elizabethbennet@gmail.com

Mi querida Gabriela, ¿has oído alguna vez el dicho que afirma que las paredes tienen oídos? Pues te diré una cosa: las pantallas tienen ojos.

Por favor, confía en mí. Ven a verme y te lo contaré todo, pero no me hagas dejar por escrito la única baza que tengo para demostrar mi inocencia. Prometo explicártelo en persona, responderé a todas tus preguntas y, si decides no creerme, respetaré tu decisión y no volverás a saber nada más de mí.

Si finalmente accedes a venir, necesito que me envíes tu nombre completo y tu DNI. En este centro penitenciario, si la visita no es de un familiar directo, debe ser el reo el que la solicite.

Por favor, confía en mí. No te arrepentirás de hacerlo.

Cuando llego al final de su mensaje, siento toda la piel erizada. Si ir a verle ya era una decisión difícil, Tomás acaba de complicar todavía más las cosas. Ahora no es solo difícil, sino que también es poco prudente. ¿Por qué ha esperado hasta este momento para decirme que no podía contármelo por escrito? ¿Y si no existen tales pruebas, y si todo era una mentira para que nuestra relación no terminase? ¿Y si las promesas que hace están vacías?

Y si, y si, y si... ¿Cuál es la alternativa si no accedo a ir a visitarle sin antes conocer esas pruebas? ¿Obligarle a decírmelas por correo electrónico exponiéndolo así a que los dirigentes de la cárcel decidan acabar con nuestra conversación? Pensarán que me está manipulando, creerán que me está comiendo la cabeza y lo considerarán peligroso...

Pero ¿y si eso es lo que realmente está haciendo?

Estoy poniendo en peligro no solo mi puesto de trabajo, sino también mi vida, pero sé perfectamente que si no sigo adelante me pasaré el resto de mis días sobre la faz de la tierra preguntándome qué hubiese pasado.

Y no estoy dispuesta a quedarme con las dudas, no quiero que el miedo me defina, no quiero que la cobardía que siento frene mis pasos hacia lo que podría ser la noticia del año. Y más allá de todo eso, más allá de lo periodístico y de lo que quiero conseguir laboralmente, está él. Nadie confió en Tomás, la prensa fue unánime y cruel e hicieron que su caso llegase hasta el rincón más recóndito de Galicia. Si finalmente fuese inocente, mi deber como periodista es limpiar su imagen y que todo el mundo descubra lo injusto que fue el sistema con él. Hace escasos minutos me quejaba de la falta de libertad en los medios de comunicación y el caso de Tomás podría ser un claro ejemplo de ello. ¿Y si fue la mala prensa la que llevó a una sentencia tan firme? La presión y opinión de la ciudadanía puede ser clave en este tipo de casos.

A veces, en la vida hay que arriesgarse. A todos nos llegan esos momentos decisivos que pueden marcar un antes y un después en nuestra historia. Y, cuando un momento así llega, uno no debe quedarse al margen. He pasado toda la vida siendo el personaje secundario de mi propia historia: la hija de unos padres fallecidos, la sobrina huérfana que se muda a la ciudad, la amiga de la chica popular, la becaria a la que explotan... Y ahora que tengo la oportunidad de ser la protagonista, de vivir en primera persona y decidir por dónde quiero que siga mi camino, no pienso amedrentarme.

Antes de que pueda arrepentirme, contesto el mensaje de Tomás.

De: elizabethbennet@gmail.com
Para: tomasmendezpuga@cpatardecer.com

Gabriela Pérez Rodríguez, 39484818N.
¿Nos vemos mañana?

Sé que Lúa me mataría si le contase lo que acabo de hacer y también sé que su madre, Sol, no tardará en enterarse. Pero me niego a vivir pensando todo el rato en las consecuencias de mis actos, estoy harta de ser la mujer precavida, la mujer sensata, la mujer que evalúa la situación y busca siempre lo mejor para todos. Por una vez, quiero actuar sin pensar en lo que puede venir después.

Me paso el resto de la mañana trabajando con la cabeza muy lejos de la oficina y, antes de que me pueda dar cuenta, el reloj marca la hora que indica que mi turno ha llegado a su fin. El tiempo es tan subjetivo que, cuando estás nerviosa, se escapa entre tus dedos sin que puedas controlarlo. Antes de irme a casa, cojo un caramelo, lo separo de su pegajosa envoltura y lo atrapo con la lengua.

El fuerte sabor del limón abre mis bronquios, que se preparan para recibir una fuerte bocanada de aire puro. Inspiro con fuerza y retengo el aire en mi interior, haciendo que llegue hasta el final de mis pulmones.

Es entonces cuando refresco la bandeja de entrada y vuelvo a encontrar en ella un mensaje sin abrir.

De: tomasmendezpuga@cpatardecer.com
Para: elizabethbennet@gmail.com

Mañana a las seis por fin podré ver tu rostro.
La verdad y yo te estaremos esperando.

Suelto todo el aire que había acumulado.

No hay marcha atrás, mañana conoceré a la persona que hay detrás del preso.

15

Tomás

Todavía no lo he asimilado.

Todavía me cuesta creer que en menos de una hora la veré.

Que en menos de una hora Gabriela estará junto a mí, que podré escuchar su voz y contarle mi verdad.

Hace más de cuatro años que no tengo ningún contacto con el mundo real, esta será la primera vez en todo este tiempo que por fin podré romper la burbuja de la oscura fantasía en la que vivo. La primera vez en la que, por un momento, seré algo más que un preso. Porque con ella podré ser ese chico que hace años dejé atrás, podré preguntarle cuál es su color favorito, adónde se iría de vacaciones, qué carrera estudia o si ya ha empezado a trabajar… Podré tener una conversación normal, como las que tienen los chicos de mi edad cuando conocen a una persona.

¿Cómo he podido tener tanta suerte? De entre todos los reos a los que podría haber escrito, fui yo quien recibió ese primer correo electrónico. Estoy nervioso y asustado porque no quiero que nuestro encuentro sea incómodo, deseo que todo fluya y que no se arrepienta de haber tomado la decisión de venir a verme. No puedo perderla, después de pasar años en completa oscuridad, ahora que he disfrutado de un baño de luz no podría volver a soportar las tinieblas. La necesito y no me avergüenza decirlo, la necesito como al aire para respirar.

—¿Cómo lo llevas, Tommy? En unos minutos conocerás a esa chica —me pregunta mi compañero de celda con una sonrisa de oreja a oreja. Es el único al que le he contado todo y se alegra mucho por mí, sabe cuánto significa para mí este encuentro.

—Pues mentiría si te dijese que estoy tranquilo —respondo intentando adecentar los pelos de loco que tengo.

En la celda disponemos de un inodoro, un lavabo y un pequeño espejo en el que ahora mismo observo mi reflejo. Gabriela me verá la cara llena de moratones y seguro que también se percata del corte en la ceja, pero aquí no tengo nada con lo que disimular los golpes.

—Tienes que ser tú mismo, lleváis semanas hablando y si ha accedido a venir a verte es porque algo seguro que le gustas —dice Jose guiñándome un ojo.

—¿Crees que le gusto? —Parezco un crío haciendo este tipo de preguntas, pero estoy tan nervioso que necesito una opinión externa.

—No creo que nadie accediese a venir a una prisión a la primera de cambio, creo que le tienes que gustar mucho a esa chica para que se atreva a meterse en este agujero… —me explica mientras se levanta del colchón para venir a darme dos palmadas cariñosas en el hombro—. La cuestión es si ella te gustará a ti, tú todavía no la has visto.

—¿Y si te digo que me da completamente igual cómo sea su físico? Ya me he quedado prendado de su personalidad, tiene una forma de ser tan peculiar… Es divertida, inteligente, tiene las ideas claras… —A medida que hablo, veo que sus ojos se llenan de un brillo especial—. Sea como sea, estoy seguro de que es una mujer maravillosa.

—Hablas como lo hacía yo cuando conocí a mi mujer… —susurra y, con aire paternal, retira un mechón de pelo que me había caído sobre la ceja—. Nunca pierdas esta ilusión por el amor, es la fuerza que mueve el mundo.

—Hace cuatro años que perdí la ilusión por todo, Jose —sentencio estrechando sus manos entre las mías—. Ella es mi última esperanza.

Jose, visiblemente emocionado, me da un beso en la mejilla para después posar sobre ella una suave caricia.

—Todo saldrá bien.

—Sí, seguro que sí —respondo dedicándole una sonrisa que sale de lo más profundo de mi corazón.

Tras nuestra emotiva charla, pongo rumbo a la sala de visitas. Nunca he estado en ella, así que es algo completamente nuevo para mí. Al llegar, hay una fila de reos esperando a que llegue el turno de las seis para entrar. Algo que no sabía, y que me genera bastante malestar, es que los funcionarios nos obligan a ponernos esposas para acceder a la sala. Entiendo que preservar la seguridad de los visitantes es lo principal, pero odio que Gabriela me vaya a ver así: magullado, con el uniforme de la prisión y, por si todo esto fuera poco, también esposado.

Uno a uno, nos van asignando una mesa de las muchas que hay por la sala. Al igual que el resto del centro, este lugar es frío y desolador. Cuando pienso en que Gabriela ha tenido que venir aquí por mí, se me rompe un poco el corazón. Este no es un sitio al que te gustaría ir, es un sitio al que jamás querrías llevar a nadie…

Desprende negatividad, el ambiente es tenso y solo espero que el silencio que ahora mismo inunda cada metro cuadrado sea sustituido por el ruido clamoroso de la llegada de parejas, familiares y amigos. Sé que, si algo tenemos en común todos los presos que estamos aquí sentados, es el ansia de ver por fin a todas esas personas que queremos y anhelamos.

—¿Quién cojones viene a verte a ti? —pregunta el funcionario que está comprobando que todo está bajo control cuando pasa por mi mesa.

Se me ocurre una contestación que le enfadaría muchísimo, pero me muerdo la lengua y dejo que mi indiferencia sea la única respuesta. Hoy no puedo meterme en líos, hoy todo tiene que salir perfecto.

—Bien, espero que recordéis las normas. —Al ver que no entro en su juego, el funcionario me ignora y alza la voz para dirigirse a todos. Emplea un tono autoritario, muy serio—. Nada de armar jaleo, nada de desplazamientos por la sala, nada de trapicheos y, cuando el tiempo se acabe, tocará despedirse.

Cuando termina de hablar y ocupa una de las esquinas de la sala, el corazón me late desbocado bajo el pecho. Sé que el encuentro con Gabriela será inminente, sé que en cualquier momento aparecerá por la puerta. Sin embargo, no sé nada sobre su aspecto, así que solo la reconoceré cuando se acerque a mí.

—¡Que vayan entrando! —exclama el guardia dirigiéndose al que controla la puerta de acceso.

Más nervioso que nunca, me llevo las manos al pelo intentando peinarlo de la mejor manera posible, me remango el uniforme y me enderezo todo lo que puedo en la silla. Ya no sé qué más hacer, todo mi cuerpo vibra sin cesar y, cuando una fila de gente empieza a pasar bajo el umbral de la puerta, siento que desfallezco. Observo a cada persona con detenimiento, algunos rostros reflejan felicidad y otros una absoluta tristeza, hay quienes entran casi corriendo para abrazar y besar al que seguramente sea su marido y hay quienes se dejan caer en la silla con parsimonia, deseando que el tiempo que acaba de empezar llegue a su fin. Supongo que esta situación no debe de ser fácil para la mayoría. Me fijo en cómo van vestidos, cómo se mueven, cómo hablan... Es la primera vez en cuatro años que veo rostros nuevos, que escucho nuevas voces. Poco a poco, la fila se va volviendo más pequeña a la par que el corazón se me va encogiendo.

¿Y si finalmente ha decidido no venir?

¿Y si piensa que soy peligroso? ¿Y si cree que conocerme pueda ponerla en peligro?

Una persona puede sentir dos clases de nervios. Están los nervios agradables, esos que sientes cuando estás a punto de salir de vacaciones, cuando tu prima camina hacia el altar o cuando recoges el diploma que te reconoce como graduado. Son unos nervios juguetones que provocan en ti una especie de cosquilleo de pura excitación. Eres consciente de que algo bueno está a punto de pasar, pero no puedes evitar sentirte abrumado... Sin embargo, también está el segundo tipo: los nervios angustiosos. Esos que sufres cuando el profesor está repartiendo exámenes y eres consciente de que probablemente hayas suspendido, o esos que experimentas cuando estás a la espera de un diagnóstico médico y en tu cabeza no paran de repetirse nombres de virus y enfermedades.

Esos nervios son el resultado de tener más miedo que esperanza.

Y ahora mismo os puedo prometer que son los que ocupan cada parte de mi ser.

No obstante, el tiempo, que no le debe nada a nadie, sigue pasando, y con él mi miedo se va convirtiendo en aceptación. Todos los presos tienen ya a su acompañante al lado, excepto yo. Todos hablan, unos más que otros, menos yo. La silla que tengo enfrente sigue vacía y, por un momento, me flagelo a mí mismo pensando en lo ingenuo que he sido al pensar que todo saldría bien. ¿Qué le puede salir bien a un condenado a la miseria como yo?

—Lo que yo decía, ni Dios quiere verte —susurra el maldito guardia cuando, en el paseo que está dando por la sala, pasa cerca de mi mesa.

Cierro los ojos y aprieto los labios con fuerza, no soy un tío violento, pero me ha dado donde más me duele. Y si me escuece tanto es porque por mucho que me joda tengo que darle la razón.

En estos cuatro años nadie ha querido verme y, aunque pensaba que hoy iban a cambiar las cosas, todo sigue igual.

Nadie quiere hablar con el chico que mató a su hermana.

—¿Puedo volver a mi celda? —pregunto con el corazón roto. Me niego a seguir aquí sentando viendo cómo todos disfrutan de la compañía de sus seres queridos mientras yo miro hacia la puerta como un perro abandonado.

El guardia, con una expresión de disfrute absoluto, asiente.

Resignado y ante la mirada de todos, me levanto y me dirijo hacia la puerta que comunica la sala de visitas con el interior del centro penitenciario. Escucho algunas risas de los reos y veo cómo sus familiares me señalan con asco, supongo que para ellos verme es como ver a un famoso. La única diferencia es que mi fama se debe a que soy un maldito asesino para todos ellos. Cualquier otro día soportaría sus prejuicios con entereza, pero hoy estoy tan devastado que prefiero bajar la cabeza y clavar la vista en el suelo el resto del trayecto que tengo por delante.

Pero entonces, cuando ya lo daba todo por perdido, cuando la esperanza que albergaba en mi interior había desaparecido por completo, una voz irrumpe en la sala.

—¡Tomás! ¡Estoy aquí! —exclama una voz femenina, aunque nada dulce. Una voz interesante, con matices graves, con una pronunciación clara y expresiva. Una voz que, si encontrase al cambiar de emisora, me haría sintonizar cada día esa frecuencia de radio.

Mis ojos se abren de par en par, pero no me doy la vuelta. Solo puede ser ella, solo puede ser Gabriela. Y, por unos segundos, me asusta girarme y que todo haya sido una alucinación.

—Estoy aquí —dice, y esta vez, además de escucharla, también oigo unos pasos que se acercan hacia mí.

Todos en la sala guardan silencio, parecen haber sido hipnotizados por su presencia. Todos la observan, excepto yo, que sigo siendo incapaz de hallar la suficiente valentía como para darme la vuelta y encontrarme con sus ojos.

Entonces noto su mano sobre mi hombro, la deja caer con suavidad, como si me regalara una caricia. Y entonces no cabe en mí ni un ápice de duda: ella es real, Gabriela está aquí, Gabriela ha venido a verme.

—Mírame —susurra.

Y la obedezco.

Lentamente, me doy la vuelta hasta encontrarme con su rostro y, por un momento, todo lo que hay a nuestro alrededor desaparece.

Solo estamos ella y yo, yo y ella. Sus ojos, enormes y verdosos, y los míos, del mismo color y húmedos. Su pelo, negro y algo ondulado, y el mío, castaño y algo rizado en las puntas. Sus labios, jugosos y rosados, y los míos, secos y rotos.

No sabría decir qué parte de Gabriela me gusta más, porque, si pudiese definirla, tendría que admitir que todo en ella encaja como el mejor de los puzles. Cada uno de sus rasgos crea una sintonía que en conjunto empuja a la locura. Nada en ella falla, nada en ella está fuera de lugar. Las curvas discretas pero presentes, la nariz pequeña y redondeada, las cejas negras y pobladas que enmarcan a la perfección el poder de su mirada. Una mirada que me atraviesa, que me atrapa, que me hechiza y me convierte en rendido admirador de su belleza. De una belleza que ella no trata de ensalzar, una belleza a la que parece estar más que acostumbrada, una belleza con la que convive y que no la vuelve arrogante.

Sus pestañas son infinitas y cuando ríe, víctima del nerviosismo, confirmo que tiene una sonrisa que podría convencer a cualquiera de sucumbir a su hechizo.

Ella también me observa y, pasados los segundos iniciales, su piel, muy blanca de por sí, empalidece todavía más al darse cuenta de las heridas que tengo en la cara.

—¿Nos…, nos sentamos? —pregunta.

—Cla… Claro —respondo.

Ambos nos reímos al ser conscientes de que los dos estamos nerviosos. Pero son esos nervios agradables que mencioné antes, esos que hacen que sientas mariposas volando en el estómago.

—Pensaba que no ibas a venir —digo, incapaz de dejar de mirarla ni un instante. Sus ojos no se detienen en los míos, sino que se dedican a explorar mi rostro. Está inquieta y quiero hacer todo lo posible por que esté más tranquila.

—Si te soy sincera, estaba en el aparcamiento, dentro del coche, debatiendo conmigo misma si esto era una buena idea —confiesa con una sonrisa temblorosa—. Espero no haberme equivocado.

—No lo has hecho, te lo prometo —le aseguro poniendo mis manos esposadas sobre las suyas, que descansan sobre la mesa.

Cuando lo hago, su cuerpo da un pequeño respingo, pero no retira las manos. Soy yo el que, tras unos segundos, decide apartarlas para no ser demasiado intrusivo.

—¿Cómo te encuentras? —pregunta, y dirige su mirada a los puntos en mi ceja—. Me ha impresionado verte así.

—Estoy bien, uno termina acostumbrándose a los golpes —aseguro en tono distendido, aunque ella no esboza ni media sonrisa.

—Nadie tendría que acostumbrarse a esto, nadie —sentencia mientras aparta un mechón de pelo de mi frente para ver mejor la cicatriz—. Cinco puntos, tuvieron que darte muy fuerte —añade acercándose para ver mejor la herida.

Cuando acorta los centímetros que nos separan, siento como si la sangre me empezara a hervir. Su fragancia inunda mis sentidos y reconozco el mismo olor con el que impregnó la carta que me envío hace unos días.

—Hueles a frambuesa —susurro, y cierro los ojos para concentrarme más en su aroma.

Gabriela se echa hacia atrás, recuperando su postura inicial, y me regala una sonrisa cómplice.

—Frambuesas y peonías rojas, los ingredientes principales de mi perfume favorito —me explica colocándose el pelo detrás de la oreja.

—Aquí no tenemos perfumes, pero yo solía oler a vainilla. O por lo menos eso es lo que decía mi colonia. —Gabriela se ríe y yo siento un pinchazo de alegría por ser el responsable de su pequeña carcajada. Quiero hacerla reír muchas veces más, muchísimas más—. ¿Y tú qué tal estás?

—Nerviosa, cansada, contenta… Ahora mismo soy un cóctel de emociones, no te voy a mentir.

—No quiero pecar de espabilado, pero creo que ambos estamos nerviosos por el mismo motivo… —digo levantando las cejas; ella asiente, dándome la razón—. ¿Y tu cansancio a qué se debe?

—A mi trabajo, a veces me consume de tal manera que cuando llego a casa solo tengo energía para arrastrarme hasta la cama y desfallecer sobre ella.

Abro la boca para preguntarle sobre su oficio, cuando el maldito guardia me interrumpe chillando.

—¡Últimos diez minutos!

Miro a Gabriela con urgencia, se nos acaba el tiempo y todavía no he cumplido mi promesa. Debo hablarle de las pruebas que demuestran mi inocencia, tengo que conseguir que salga de aquí con la certeza de que no soy culpable.

—Gabriela, nos queda poco tiempo y quiero cumplir mi promesa —le aseguro, y vuelvo a tomar sus manos—. Te contaré los hechos que pueden probar mi inocencia, puedes confirmar que son ciertos en el expediente de mi caso.

Ella aprieta los labios y asiente, está lista para escuchar y yo llevo esperando este momento durante años. El momento en que alguien se digne a escuchar mi versión.

—Para empezar, encontraron a mi hermana desnuda y ella siempre dormía con el pijama puesto. Sé que le horrorizaba la idea de dormir sin ropa porque yo acostumbraba a hacerlo, y ella siempre me criticaba, decía que era una guarrada.

—¿Estás insinuando que...?

—Déjame terminar, déjame contártelo todo —le pido apresurado—. Después, saca tus conclusiones, pero quiero que te vayas de aquí sabiéndolo todo.

—Vale, sigue —responde frunciendo el ceño, concentrada.

—Me desperté con el arma del crimen en la mano derecha, cuando yo soy zurdo. El juez no lo tuvo en cuenta porque lo justificó con el puto tema del sonambulismo, en el juicio utilizaron esta dolencia como les vino en gana, sin ningún tipo de sentido.

—De hecho, si hubieran tenido tan en cuenta tu sonambulismo deberías estar en un centro psiquiátrico, no en la cárcel —me explica, dejándome ver que ya se ha informado por su cuenta—. Hay casos anteriores al tuyo que podrían haberse tomado como precedente.

—Mis padres testificaron diciendo que mi hermana y yo peleábamos a menudo, cosa que era cierta, y el juez consideró que todo apuntaba a que el acto fuese premeditado.

—¿Tus padres testificaron en tu contra?

—Todo el mundo testificó en mi contra, Gabriela —respondo, y me sorprendo al ver que decirlo en voz alta aún me desquebraja—. Los amigos de mi hermana, mis amigos, mi familia... Todos.

—¿Por qué? —pregunta incrédula.

—El dolor del duelo, supongo... La necesidad de encontrar un culpable —contesto, intentando convencerme a mí mismo de que el dolor fue mi verdadero verdugo—. Y ahora te contaré el dato más crucial, el dato al que jamás le he encontrado una explicación posible.

—Cuéntamelo, Tomás —dice, apretando mis manos con fuerza, está totalmente sumergida en mi relato.

—En la autopsia de mi hermana se determinó que la causa real de la muerte fue ahogamiento; sin embargo, no tenía ninguna marca en el cuello —le explico, conteniendo las ganas que tengo de llorar. Pensar en su muerte me sigue removiendo por dentro; era mi hermana pequeña, habría hecho cualquier cosa por protegerla—. El juez llegó a la conclusión de que antes de acuchillarla la ahogué con la almohada para que no sufriese.

—¿Para que no sufriese? —Gabriela no da crédito a lo que le estoy contando.

—«Momento de lucidez en el sonambulismo», así llaman a los pequeños instantes en los que recuperas el sentido mientras estás hablando o actuando en sueños. El juez dijo que la apuñalé sin ser consciente de ello, que en algún momento recuperé la consciencia por unos segundos y que fue entonces cuando la ahogué para que no sufriese una muerte lenta. Después, según la confirmación de varios psicólogos, volví a caer en la inconsciencia y regresé a mi cama con la sensación de que todo había sido una pesadilla.

—No hay forma posible de demostrar tal cosa —sentencia con frustración.

—No, no la hay —reconozco negando con la cabeza—, pero mi hermana apareció muerta en su habitación, que está junto a la mía, y mis padres me encontraron con el cuchillo en la mano. Dime, ¿qué historia es más fácil de creer?

Ella guarda silencio, sabe que, a pesar de ser una gran injusticia, tengo razón. Mi crimen resultó ser demasiado obvio para el juez, para los psicólogos, para mi familia y para la opinión pública.

—Dime cómo puedo ayudarte —dice de pronto, mirándome de una forma desafiante.

—¿Ayudarme?

—Quiero ayudarte, dime qué puedo hacer desde fuera para intentar encontrar alguna prueba más —continúa, y su decisión me deja atónito.

—¿Estás segura de lo que estás diciendo? Puedo asegurarte que venir aquí no supone ningún peligro para ti, pero debo avisarte de que abrir viejas heridas y rebuscar en ciertos sitios sí que puede acabar causándote problemas.

—He confiado en ti al venir a verte, ahora quiero que tú confíes en mí —añade con firmeza y seguridad—. Sé dónde están mis límites, sé hasta dónde puedo llegar. Creo que el siguiente paso debería ser ir al lugar del crimen.

—¿Al lugar del crimen? —repito tan sorprendido que incluso se me quiebra la voz—. ¿A mi casa, a la habitación de mi hermana?

Los visitantes comienzan a levantarse de las sillas, los abrazos de despedida empiezan a rodearnos. El tiempo se agota, se nos escapa entre los dedos como la arena de un reloj.

—¿Podría entrar en tu casa? Sé dónde vivías, lo busqué en Google. Dime, ¿hay alguna forma de acceder a tu casa sin ser vista?

—Gabriela, no quiero… No quiero meterte en problemas. Mi familia puede llegar a ser muy peligrosa —la advierto con tantas dudas que no sé ni qué pensar. Su propuesta es alocada, carece de sensatez y no está lo suficientemente pensada.

—¡Último minuto, hay que ir abandonando la sala! —exclama el guardia dando palmadas al aire.

—Tomás, confía en mí como yo lo hice en ti —susurra atravesándome con su mirada. Una mirada que me llena de esperanza.

¿Y si conseguimos averiguar algo más sobre el caso? Tras el crimen, yo no pude entrar en la habitación de mi hermana. Mis padres enseguida llamaron a la policía y me sacaron esposado de mi propia casa. ¿Y si ella, ahora que conoce mi versión, consigue encontrar algún hilo del que tirar?

—La casa está llena de cámaras, para entrar en la parcela sin ser vista debes saltar la balaustrada por la esquina en la que se entrecruzan la calle Golondrina y la calle Bermejo. Una vez dentro, verás una enredadera que crece hasta una ventana del segundo piso, tendrás que subir por ella.

—¿Por la enredadera? —dice abriendo todavía más sus grandes ojos.

—Sí, no es difícil. Mi hermana y yo siempre colábamos a gente en casa por ese lugar, es muy fácil escalar la pared porque está llena de salientes.

—¿Y la ventana? ¿Cómo abro la ventana desde fuera? —pregunta con premura, somos los últimos que quedan en la sala.

—Como te he dicho, mi hermana y yo siempre colábamos a nuestros amigos por ahí, al final terminamos trucando la ventana para que pudiese abrirse desde fuera —le explico lo más rápido que puedo—. A veces éramos nosotros mismos los que queríamos entrar sin ser vistos. Nuestra familia era muy estricta y, si queríamos tener vida social, teníamos que saltarnos algunas normas.

—¿Y salgo de la misma manera?

—Exactamente, deshaciendo tus pasos —le respondo levantándome, aún con sus manos entre las mías. Ella también se pone de pie y entre nosotros se forma una intimidad que no tardarán mucho en corromper—. Gabriela, han pasado cuatro años, no sé si algo habrá cambiado. Fíjate en las cámaras y, si ves algo diferente, prométeme que abortarás el plan.

—Te lo prometo —susurra.

De pronto, el guardia da un fuerte golpe con su porra a nuestra mesa. Su paciencia se ha terminado, al igual que nuestro tiempo juntos.

—¡Se acabó! —grita señalándole la puerta a Gabriela.

Ni ella ni yo decimos nada.

Simplemente nos miramos como si no pudiésemos volver a hacerlo.

Despegamos nuestras manos con lentitud y serenidad.

Asentimos frunciendo el ceño, dándole al otro la tranquilidad que necesita.

Y entonces se va.

Y yo me quedo aquí.

Encerrado con un miedo que no me deja respirar.

16

Gabriela

Estuve a punto de no hacerlo, estuve a punto de quedarme en mi coche como una auténtica cobarde…, pero conocer a Tomás resultó una buena decisión y cada vez soy más consciente de ello.

Me pasé la noche comprobando los datos que me había dado, buscando como una loca cualquier información que pudiese arrojar algo de luz sobre el caso, pensando en su rostro y en lo mucho que me había impresionado verle en persona.

A pesar de tener toda la cara llena de moratones y heridas, Tomás desprendía una buena energía, cada vez que me miraba sentía que lo hacía de forma profunda, como si quisiese memorizar cada uno de mis lunares. Su expresión corporal, sus gestos, la delicadeza con la que colocaba sus manos sobre las mías o lo cauteloso que fue con mi espacio personal me dieron esa confianza que tanto necesitaba sentir.

Me sentí admirada, escuchada, valorada y suficiente.

Mucho más que suficiente.

Tomás me miraba como si fuese la única mujer sobre el planeta Tierra, como si necesitase de mi presencia para respirar, como si le costase infiernos volver a su celda y separarse de mí.

Nunca antes un hombre había provocado en mí tantas emociones, ningún hombre de los que he conocido hasta ahora se había mostrado tan vulnerable y frágil. Tomás no tiene miedo de abrirse, sus sentimientos no le asustan y no teme compartirlos con los demás.

Eso le hace interesante, le convierte en una tentación cada vez mayor, le hace destacar entre la multitud.

Es bastante más corpulento de lo que pensaba, en las últimas fotos suyas que aparecen en internet tiene una expresión demacrada y aspecto de estar mucho más delgado... Pero en realidad es un chico imponente, de esos que te hacen sentir físicamente pequeña. Estoy convencida de que debe de pasar muchas horas entrenando porque, a pesar de que el uniforme carcelario dejaba demasiado a la imaginación, bajo las prendas intuí una gran espalda y unos brazos que parecían estar a punto de romper las mangas de la camisa.

Su rostro estaba destrozado; no obstante, sus facciones seguían siendo bellas y masculinas: mandíbula marcada, pómulos un tanto proyectados hacia fuera y barbilla ancha con un hoyuelo bastante peculiar. Además, se ha dejado bigote y he de admitir que le queda muy bien, minimiza sus rasgos aniñados y aportan más madurez a su cara. Parece que entre las fotos que vi y cómo luce actualmente hayan pasado mucho más de cuatro años; Tomás dejó de ser un niño para convertirse en un hombre muy atractivo.

No me voy a esforzar en autoconvencerme de que Tomás no es guapo, porque lo es, es jodidamente guapo. De hecho, me atrevería a afirmar que tiene una belleza bastante objetiva, creo que todo el mundo estaría de acuerdo en que es un pibón.

Sin embargo, no pienso permitir que la atracción innegable que siento hacia él altere mi plan. Tengo muy presente que todo esto tiene como fin la publicación de un artículo que marcará un antes y un después en el periodismo español; y, si además consigo demostrar su inocencia y hacer justicia, será una doble victoria.

No quiero ser cínica; en realidad, empatizo muchísimo con él y no tengo dudas de que su caso está lleno de extrañas incongruencias a las que pienso buscarles una explicación, aunque debo recordarme a mí misma que desde mi posición quizá me sea imposible llegar hasta el final.

Soy una chica de veinticuatro años que pretende ir en contra de la justicia nacional, de una familia adinerada que no está dispuesta a abrir viejas heridas y de una opinión pública muy férrea.

Soy una chica de veinticuatro años que está a punto de cometer delito de allanamiento, que está a punto de colarse en una mansión y que está confiando en la palabra de un hombre juzgado y sentenciado por asesinato. ¿Se me ha ido la cabeza? Completamente. Sin embargo, por primera vez en años, me siento realmente viva. Siento que mi corazón late con fuerza, haciendo que mi sangre circule a la velocidad de la luz por todo mi cuerpo, con un objetivo más allá de mantenerme con vida.

—Venga, puedes hacerlo —me susurro a mí misma mientras contemplo desde la distancia la balaustrada de la que me habló Tomás ayer.

Son las doce de la noche, he esperado a que todas las luces de la casa se apagasen y también he comprobado que todo siga tal y como me lo describió Tomás. Sus padres no han puesto más cámaras, la enredadera crece con firmeza y el mecanismo de las ventanas parece antiguo, lo que me da a entender que no lo han cambiado.

Con la mayor cautela, dirijo mis pasos hacia la balaustrada y de la forma más sigilosa posible hago una sentadilla para coger impulso y conseguir franquearla. Mi salto no es demasiado elegante, pero logro entrar en la propiedad de los Méndez.

La familia de Tomás posee varias empresas importantes, empresas que van viento en popa y que les permiten llevar una vida repleta de lujos. La casa a la que estoy a punto de entrar tiene dos plantas, es de piedra rústica (una tendencia arquitectónica muy típica en Galicia) y a su alrededor se extiende un terreno amplio, en el que se localiza un jardín decorado con mucho gusto que incluye una zona de barbacoa y también una piscina más grande de lo normal. Todas las excentricidades que me rodean, como los coches de lujo o las esculturas que encuentro repartidas por todas partes, me hacen pensar en el duro contraste que tuvo que sufrir Tomás al entrar en prisión.

Si ya de por sí debe de ser difícil ingresar en un centro penitenciario y verte privado de libertad, no quiero ni imaginar lo duro que tuvo que ser aprender a vivir en un lugar como ese habiendo pasado toda su existencia rodeado de dinero, lujos y caprichos. Cuanto más alto escalas en la pirámide social, más miedo debes de tener a la caída y más destructor será el golpe si finalmente acabas perdiendo el equilibrio.

Cuando me acerco a la enredadera, las piernas me comienzan a temblar; a partir de aquí ya no tendré ningún tipo de excusa si me pillan.

—Uno…, dos… ¡y tres! —susurro otra vez para mí misma. Necesito motivarme, necesito una dosis extra de adrenalina.

Mis pies comienzan a escalar y mis manos van agarrándose a los salientes de los que Tomás me habló. Tal y como me dijo, es muy fácil subir por la pared y no tardo demasiado en llegar a la ventana de la habitación de su hermana. Por suerte, no hay ninguna otra vivienda cerca, así que no corro el riesgo de que alguien me pille con las manos en la masa.

Una mansión en medio de la nada con más terreno del que necesitaría cualquier persona para vivir, rodeada de opulencia y de cosas que ni ahorrando durante años podría permitirme y sin embargo... tan fácil de corromper. Qué metáfora tan acertada, a veces nos preocupamos tanto por conseguir la apariencia que deseamos que olvidamos lo más importante: cuidar lo que está en nuestro interior.

Sin pensarlo más, abro la ventana lo más lentamente posible y hago que mi pie derecho atraviese el vano hasta apoyarse en lo que parece una especie de sofá. Con cuidado, hago lo mismo con la otra pierna y, cuando quiero darme cuenta, ya estoy dentro de la habitación de Jimena, la hermana difunta de Tomás.

Su cuarto es precioso, lo que tocaron mis pies no fue un sofá, sino un fino colchón con una preciosa funda rosa que descansa sobre un mueble que ocupa todo el largo de la pared y encaja con el tamaño de la ventana. Es uno de esos rincones preciosos que ves en Pinterest y en el que te gustaría pasar horas y horas leyendo; cuando veo que en la pared de enfrente hay una enorme estantería repleta de libros, llego a la conclusión de que seguramente Jimena mandó construir todo a medida para pasarse los días leyendo y contemplando su hermoso jardín a través del cristal.

La cama es enorme y está llena de cojines de colores pastel. No puedo evitar sentir un escalofrío al recordar que, aunque no lo parezca, estoy en la escena de un crimen. No hay rastro alguno de lo que pasó aquí hace años, pero la mente me traiciona y no deja de imaginar sangre allá donde poso la mirada. Con sumo cuidado, comienzo a buscar en el escritorio, en los estantes, en su armario…, pero no encuentro ningún hilo del que tirar, todo parece demasiado normal. Mi esperanza estaba a punto de disiparse, pero, cuando abro el cajón de la mesilla que está junto a la cama, encuentro algo que podría cambiar las tornas.

Es un tíquet, un tíquet de Bershka que podría no tener ninguna importancia, pero en el que hay un dato crucial, un dato que consigue que este tíquet se convierta en una nueva pista: la fecha de compra.

Jimena murió el 26 de abril de 2019, y ese mismo día, a las siete y media de la tarde, decidió ir a comprarse un vestido. Puede que solo sea una casualidad, al fin y al cabo, nadie sabe cuándo morirá y, hasta que ese momento llega, todos actuamos como si de un día más se tratase… No obstante, ¿y si este dato sirve para descubrir nueva información? Rememorar el último día de vida de Jimena puede ayudarnos a desvelar un nuevo punto vista: el de la asesinada.

Saco mi teléfono para hacerle una foto al tíquet; no quiero llevarme nada de aquí, pero me vendrá bien tener esta prueba en la galería de mi móvil, así podré buscar la referencia del vestido y saber con exactitud de qué prenda se trataba.

Es entonces cuando meto la pata hasta el fondo.

¿Sabéis la típica cagada que veis en las películas de miedo que hace que os llevéis las manos a la cabeza e insultéis a la protagonista por ser tan torpe? Pues tenéis mi permiso para llamarme estúpida.

Al hacer la foto no solo salta el flash, sino que mi móvil también emite un fuerte sonido que, en el silencio sepulcral de la madrugada, se cuela por cada esquina de la habitación en la que estoy.

—Mierda, mierda, mierda… —musito quitándole el volumen al maldito teléfono. ¿Cómo he podido ser tan idiota?

Aprieto los dientes con fuerza mientras voy dando pasos hacia la ventana; tengo que salir de aquí cuanto antes, pero sé que, si me apresuro, probablemente acabe tropezando y haré todavía más ruido. Sin embargo, el siguiente sonido que se oye en el interior de la silenciosa casa no lo provoco yo.

Tras la puerta, el perro del que me habló Tomás comienza a ladrar. Habrá escuchado el dichoso sonido de la cámara y ahora sus ladridos me dejan con el culo al aire.

¿Qué hago, qué hago, qué hago?

¡Esto me viene demasiado grande! Mi capacidad para improvisar es mínima y los nervios que siento no me ayudan en absoluto. Además, estoy convencida de que el perro también habrá identificado mi olor y por eso cada vez ladra con más frecuencia, sabe que estoy aquí y quiere avisar a sus dueños.

¿Qué haría Tomás si estuviese aquí conmigo?

Y, en menos de un segundo, encuentro la respuesta a mi pregunta: Tomás abriría la puerta para reencontrarse con su mascota, esta pararía de ladrar y así evitaría la catástrofe que está a punto de suceder.

Sin pensarlo dos veces, giro el pomo y deslizo la puerta lo más lentamente que puedo, dejando que la maldita salchicha ladradora entre en la habitación. Sus ojos castaños se clavan en los míos y vuelve a ladrar. Parece no entender qué hago aquí, así que me agacho y le doy una suave caricia en el lomo. Quiero que entienda que no soy mala, que no he venido a hacerle daño.

Entonces, además de sus gruñidos, escucho el crujir del suelo. Alguien ha salido de la cama, alguien se ha levantado.

—¿Francisco? —pregunta desde la distancia una voz masculina.

¿Ha llamado al perro Francisco? Juraría que Tomás me dijo que se llamaba Frankfurt, como las salchichas alemanas.

Se llame como se llame, el perro por fin deja de gruñir y mis mimos consiguen ablandarlo tanto que incluso comienza a mover su diminuto rabo con suma alegría.

—Ya ha parado de ladrar. —Esta vez es una voz femenina la que habla, y supongo que será la madre de Tomás. Emplea un tono muy bajito, como si aún siguiese medio dormida—. Venga, vuelve a la cama —añade, consiguiendo rebajar un poco mis disparatadas pulsaciones.

Cuando escucho que el crujir de la madera cada vez se oye más lejos, suelto todo el aire que tenía acumulado en los pulmones. Ha estado cerca, muy pero que muy cerca, pero hoy la suerte me ha sonreído.

—Buen perro… —susurro, y le doy unas últimas caricias.

Antes de irme y, por supuesto, cerciorándome de que mi móvil sigue en silencio, le hago una foto a Frankfurt. Estoy segura de que a Tomás le hará mucha ilusión ver a su perrito después de tanto tiempo, y también estoy convencida de que le horrorizará el nuevo nombre que le han puesto. ¿A quién se le ocurre ponerle Francisco a un perro tan adorable?

Tras abrirle la puerta para que salga y volver a cerrarla para que todo quede exactamente igual que cuando entré, abro la ventana y comienzo a bajar por la enredadera. Descender es más complicado y me recuerda la mala forma física que tengo, por lo que cuando por fin toco el suelo estiro la espalda buscando cierto alivio antes de seguir hasta la balaustrada.

Cuando llego al coche —que tuve la precaución de aparcar a unas cuantas manzanas de distancia—, me dejo caer en el asiento del conductor y estampo la cabeza contra el volante. El estrés que he sentido ha sido tanto que me ha dejado sin fuerzas, ha quemado cada una de mis conexiones neuronales dejándome el cerebro completamente frito.

—Cuando le cuente esto a Lúa… —me digo con una sonrisa algo pícara. No sé ni cómo he sido capaz de enfrentarme a este reto, pero no solo lo he hecho, sino que también he conseguido mi objetivo.

Desbloqueo el teléfono para ver la foto del tíquet, hago zoom para fijarme en el número de referencia de la prenda y entro en la web de Bershka para localizar el vestido que compró Jimena.

A pesar de que han pasado varios años, el buscador de la tienda aún me permite ver a qué prenda correspondía: se trata de un vestido de color azul eléctrico de lentejuelas. Es bastante llamativo, el tipo de vestido que una mujer se pondría para no ser olvidada.

17

Gabriela

La aventura de anoche aún sigue produciéndome taquicardia. Me encantaría contarle a Tomás todo lo que pasó, pero sé que a partir de ahora no podré seguir mandándole correos electrónicos. Como me insinuó hace unos días, no solo él tiene acceso a su cuenta y sería una insensatez arriesgarse a que algún funcionario del centro leyese mis palabras… Y lo peor es que las visitas están limitadas a una por semana, algo que me pone de los nervios.

¿Podré aguantar tanto tiempo sin contarle a Tomás todo lo que voy descubriendo? ¿Podré seguir avanzando sin su ayuda? He encontrado ese hilo del que tirar, pero no sé muy bien cuál debe ser mi siguiente paso. Puede que intentar recrear el último día de vida de Jimena me sirva para encontrar nuevas pistas; ayer averigüé que fue de compras, pero estaría bien saber qué hizo el resto de las veinticuatro horas previas a su muerte.

El 26 de abril de 2019 fue viernes, por lo que lo más probable es que lo primero que hiciese Jimena fuera ir a clase. Aquel año, si mis cálculos no son erróneos, debía de estar cursando segundo de Bachillerato. Recuerdo que una de las cosas que más me impactó cuando comencé a indagar acerca del crimen en la hemeroteca fue la cantidad de compañeros que mostraron su luto en entrevistas, incluso encontré clips de grandes cadenas de televisión que habían ido a su instituto a hablar con sus amigos más cercanos e incluso con sus profesores. No me gustó nada el enfoque que se le dio al crimen por parte de los medios de comunicación; en todas las noticias se destilaba una especie de morbo por lo sucedido, como si se tratara de una película y no de un asesinato real.

Creo que, con el paso de los años y el auge de las plataformas digitales, empezamos a disociarnos de los sucesos que acontecen en el mundo. Hemos visto documentales sobre guerras pasadas, por lo que una guerra actual no nos sorprende tanto. Hemos visto películas sobre asesinos en serie con escenas terroríficas, por lo que cuando ocurre en la vida real ya no nos llevamos las manos a la cabeza. En mi opinión, ha llegado un punto en el que nos hemos acostumbrado a quitarle gravedad a lo que sucede porque, por el efecto de la globalización, estamos habituados a ver cosas peores. Sabemos que hay niños que mueren de hambre en países tercermundistas, pero de alguna forma nos hemos familiarizado con noticias de ese tipo y ya no generan en nosotros ninguna clase de emoción. Los anuncios de las ONG ya no nos conmueven porque las imágenes de pobreza y muerte han sido grabadas previamente en nuestras retinas… Por eso siento que la prensa cada vez va más allá: intentando encontrar el titular que consiga más clics aunque sea una mentira, intentando conseguir la foto que logre más visitas aunque para ello tengan que retocarla y falsearla, intentando encontrar la declaración más jugosa para sacarla de contexto y crear polémicas innecesarias…

Es muy triste, pero si el público no lee una noticia significa que esa noticia no existe.

Y ningún medio quiere publicar noticias que no le importen a nadie, aunque su contenido sea interesante y revelador.

Por esa razón grabaron primero planos de los compañeros de clase de Jimena llorando como magdalenas y diciendo lo maravillosa que era, para que todo el mundo empatizase con esa aflicción. Llenaron el reportaje de fotos de ella de pequeña para que en el imaginario colectivo Jimena fuese una niña y no una adolescente de dieciocho años. Entrevistaron a sus profesores, que, claramente conmocionados, hablaban de lo buena alumna que era y de lo lejos que podría haber llegado, para que así los espectadores pensasen en qué hubiera podido pasar si no le hubiesen arrebatado la vida.

Todo enfoque, todo plano y toda palabra tienen un objetivo en la profesión. Un buen periodista debe ser cínico, astuto y me atrevería a decir que incluso un poco desalmado.

Sin embargo, gracias al contenido que grabaron en su instituto sé dónde estudiaba Jimena, y si quiero rememorar su último día de vida empezar por su asistencia a clase sería un buen comienzo.

Hoy es mi día libre, por lo que después de desayunar y sacar a pasear a mis perras arranco el coche y me dirijo al instituto. Queda a las afueras de Santiago, cerca de la casa de los Méndez, y es un centro privado. He buscado en internet algo de información y su reputación es intachable, todos los alumnos se gradúan con buenas notas y consiguen entrar en las carreras que desean. Aparco cerca de las instalaciones y camino hacia la entrada. El portal es espectacular; está abierto, puesto que es lunes, y en el patio hay algunos alumnos tomando algo y otros aprovechando el tiempo de descanso para jugar al fútbol. Todos llevan el uniforme impoluto: las niñas van con falda gris, camisa blanca y, por encima, un chaleco de punto con el escudo del instituto. El de los niños es idéntico a diferencia de que ellos, como no podría ser de otra manera, van con pantalón.

Recuerdo que cuando era pequeña en mi colegio concertado también era obligatorio el uso de uniforme. Siempre me pareció una buena opción, puesto que así no tenía que pensar cada mañana en qué ropa ponerme para ir a clase…, pero odiaba llevar falda. A día de hoy aún recuerdo el horrible picor que me provocaba, el frío que me entraba por las piernas cada vez que salía al patio y lo mucho que me enfadaba que los niños consideraran gracioso levantármela. Mi madre, ante mis reiteradas quejas, llegó a preguntar al profesorado si podía usar el pantalón del uniforme, pero lo único que obtuvo fue una rotunda negativa. Como solución nos dieron la opción de que usase medias para evitar el frío. Unas medias que todavía picaban más y que tenía que subir constantemente porque al dar un par de pasos empezaban a resbalarse. ¿Acaso no les parecía injusto marcar una diferenciación tan clara entre niños y niñas? ¿No se daban cuenta de que estaban perpetuando en nosotros unos roles de género arcaicos? Yo solo quería poder elegir, únicamente quería ir cómoda y dejar de preocuparme por si el viento levantaba mi falda o por si al sentarme se me veía la ropa interior.

Un día, una chica de último curso apareció con los pantalones del uniforme puestos. Recuerdo que todo el mundo se daba la vuelta para verla cuando se cruzaban con ella por los pasillos. ¡Estaba yendo en contra de las normas, estaba desobedeciendo a la autoridad! Ella tuvo el valor de oponerse a lo establecido, y, aunque con ello se ganó una amonestación y finalmente una expulsión de un par de días, cuando volvió a clase no lo hizo usando falda.

Seguía utilizando pantalón.

Y, tras ella, más chicas se animaron a hacerlo. Tantas que finalmente el colegio tuvo que cambiar las normas si no quería expulsar a la mitad de su alumnado.

—¿La puedo ayudar en algo, preciosa? —Una voz femenina consigue devolverme al presente. Cuando dejo atrás mis cavilaciones, veo que una mujer de unos sesenta años se dirige a mí con una sonrisa en su arrugado y afable rostro.

Sin darme cuenta, he llegado a la entrada del instituto, estoy en una especie de recepción que supongo que funcionará a modo de conserjería. La señora de gafas que me observa con dulzura se preguntará qué hago aquí, pensará que vengo a por información sobre el centro y esa es la excusa que utilizo para poder entrar sin levantar sospechas.

—Me gustaría conocer un poco las instalaciones, en un futuro me encantaría matricular a mi hija aquí.

—¿A su hija? —pregunta extrañada mirándome de arriba abajo.

Mierda. ¿Cómo se me puede dar tan mal mentir?

Quizá no sea muy creíble que tenga una hija de como mínimo doce años teniendo yo veinticuatro, pero ahora debo seguir con la mentira hasta el final.

—Parezco más joven de lo que soy, créame —afirmo con una sonrisa nerviosa. La realidad es que aún me siguen pidiendo el carnet de identidad cuando voy al supermercado a comprar una botella de vino blanco.

—¡Pues tiene que pasarme sus trucos! Usted está más cerca de parecer una alumna que una madre —dice soltando una carcajada amigable. Al escucharla consigo relajarme, parece que tras la cagada inicial he conseguido solventar las cosas—. Los primeros sábados de cada mes solemos hacer una presentación para los padres que se interesan por nuestro instituto, si quiere le reservo una plaza para el siguiente.

Puede que penséis que soy tonta, no me extrañaría después de lo torpe que fui en la incursión en casa de los Méndez y de lo mal que se me da mentir…, pero la realidad es que lo que se me da terriblemente mal es improvisar. No estoy acostumbrada a que nada se salga de lo planeado, por lo que cuando siento que las cosas se me escapan de las manos mis neuronas empiezan a apagarse y me cuesta el triple pensar con claridad. Digamos que no se me da bien trabajar bajo presión.

—Hum… Me encantaría —respondo asintiendo quizá con demasiada efusividad. Menos mal que mi sueño era llegar a ser periodista y no actriz, si no habría pasado el resto de mi vida frustrada—. Pero ¿podría echar un vistazo ahora? He venido desde muy lejos.

—¿Desde muy lejos? ¿Y por qué está interesada en este centro?

Joder. Voy de mal en peor.

—Estamos construyendo una casa por este barrio, si todo va bien nos mudaremos en un año —le explico, intentando sonar lo más creíble posible.

—¡Qué alegría! Se van a mudar a una zona espléndida, un lugar precioso para vivir y muy cerca de la capital de Galicia.

Debido a mi gran facilidad para meter la pata, decido guardar silencio y sonreír a modo de respuesta. Cuando mientes es importante quedarte lo más cerca posible de tu verdad, y yo me estaba alejando a una velocidad pasmosa de la mía.

—Claro, vaya a dar una vuelta por el centro a ver qué le parecen nuestras instalaciones —prosigue cordialmente, y me hace señas para que empiece el paseo por el pasillo que tengo a mi derecha—. Los alumnos volverán pronto a clase, espero que no la atropellen, porque van como cohetes por el pasillo —añade sin dejar de sonreír.

—Gracias, ha sido muy amable —le contesto, y me alejo de ella lo más rápido posible sin parecer maleducada.

—¡Espere, señorita! —Al escucharla aprieto los ojos con fuerza. Pensaba que ya me había librado del interrogatorio, pero su voz aún resuena tras de mí—. Déjeme anotar su nombre para el próximo sábado, así tendrá una plaza asegurada para hacer la visita oficial. ¿Cómo se llama?

—Ga...

¿He estado a punto de darle mi nombre real?

He estado a punto de darle mi nombre real.

—Gala Estévez.

—Perfecto, que disfrute mucho del paseo —dice mientras anota mi supuesto nombre en un papel.

—Gracias, hasta luego —me despido retomando mi camino.

—¡Hasta luego! —exclama ella, dando por concluida nuestra conversación.

Una vez sola, comienzo a andar sin saber muy bien qué estoy buscando. Jimena estaba en segundo de Bachillerato cuando murió, y por lo que intuyo al ver las clases del primer piso estas corresponden a cursos de la ESO, así que decido subir las escaleras con la idea de que allí se encontrará el aula a la que tuvo que ir el día de su muerte. A pesar de que el edificio es algo antiguo, el interior está completamente reformado y deja patente lo caro que es este lugar. No se parece en nada al sitio en el que estudié yo, ni siquiera se parece a mi universidad. Los pasillos son de un color blanco impoluto y muy luminosos, de las paredes cuelgan varios diplomas (algunos de competiciones de atletismo y baloncesto, otros de concursos de deletreo en inglés), y un par de tablones de anuncios con recortes de periódico en los que se alaba al centro con fotografías de excursiones al bosque, de viajes por Europa... Pero cuando alzo la vista, a lo lejos vislumbro que la pared que pone fin al pasillo por el que camino destaca entre las demás porque casi no hay rastro de la pintura blanca, está completamente tapada por fotos y flores secas. A medida que me acerco voy entendiendo que se trata de un mural en honor a Jimena, y lo confirmo cuando descubro que la última puerta del pasillo corresponde a una clase de segundo de Bachillerato.

El alumnado ha llenado la pared de fotos de la hermana de Tomás: en algunas aparece una versión más infantil acariciando un conejo y rodeada de compañeros en una granja escuela, en otras sonríe a la cámara mientras hace el símbolo de la victoria en lo que parece una ruta de senderismo, también hay fotografías de ella en una cafetería tomando algo con sus amigos... En la pared hay, además, cartas, hojas llenas de palabras manuscritas en las que se habla de su generosidad, de lo cariñosa que era y lo mucho que todos la querían. Siento un escalofrío al ver la cantidad de recuerdos que hay plasmados en esta pared, han hecho un collage de su vida, porque al fin y al cabo nuestra existencia no deja de ser una recopilación de momentos en los que nos sentimos vivos. Coloco la mano sobre el centro del mural, donde alguien ha dibujado el rostro de Jimena a tamaño real y a todo color. Es una ilustración preciosa realizada con acuarelas que logra captar a la perfección su expresión.

He visto cientos de fotos de Jimena y en ninguna salía sonriendo, pero aun así su rostro lograba transmitir paz y tranquilidad, quizá por lo redonda que era su cara y los enormes mofletes que tenía. Sus ojos eran verdosos, casi del mismo tono que los de su hermano, y algo que siempre me extrañó es que era pelirroja. Al principio pensé que sería debido a un tinte, pero en algunas de las fotos que acabo de ver, en las que tendría unos doce años, también tiene el pelo rojizo.

Mi mano vaga por los diferentes recuerdos hasta que se detiene en una instantánea Polaroid, la única de este tipo en todo el mural. Jimena aparece con tres amigos —una chica y dos chicos—, es de noche y están en el porche de una casa; todos posan felices ante la cámara y son iluminados por el flash, que blanquea un poco sus caras. Frunzo el ceño y me acerco más a la foto, incluso achino los ojos para distinguir mejor lo que me parece ver.

Jimena lleva puesto el vestido que compró el día de su muerte. Con el corazón acelerado me tomo la confianza de arrancar la foto del mural para darle la vuelta y confirmar que se trata de una instantánea. Al girarla confirmo mis sospechas, por detrás la foto es negra y tiene una marca de agua de la empresa de carretes.

No es posible.

Esta instantánea puede marcar un antes y un después en el caso de Tomás.

En el juicio se aseguró que Jimena se había quedado en casa después de cenar, al parecer había hablado por teléfono con sus padres, que estaban de viaje, y les había comentado que se iría a dormir pronto. Así que esta instantánea es la prueba inequívoca de que Jimena mintió y sí que salió de casa para acudir a una fiesta.

Esta instantánea es la prueba de que antes de ser asesinada quedó con sus amigos. ¿Y cómo puedo demostrar que la foto corresponde a ese momento? Porque Jimena aparece con el vestido que compró ese mismo día a las siete y media de la tarde.

El fuerte ruido del timbre me asusta y me pone todavía más nerviosa de lo que ya estaba. Apresurada, guardo la foto en el bolsillo del pantalón y me dirijo a la salida del instituto. Los pasillos no tardan en llenarse de niños y jóvenes que me empujan sin querer; voy en sentido contrario, así que no los culpo, pero necesito salir de aquí cuanto antes para procesar lo que acabo de descubrir.

¿Por qué los chicos que aparecen en la foto no testificaron? ¿Por qué ocultaron que habían quedado ese día? ¿Por qué se callaron cuando en el juicio se dijo que Jimena no había salido de su casa después de cenar? Si algo me ha enseñado el periodismo es que cuando alguien calla es porque tiene miedo de hablar. Y, cuando se tiene miedo de hablar, la mayoría de las veces suele ser porque se oculta algo.

Cuando llego al coche, solo hay un sitio al que quiero dirigirme: a casa de Lúa. Necesito hablar con Sol; lo que he descubierto no es suficiente para ir a la policía, pero a partir de este punto sé que tengo las pruebas necesarias para que ella me crea. Su ayuda puede jugar una baza importantísima en la historia de Tomás. Tener un contacto dentro de la policía puede resultar de mucha ayuda para aconsejarnos a la hora de llevar a cabo la investigación o decirnos cómo proceder en ciertos casos. Sol es como una madre para mí y sé que, a pesar de que le prometí que no volvería a hablar con Tomás y he incumplido mi promesa, ella jamás me traicionaría.

—¿Gabriela? —pregunta nada más abrir la puerta. Lúa está trabajando ahora mismo y ella sabe que lo sé, así que no tarda demasiado en darse cuenta de por qué estoy aquí—. No, no.

—Por favor, escúchame —le suplico con el rostro angustiado. No tengo que fingir, mi expresión es sincera. Necesito que me oiga y me dé su opinión.

—Me hiciste una promesa y todo apunta a que la has roto —sentencia señalándome con el dedo.

—Por favor, Sol, solo quiero que me escuches —le pido, y siento cómo se me eriza la piel: su presencia me impone y más aún cuando he desobedecido su petición—. Sé que habrías hecho lo mismo que yo.

Esta última frase consigue ablandar su corazón y, aunque niega con la cabeza, me hace una seña para que pase. Nos sentamos a la mesa del salón y yo no sé ni por dónde empezar.

—He ido a verle —suelto, sabiendo que acabo de activar el botón de una bomba nuclear.

—¿Que has hecho qué? —pregunta Sol dando un golpe sobre la mesa. Una parte de mí pensaba que ya lo sabría, y creo que lo hubiese preferido.

—Sol, tengo la convicción de que su caso no se resolvió correctamente. Aún no puedo asegurarte que él no sea el asesino, pero he recopilado unas pruebas que...

—¿Unas pruebas? ¿De dónde las has sacado, Gabriela?

Sé que al responder a su pregunta Sol se convertirá en mi cómplice al igual que sé que eso la obligaría a denunciarme de forma inmediata; sin embargo, sigo manteniendo mi fe en que no sería capaz de venderme. Estoy siendo egoísta, pero no concibo otra forma de avanzar.

—Gabriela, ¿qué has hecho? —vuelve a preguntar, cada vez con más temor en los ojos. Se ve venir lo peor y yo no puedo hacer otra cosa que confirmarlo.

—Me colé en la casa de los Méndez y encontré este tíquet en la habitación de Jimena. Es del día de su muerte, se compró un vestido a las siete y media de la tarde. —A medida que mi explicación avanza, el rostro de Sol empalidece progresivamente. Creo que no dice nada porque está en shock, tratando, no de escuchar los datos que le estoy dando, sino de asimilar lo que he hecho para conseguirlos—. Hoy fui al instituto en el que cursaba segundo de Bachillerato y encontré esta foto —añado deslizándola por la mesa; ella la agarra y la observa con atención—. Es una foto instantánea y aparece con el vestido azul que compró en sus últimas horas con vida, lo que me hace pensar que...

—Si la foto es instantánea y además sale con el vestido que compró ese mismo día... —me interrumpe llegando a la misma conclusión que yo—. La foto corresponde al día de su muerte, no hay margen de duda.

—Sí, y en el juicio de Tomás se dijo que...

—Que Jimena no había salido de casa después de la cena, que su última actividad fuera del domicilio fue una visita al centro comercial —dice llevándose la mano a la barbilla, pensativa.

Por lo menos la información que he recopilado ha logrado distraerla de todos los delitos que cometí para conseguirla. Sol es una policía con vocación, y lo que le he contado ha despertado sus ansias por corregir un crimen mal juzgado. Sé que pasado este éxtasis inicial me caerá la bronca del siglo y quizá no cuente conmigo para terminar de resolver el misterio… Pero la esperanza es lo último que se pierde, por ahora sigo teniendo la cabeza sobre los hombros, así que vamos por buen camino.

—Y esta foto… Esta foto está tomada de noche —añade sin apartar la mirada de la imagen ni una milésima de segundo.

—Sí, por lo que podemos asegurar al cien por cien que fue sacada horas antes de su muerte, cuando supuestamente Jimena estaba en su habitación.

—Si compró el vestido a las siete y media de la tarde, en la autopsia se determinó que murió sobre las tres de la madrugada y en abril el sol se pone hacia las ocho…

—Entre las ocho y media de la noche y las tres de la madrugada sucedió algo que desconocemos, pero que probablemente fue lo que provocó su muerte —sentencio con seguridad. Ambas hablamos con pasión, estamos muy metidas en la trama de esta historia que no ha hecho más que empezar.

—Entonces… ¿crees que mataron a Jimena fuera de su casa? —pregunta frunciendo el ceño.

Ni siquiera me había planteado esa cuestión, aunque, ahora que trato de buscar una respuesta, me doy cuenta de que todos los datos apuntan a una misma dirección.

¿Y si Jimena no fue asesinada en su cama?

¿Y si salió con vida de su casa, pero regresó muerta?

18

Tomás

Hoy el día amaneció lluvioso, pero las nubes se han disipado y por los barrotes de la pequeña ventana de la celda se cuela algo de luz solar. Uno de los pensamientos más recurrentes que tienes cuando estás encerrado es imaginar qué harás en tu primer día de libertad.

—Jose, ¿tú qué harás cuando salgas de la cárcel? —Ambos estamos tumbados en la cama, nos encanta dormir una pequeña siesta cuando terminamos de comer.

—No creo que ese día llegue, Tommy —contesta entre risas para quitarle hierro al asunto. Jose es muy mayor y su condena es demasiado larga, la posibilidad de que vuelva a estar al otro lado de estos muros es pequeña—. Aunque me encantaría ir a visitar la tumba de mi mujer y llevarle un ramo de sus flores favoritas.

—¿Cuáles eran? —le pregunto intentando relegar el vacío que su respuesta acaba de dejarme en el pecho.

—Las margaritas blancas y las amapolas rojas… —dice algo emocionado—. Y tú, ¿qué será lo primero que harás?

—Ir a ver el mar, escuchar cómo rompe contra las rocas de la costa, caminar por la orilla y mojarme los pies, tumbarme sobre la arena y sentir el calor del sol sobre la piel… —le cuento cerrando los ojos.

Por un momento siento que puedo teletransportarme a la que era mi playa preferida, donde iba a hacer surf casi todos los fines de semana con mis amigos. Los deportes no se me daban muy bien, pero en el surf era una auténtica máquina. Mis padres insistían constantemente en que destinase más tiempo al tenis y al golf, pero mi verdadera pasión era lanzarme al mar con mi tabla e intentar coger esas inmensas olas que siempre hay en la Costa da Morte, el noroeste del litoral gallego.

¿Que por qué tiene ese nombre tan singular? Porque los romanos creían que nuestras costas estaban infestadas de monstruos y bestias marinas que provocaban el hundimiento de sus barcos. Aunque la realidad es que eran los agresivos acantilados con sus salientes rocosos los que conseguían arrebatarles la vida a miles de marineros.

—A mí me encantaría volver a pescar —dice Jose, y por un momento siento que ambos estamos muy lejos de aquí—. Mi caña y yo éramos inseparables, sacaba esos *pececiños* del agua y mi mujer los cocinaba que daba gusto. Daría lo que fuera por volver a probar uno de sus platos, por comer juntos de nuevo.

—Pues yo creo que lo primero que comeré cuando salga de aquí será una buena hamburguesa, con extra de patatas y un refresco tan grande que no pueda ni acabármelo.

Jose suelta una carcajada, nuestras visiones de la vida son muy diferentes, pero tienen una cosa en común: el ansia de libertad. Seguimos charlando sobre nuestros planes un rato más, pero, cuando comienzan a cerrársenos los ojos, dejamos de hablar para sucumbir al sueño que nos invade.

No sé cuánto tiempo pasa hasta que unos golpes contra nuestra puerta hacen que peguemos un salto de nuestros colchones.

Un funcionario no tarda en abrir la puerta con una expresión que no logro identificar en su rostro.

—Tomás, ponte esto y acompáñame —sentencia tirando al suelo unas esposas. Me quedo paralizado unos segundos, en los años que llevo encarcelado nunca había tenido una interacción así con un guardia—. ¿No me has oído? Ponte las putas esposas.

—¿Adónde os lo lleváis? —pregunta Jose preocupado. Mientras yo bajo por las escaleras de la litera, él se agacha para recoger las esposas del suelo.

—Gracias, Jose —digo colocándome las esposas. El guardia ha ignorado su pregunta y yo sé que no tengo más remedio que obedecer sus órdenes—. Todo irá bien —añado guiñándole un ojo a mi compañero de celda.

—¿Adónde os lo lleváis? ¿Por qué tiene que ir esposado? —Jose sigue preguntándole al guardia cuál será mi paradero, en su rostro puedo ver el temor que siente de que me hagan daño.

El poder en la cárcel está muy corrompido. Si un reo tiene buenos contactos en el exterior, puede conseguir lo que quiera aun estando encarcelado. Este centro penitenciario está lleno de hombres que habían sido grandes personalidades en el mundo del narcotráfico, hombres que a pesar de haber sido sentenciados siguen teniendo grandes fortunas fuera de los barrotes... Creo que tanto Jose como yo hemos llegado a la misma conclusión: estoy a punto de recibir el castigo por ser el responsable de que los reos que me pegaron la paliza acabasen en aislamiento.

Se lo dije a la enfermera: la cárcel no protege a los más débiles.

La cárcel no protege a nadie.

—¡Respóndeme! —reclama Jose acercándose al funcionario—. ¿Adónde os lo lleváis? —vuelve a preguntar perdiendo la paciencia.

—¡Cállate de una puta vez, viejo de mierda! —exclama echándole a un lado.

A pesar de tener las manos esposadas, me muevo todo lo rápido que puedo para frenar la caída de Jose. Apenas ha sido un empujón, pero es un anciano y su cuerpo se ha tambaleado.

—Volveré pronto, te lo prometo —le susurro al oído.

Jose ve en mí a esos hijos que perdió y yo veo en él al padre cercano que nunca tuve. Antes de pasar bajo el umbral de la puerta de la celda, le miro y asiento con la cabeza. Ninguno de los dos cree que todo vaya a salir bien, pero no nos queda más remedio que repetirlo con la esperanza de que sea verdad.

Sigo los pasos del funcionario, que no me dirige ni una sola palabra en todo el camino. No tengo ni idea de hacia dónde estamos yendo; nos hemos alejado de las salas principales de la prisión e incluso ha puesto su tarjeta de acceso en una puerta para entrar en un ala que está reservada para los trabajadores.

El latido de mi corazón comienza a ir más rápido de lo normal, si me estuviese llevando a algún sitio por algo bueno me lo habría dicho, como cuando el abogado quiso hablar conmigo sobre mi condena…, pero su silencio y lo mucho que nos estamos alejando de las zonas comunes consiguen ponerme los pelos de punta.

—Entra aquí —dice deteniéndose por fin y abriendo la puerta de lo que parece el cuarto de la limpieza.

Titubeo. Antes de mover un pie observo el cuartucho en el que quiere que entre. Se trata de una pequeña sala con una pared de taquillas y material de limpieza desperdigado por todas partes. Hay cubos, fregonas, escobas... También me percato de que no hay cámaras de seguridad, algo que me perturba.

—¿Por qué tengo que entrar aquí? —pregunto echándome hacia atrás, tengo miedo y no me avergüenza admitirlo. El miedo es lo que nos mantiene vivos, ese botón que pulsa nuestro cerebro cuando interpreta que nuestra vida está en peligro.

—¿Quieres que te diga la verdad? No tengo ni puta idea, joder —responde agarrándome por la camisa del uniforme, su cara está a escasos centímetros de la mía e incluso algunas partículas de su saliva han chocado contra mi piel—. Deja ya de dar por culo y entra —añade empujándome con fuerza y haciéndome caer dentro del cuarto.

En lo que tardo en levantarme escucho que mete las llaves en la cerradura y me encierra para evitar que pueda escapar. Estoy atrapado y no he podido hacer nada por evitarlo, da igual lo que hubiese intentado, este habría sido mi final.

No me esfuerzo en gritar o aporrear la puerta, sé que eso no va a ayudarme. Mi única opción es esperar que el tiempo transcurra hasta que alguien abra la puerta y yo reciba mi merecido. Me pregunto si esta vez sus golpes acabarán matándome, las lesiones de la última paliza aún no se han curado por completo y quizá mi cuerpo no resista más. Lo único que tengo claro es que pienso pelear por mi vida, no voy a rendirme ahora, no cuando tengo este presentimiento dentro de que las cosas están a punto de cambiar.

Oigo sonido de pisadas en el pasillo, creo que de dos personas. Oigo cómo juguetean con un manojo de llaves hasta que encuentran la correcta. La meten en la cerradura y yo, después de agarrar el palo de una escoba, me alejo todo lo que puedo de la entrada. Si creen que van a encontrarse al Tomás de la última vez, están muy equivocados. Ahora no tengo nada más que proteger, solo debo protegerme a mí.

La puerta comienza a deslizarse ante mí y la sala se ilumina con la luz del pasillo, respiro de forma agitada, preparándome para lo peor, pero entonces…

Entonces me topo con sus ojos verdes.

—¿Gabriela? —La sorpresa que siento al verla abre mis manos y el palo de escoba que sujetaba cae contra el suelo—. ¿Eres tú? —vuelvo a preguntar sin dar crédito a lo que estoy viendo.

—Claro que soy yo —susurra acercándose a mí. Tras ella, la puerta se cierra y nos quedamos a solas en este pequeño cuarto que ya no me asusta.

—¿Cómo es posible? ¿Qué haces aquí? ¿Cómo…?

—Tranquilo, Tom, tranquilo —responde poniendo sus manos sobre mis hombros. Ella es consciente de lo nervioso que estoy, no me esperaba verla tan pronto y mucho menos en estas condiciones. Mi cabeza ya había aceptado el peor de los destinos y resulta que el funcionario me había traído aquí para reunirme con Gabriela—. Tengo una persona de confianza con muchos contactos aquí, me consiguió este encuentro clandestino, pero no puedes decírselo a nadie. Solo el director de la prisión está informado sobre esto, nadie más lo sabe —me explica observándome con esos enormes ojos que me vuelven loco.

Claramente yo no se lo diré a nadie, pero me preocupa lo rápido que las noticias vuelan entre estas paredes y lo poco que los secretos pueden mantenerse ocultos aquí dentro.

—Oh, Dios, Gabriela… —murmuro dejándome caer sobre su hombro derecho. Me encantaría abrazarla, pero mis manos están esposadas y no me es posible.

Sin embargo, es ella quien lo hace. Sus brazos me rodean y me acercan a su cuerpo. Noto su calor, noto la suavidad de su piel, noto sus pechos apretados contra mi abdomen. Entre nosotros no hay espacio y tampoco nos esforzamos por llenar el silencio con palabras. Ojalá pudiese congelar este momento y recordar siempre el olor de su cabello, la forma en que sus manos comienzan a acariciar mi espalda…

—Daría lo que fuera por poder abrazarte —le susurro al oído, y noto cómo su cuerpo reacciona al sentir mi aliento en su cuello.

Gabriela se separa de mí y posa sus labios en mi mejilla; es un beso lento, dulce y discreto. Me encantaría confesarle las ganas que tengo de comerle la boca, el éxtasis que siento cuando me imagino tomando con mis manos su cintura…, pero no quiero incomodarla, sobre todo cuando todavía no sé si mis deseos son correspondidos.

—Algún día lo harás —responde apartándome un mechón de pelo de la cara—. Porque creo que podré sacarte de aquí, Tom.

Levanto las manos esposadas y agarro su pequeño rostro, las palabras que acaba de pronunciar tienen más importancia para mí de lo que jamás podrá pensar. En sus ojos veo una chispa de emoción y solo con fijarme en su expresión sé que ha tenido que dar con algo, estoy convencido de que ha encontrado ese hilo del que tirar.

—Entré en tu casa, y en su habitación encontré el tíquet de una tienda de ropa; tu hermana fue a comprar un vestido horas antes de morir —me explica mientras se lleva la mano al bolsillo para mostrarme algo—. Y en su instituto vi esta fotografía, es una instantánea y sale con el vestido que compró ese día, lo que significa que salió de casa después de cenar.

Agarro la foto y veo el rostro de mi hermana.

Ella nunca sonreía, pero en esta fotografía sale feliz, con su pelo rojizo y esos mofletes tan regordetes de los que siempre me burlaba. Hacía años que no veía su rostro y, aunque he intentado pensar en ella cada día para no olvidar sus facciones, me resulta extraño volver a verla.

—¿Quiénes son? ¿Los reconoces? —me pregunta Gabriela señalando a las tres personas que están junto a mi hermana. Ni siquiera me había percatado de su presencia.

—Sí, son sus amigos. —respondo observándolos—. Gael Mariño, Alexia Moreno y Brais Vilaboa.

—Pues lo más probable es que ellos fuesen los últimos en ver con vida a tu hermana.

—Estoy seguro de que salió por la ventana y se fue con ellos, mis padres aún no la dejaban ir a fiestas pasada la medianoche... —le explico intentando procesar toda esta nueva información—. Gabriela, esto puede cambiarlo todo...

—Lo sé, pero, si tu hermana se fugó de casa de la misma forma que yo entré en ella, no hay forma de demostrar su salida.

—¿Y qué quieres hacer ahora? —Yo sé cuál debería ser el siguiente paso; sin embargo, quiero que sea ella la que decida qué hacer.

—Hablar con ellos, intentar sacarles algún tipo de información que esclarezca las últimas horas con vida de tu hermana.

—Gabriela, no quiero que te veas obligada a seguir investigando. No sabes lo mucho que te agradezco todo lo que haces por mí, pero si te pasase algo jamás me lo perdonaría —le digo tratando de calmar las ansias que tengo por esclarecer lo que ocurrió aquella noche.

—Pienso llegar hasta el final, quiero hacerlo —responde agarrándome las manos—. Mira esto, Tom.

Gabriela desbloquea su teléfono y, cuando lo gira para mostrarme la pantalla, mis ojos se llenan de lágrimas.

—Es Frankfurt... —susurro haciéndole zoom a la foto para ver la cara de mi perrito—. Está enorme, cuando me separaron de él solo tenía un año...

—Te estás perdiendo muchas cosas ahí fuera. Tú deberías estar con él, deberías tener una vida normal.

—Gabriela... —digo con un hilo de voz; sus palabras solo hacen que las lágrimas aumenten y caigan sin control por mi rostro.

—Antes creía que eras inocente, ahora lo sé —sentencia apoyando su frente en la mía—. Y no pienso parar hasta demostrarlo.

Nuestras narices se rozan aspirando el aire que el otro expulsa, mis ojos están clavados en esos labios tan jugosos, están tan cerca que si alargase un poco la lengua podría saborearlos. Es entonces cuando las ganas de besarla pasan a convertirse en una necesidad que quema tanto que pulveriza el resto de los pensamientos.

Ella lo ocupa todo.

—¿Puedo besarte? —le pregunto.

—Sí —responde con un suspiro.

Sin pensarlo ni un segundo, estampo mi boca contra la suya y dejo que la humedad de sus labios moje los míos. Mi lengua se desliza hacia el interior de su boca, quiero ocupar todo su ser, quiero impregnarme de ella. Gabriela enreda los dedos en mi pelo, me acaricia la nuca y me hace estremecer.

—Si no tuviese las manos esposadas… —susurro mordiendo su labio inferior.

—¿Qué harías? —Su pregunta me pilla por sorpresa, Gabriela parece querer subir el tono de nuestra conversación y no seré yo el que se quede atrás.

—Te rodearía con mis brazos, te apretaría contra mí y dejaría que mis manos se deslizasen por tu espalda… —murmuro dejando un camino de besos que comienza en su cuello y termina en la clavícula.

Noto cómo su pecho sube y baja acelerado. Sus pezones, duros por la excitación, se hacen notar bajo la delgada tela de la blusa blanca que lleva puesta. Hacía tanto tiempo que no tocaba a una mujer que siento que podría llegar al éxtasis en cualquier momento, su sola presencia consigue avivar en mí una llama que creía apagada.

—¿Y qué más? —pregunta sin dejar de sonar algo tímida, está sonrojada y esa actitud inocente pero pícara consigue provocarme todavía más.

—Apretaría con fuerza tus nalgas y te pegaría todavía más contra mi cuerpo, mi boca seguiría bajando hasta tus tetas y mi lengua trazaría círculos sobre tus pezones, saborearía cada parte de ti antes de hacerte mía.

Gabriela suelta un pequeño gemido antes de besarme con tanta fuerza que tengo que mantener el equilibrio para no caerme hacia atrás. No sé cómo hemos llegado a este grado de erotismo, pero tampoco me importa. Los segundos se evaporan cuando estoy cerca de ella, el tiempo parece carecer de sentido y, cuando escucho dos golpes fuertes contra la puerta, avisándonos de que tenemos que separarnos, maldigo lo rápido que ha transcurrido.

—Tengo que irme —dice sin dejar de fijar sus ojos en mis labios—. Volveré con más información.

—Yo solo quiero que vuelvas —confieso acariciando su rostro.

Gabriela asiente y sale de la sala dejándome solo entre cuatro paredes que de pronto se vuelven insoportables.

Y es que la vida es insoportable si ella no está, y mi corazón ansioso no tiene otra opción que esperar su regreso mientras le dedica cada uno de sus latidos.

19

Gabriela

En lo primero que pienso cuando abro los ojos es en él.

Ayer la madre de Lúa, tras admitir que las pruebas que conseguí tenían el peso suficiente como para poner en duda el veredicto del caso de Tom, me consiguió un encuentro clandestino con él. Creo que hay algo que Sol no me está contando, lo noto en cómo esquiva mis miradas cuando le hablo sobre Tomás. Ella es una mujer con mucha confianza en sí misma y jamás le tiembla el pulso a la hora de tomar decisiones difíciles; sin embargo, ayer la vi bastante nerviosa y dubitativa.

Creo que Sol nunca hubiese cedido a algo que pudiera ponerme en peligro de algún modo (porque todo este juego que nos traemos entre manos realmente tiene sus riesgos) si no hubiese algo personal de por medio… ¿Puede que ella fuese una de las policías que participó en la investigación? ¿Puede que se sienta culpable? No lo sé, y tampoco quise presionarla demasiado, ayer mi único objetivo era conseguir ver a Tomás y lo cumplí con creces.

Os prometo que no entraba en mis planes que la situación se calentase de esa manera; de hecho, mi idea era alejarme sentimentalmente hablando del caso…, pero, cuando se acercó tanto a mí, cuando sus ojos comenzaron a fijarse en mis labios, cuando sus manos acariciaron mi cara con tanta delicadeza, comprendí que no podía seguir luchando contra algo inevitable.

Me dejé llevar y mentiría si dijera que me arrepiento. Sé que fue un error, sé que estuvo mal…, pero no puedo arrepentirme de algo que me hizo sentir tan bien. No recuerdo la última vez que un hombre consiguió excitarme tanto, y eso que tenía las manos esposadas y sus movimientos estaban limitados… Aunque, para ser sincera, he de admitir que las esposas sumaban cierto morbo a la situación. Y Dios, qué bien besa. Era como si nuestras lenguas hubiesen ensayado, ambas se movían y bailaban al mismo son.

No puedo evitar sentir cómo mi entrepierna se humedece al recordar lo guapo que estaba, lo que me susurró al oído… Ayer dijo que quería hacerme suya y mi mente comienza a generar esas imágenes. Me lo imagino aquí, conmigo, en la cama. Me imagino que son sus dedos los que rozan mi clítoris y no los míos, me imagino cómo los mete en mi interior y de pronto me olvido completamente de que soy yo quien lo está haciendo. Me imagino su cara entre mis piernas, su lengua recorriendo las partes más sensibles de mi ser, sus ojos viéndome desde abajo y confesándome lo mucho que está disfrutando.

Me muerdo el labio e imagino a Tomás penetrándome, imagino su cuerpo robusto y sudado sobre el mío, imagino sus embestidas: primero suaves y después fuertes y continuas.

Despego la lumbar del colchón al imaginar que es él quien está en mi interior y no yo misma. Me estremezco al fantasear con cómo me pondría a cuatro patas para tener una mejor visión de mi culo mientras lo azota, con cómo enredaría sus manos en mi pelo tirando de algunos mechones. Deliro con la idea de Tomás llegando al clímax conmigo, corriéndonos a la vez y llenando el cuarto de gemidos y jadeos.

Sin embargo, cuando mis párpados se separan vuelvo a la realidad: estoy sola, masturbándome mientras pienso en un chico encarcelado por el que no quiero pillarme.

—Joder… —susurro, con el corazón todavía acelerado, hundiendo la cabeza en la almohada—. Joder, Gabriela… —me digo a mí misma sabiendo que esto solo aumentará la atracción que siento por él.

Salgo de la cama y voy hacia la ducha, necesito toneladas de agua fría para dejar atrás estos pensamientos obscenos. No quiero imaginarme a Tomás así, no quiero pensar en esto la próxima vez que lo vea. Tengo que hacer todo lo posible por no construir más puentes entre él y yo, mi profesionalidad debe ir por delante de un calentón.

Porque sí, puede que tras lo sucedido no me quede más remedio que admitir que Tomás me gusta y, de hecho, me atrae mucho…, pero todo se queda ahí. En un chico guapo con el que tendría un revolcón, quizá dos.

Después de desayunar un par de tostadas con queso fresco y pavo, me visto con las prendas más cómodas de mi armario: un chándal negro bastante ancho y mis deportivas blancas favoritas. Hoy no trabajo por la mañana, mi jefe me ha cambiado el turno para ayudar a los compañeros a cubrir unas noticias que planean publicar en directo por la noche, así que decido aprovechar las horas libres que tengo por delante y empiezo por sacar a pasear a mis perras.

—Vamos, preciosas… —digo poniéndoles sus arneses. Ambas mueven el rabo ilusionadas, les encantan los paseos y hoy prometo darles uno bastante largo.

Me encantaría pasar más tiempo con ellas, aportan a mis días muchísima felicidad y últimamente con el trabajo y el tema de Tomás no puedo dedicarles todo el que me gustaría.

Tras el paseo, relleno sus cuencos de comida y agua fresca y me dispongo a abordar la siguiente tarea, una mucho más complicada: descubrir dónde se sacó la foto instantánea que encontré en el instituto de Jimena.

Sé quiénes salen en ella y gracias a Sol he conseguido la dirección de esas tres personas. Confío en que la foto se tomase en alguna de sus casas, algo que me parece bastante probable, y comienzo probando fortuna en la que más cerca me queda: la casa del tal Gael.

Se encuentra tan solo a unas calles de la vivienda de los Méndez; tras conducir veinte minutos descubro que la zona está llena de adosados que un mileurista no podría alquilar ni en sus mejores sueños. El nivel de vida de este lugar se deja ver en los coches que hay aparcados, todos de alta gama, en lo asombrosos que son los jardines que alcanzo a vislumbrar por la ventanilla, en la ropa de marca que llevan los peatones a los que les cedo el paso e incluso en los perros que pasean: todos de raza.

Me pregunto si Jimena y Tomás solo se relacionarían con gente de su nivel social, cosa que no me extrañaría viendo el instituto al que asistían. Lo más probable es que sus vínculos fuesen con las personas con las que compartían espacios: las clases, las actividades extraescolares, las reuniones familiares, los hijos de los amigos de sus padres, sus vecinos… No los juzgo, nadie elige el lugar en el que nace y tu posición en la pirámide social nunca tendrá el poder de convertirte en buena o mala persona.

Cuando llego a la dirección exacta que me ha enviado Sol, confirmo que el porche de la casa es exactamente igual que el de la foto, y no solo eso, sino que mantiene el mismo mobiliario. La mesa que aparece en la fotografía llena de cubatas sigue ahí y el sofá de jardín en el que todos estaban sentados (menos Gael, que es quien alarga el brazo para tomar la foto a distancia) también está. Se trata de un selfi, por lo que no logro apreciar nada más, pero ya tengo más que suficiente.

—Pues allá vamos —me animo mirando mi reflejo en el retrovisor.

Estoy nerviosa, noto que al bajar del coche mis piernas se tambalean al pisar el suelo. He seguido los consejos de Sol y he aparcado lejos para que Gael no pueda fichar mi coche, he activado la grabadora de mi teléfono y me he aprendido de memoria las preguntas que debo hacerle, así como las posibles respuestas que darle a las que él pueda hacerme a mí.

—Todo va a salir bien —digo para mis adentros antes de que mi dedo presione el botón del timbre.

Los segundos que dura el maldito zumbido de llamada se me hacen eternos, y cuando ya pensaba que iba a tener que volver a intentarlo, escucho que alguien descuelga el telefonillo.

—¿Hola? —pregunta una voz femenina.

—¡Hola! Me llamo Ga... Gardenia. —Los nervios me han jugado una mala pasada y he estado a punto de repetir el mismo error que en el instituto. Por poco confieso mi nombre real—. ¿Está Gael en casa?

—Sí... ¿Quién eres?

Y aquí es donde empieza mi gran actuación.

—Soy periodista y estamos trabajando en un artículo acerca de la muerte de Jimena Méndez, en el instituto me dijeron que Gael y ella eran amigos y pensé que podría hablarme un poco de ella… —le explico con un tono amigable y extremadamente dulzón. Hasta aquí no he mentido, porque, como es sabido, una buena mentira siempre debe sostenerse sobre una poderosa verdad—. Será un artículo precioso que homenajeará la vida de Jimena con motivo del aniversario de su muerte.

—¡Oh, claro! A todos nos conmocionó su muerte, pasa… —responde enseguida y abre el portal.

Respiro aliviada; ya he pasado la prueba de fuego.

Tras la verja hay un camino de piedras redondas y aplastadas que cruza el hermoso jardín que tienen en la parte delantera de la casa y termina en el porche que inspeccioné desde el coche. Lo veo más de cerca y se me pone el pelo de punta al imaginarme a Jimena ahí sentada, charlando y riendo con sus amigos sin tener ni la menor idea de que horas después sería asesinada. Así es la vida, todo puede cambiar drásticamente en cuestión de segundos. ¿Habría hecho algo diferente si hubiese sido consciente de su inminente muerte? ¿Habría confesado alguno de sus secretos, habría hecho una locura, habría dado su último beso…? Supongo que la esencia de la vida es desconocer el momento en el que se acaba para así aprovechar al máximo cada uno de nuestros días.

—¡Hola, cielo! —exclama bajo el umbral de la puerta la que supongo que es la madre de Gael—. Adelante, ahora mismo aviso a mi hijo para que baje.

—Muchísimas gracias, espero no molestar demasiado —digo con modestia mientras entro en la casa.

—Es un honor participar en tu artículo, Jimena era una niña muy querida en el vecindario… —añade emocionada.

No digo nada, me limito a asentir y a apretar contra mi pecho la libreta que he traído para fingir que apunto cosas. Es una estrategia para que Gael piense que no estoy grabando la conversación y así se suelte más, un truco que aprendí de los periodistas más carroñeros. Resulta que, cuando eres consciente de que te están grabando, piensas y cuidas más cada una de tus palabras. Cuando un periodista solo toma notas, el entrevistado se concede la libertad de ser natural y todo se vuelve más dinámico.

—Puedes sentarte a la mesa del comedor, ahora te traigo un poco de agua y unas galletas —dice, para después desaparecer por las escaleras en busca de Gael.

Inquieta, me siento y observo lo que me rodea. El interior de la casa desprende lujo, todo está ordenado y no hay ni una mota de polvo sobre los muebles. Me pregunto por qué Gael seguirá viviendo con sus padres si es obvio que podría estar más que independizado.

—Hola… —La voz del susodicho entra en escena. Me vuelvo para verle y encuentro a un Gael desmejorado, la tez de su rostro es muy pálida y parece mucho más delgado que en la foto.

—Hola, encantada de conocerte —saludo levantándome y tendiéndole la mano, que estrecha sin mucha fuerza. Después, toma asiento frente a mí—. Supongo que tu madre ya te lo ha explicado, he venido a…

—Sí, sí… —me corta, nervioso—. ¿Q-qué quieres saber? —me pregunta tartamudeando.

Su lenguaje corporal me hace saber que está nervioso. A pesar de que tiene las manos apoyadas sobre la mesa, sus dedos se mueven sin cesar y los ojos evitan en todo momento el contacto visual directo.

—Es un reportaje aludiendo a la parte sentimental de Jimena, queremos que sus seres más queridos y cercanos nos cuenten cosas sobre ella… —le explico tratando de sembrar un aura de tranquilidad en la que se sienta más confiado—. ¿Podrías decirme qué relación tenías con ella?

—Íbamos al mismo instituto, aunque a diferentes clases, la conocí porque era amiga de mi amiga, me la presentó y quedamos un par de veces. No diría que fuésemos demasiado cercanos, pero Jimena era muy buena chica… —relata sin mirarme en ningún momento, algo que me genera sospechas.

A medida que habla, voy tomando notas que no usaré para absolutamente nada.

—¿Quedabais a solas?

—No, siempre quedábamos mi amiga Alexia, Jimena, su novio Brais y yo.

¿Su novio? ¿Ha dicho que Jimena tenía novio?

—Vaya, no sabía que Jimena tenía novio.

Veo cómo se le descompone la cara al escucharme, como si acabase de darme una información que yo no tendría que conocer. Gael comienza a morderse las uñas y pasa unos segundos en silencio, tratando de pensar qué puede decir para arreglar su metedura de pata.

—Bueno…, tenían una relación informal, quizá no eran novios como tal…

—Chicos, aquí os dejo agua y unas galletitas caseras. —De pronto, la madre de Gael irrumpe en el salón y deja sobre la mesa un plato con dulces.

—Gracias —le digo con una sonrisa fingida, nos ha interrumpido en un momento crucial. Que Jimena tuviese novio es un dato que tanto sus padres como Tom desconocían y que en ningún momento se mencionó en el juicio.

Espero a que se vaya para seguir con las preguntas; sé que no puedo presionar mucho a Gael, no debo tensar demasiado la cuerda porque corro el riesgo de que se rompa. Si quiero que se muestre lo más receptivo posible, tengo que indagar poco a poco. Después de dar un par de vueltas por el salón para intentar escuchar algo de nuestra conversación, su madre por fin desiste y vuelve a marcharse.

—¿Recuerdas cuál fue tu último momento con ella? —pregunto retomando el interrogatorio.

—Sí.

—¿Cuándo fue? ¿Me podrías hablar un poco sobre ello?

—Fue el día de su muerte, en el instituto… La, la, la vi en el recreo y después nos cruzamos por los pasillos —responde mintiéndome a la cara—. Ni siquiera hablamos, solo nos saludamos con la mano…

¿Por qué miente? ¿Por qué no habla sobre el encuentro que tuvo lugar en su propia casa? ¿Qué oculta tras esta mentira? Me muero de ganas de sacar la foto que tengo en el bolsillo, pero es una carta crucial que todavía no quiero jugar. Gael parece un chico con poca personalidad, se muestra inseguro y da la impresión de no tener demasiado carácter… Creo que no le podré sacar mucha más información, aunque tengo fe en que mi encuentro con Brais y Alexia sea más fructífero.

—¿Y sabes qué hizo esa tarde? ¿Sabes si quedó con alguien más? Quería conseguir más testimonios sobre sus últimas horas de vida.

—Jimena… Jimena iba a muchas extraescolares, pero no tengo ni idea…

—¿Qué sentiste cuando se descubrió que fue su propio hermano quien la mató?

Mi pregunta impacta en él como si de una bala se tratase. Gael coge aire y se deja caer contra el respaldo de la silla como si estuviera mareándose. Sus labios pierden todavía más color e incluso parece que sus ojeras se oscurecen. Es como si mis preguntas le quitasen años de vida, como si en cada una de sus respuestas corriese cinco maratones.

—¿Estás bien? —me intereso fingiendo preocupación.

—Es que… A-Aún me sigue conmocionando todo lo que pasó, creo que… Creo que todavía no lo he superado —responde con una credibilidad nula. Las constantes pausas que hace me sugieren que está pensando más de la cuenta cada una de las palabras que enuncia. Dar un falso testimonio genera un cansancio mental enorme, el tener que estrujar tu cerebro en tan poco tiempo para buscar la respuesta más acertada provoca estrés y agotamiento.

—¿Conocías a su hermano? ¿Te podrías haber esperado eso de él? —pregunto sin concederle descanso. Cuanto más cansado esté, más cerca de la verdad estarán sus contestaciones o más se notará que miente.

—Hum, sí —confiesa rascándose la cabeza; no para de gesticular de formas extrañas, no sabe ni dónde colocar las manos—. Tomás era muy violento, siempre discutían y muchas veces sus peleas llegaban a las manos.

No puedo evitar fruncir el ceño, todas las referencias que tengo de Tomás recalcan lo tranquilo e impasible que es ante las peleas.

—¿Jimena estuvo alguna vez aquí? —Es la última pregunta de la lista y creo que es el momento de hacerla. Gael está al borde de pedirme acabar con la entrevista y no quiero irme sin esta respuesta.

Entonces, es su propio cuerpo el que lo traiciona.

—No, nunca —declara con firmeza.

Pero cuando pronuncia ese «no», su cabeza se mueve de arriba abajo: Gael está asintiendo mientras niega que Jimena haya estado aquí.

20

Gabriela

El interrogatorio que le hice ayer a Gael me dejó una cosa clara: o tiene algo que ver en la muerte de Jimena, o está encubriendo a alguien. Una persona que no tiene nada que ocultar no miente, y mucho menos en reiteradas ocasiones.

Hoy iré al piso de Alexia y Brais, y algo que ya *a priori* me parece extraño es que comparten la misma dirección. Ambos viven en Pontevedra, una ciudad a treinta minutos de Santiago llena de estudiantes, por lo que supongo que quizá se mudaron para hacer algún máster.

A pesar del enfado inicial de mi jefe, finalmente he conseguido el día libre para desplazarme con calma hasta allí. Me muero por contarle a Tomás lo que he descubierto, pero prefiero esperar a reunir los datos que consiga sacarles a Alexia y a Brais.

Tras preparar un termo con café, cojo el coche y conduzco hasta llegar a Pontevedra; me gusta mucho esta ciudad, es muy peatonal y tiene un ambiente juvenil e inspirador. No tardo mucho en localizar su piso, se encuentra en el centro, cerca de la facultad de Bellas Artes. Aparco y camino hacia él recordando todo lo que debo preguntarles. ¿Se esperarán mi visita? ¿Los habrá avisado Gael de que he ido a verle? No sé si siguen manteniendo relación, aunque todo apunta a que algo los unió esa fatídica noche. Algo que quizá los haya obligado a no cortar lazos.

—¿Hola? —pregunta la que supongo que será Alexia al descolgar el telefonillo.

—Hola, me llamo Gardenia, no me gustaría molestar, pero estoy escribiendo un artículo en honor a Jimena Méndez y me gustaría hacerte unas preguntas sobre ella. Estamos buscando un enfoque personal, saber quién era realmente ella más allá de la imagen de víctima —le explico sonriendo a la cámara. No quiero ni pensar en cuánto costará el alquiler de un piso como este; solo por el portal, intuyo que no podría permitírmelo ni en mis mejores sueños—. Sé que ibais a la misma clase, el instituto me cedió tu contacto.

—Sí, claro —responde sin dudar. Me extraña lo rápido que la puerta metálica emite el zumbido que me indica que está abierta... Creo que ya contaba con mi visita.

Un periodista jamás podría presentarse en la casa de nadie así de primeras. Las entrevistas de este tipo suelen hacerse por teléfono o en un sitio neutral tras llegar a un acuerdo previo... Sin embargo, al tener una premisa tan blanca como es hacer un artículo en honor a la vida de Jimena, ni Gael ni Alexia han tenido el valor de negarme la entrada a su casa. ¿En qué lugar los dejaría eso? Los he puesto en una tesitura difícil de esquivar, como cuando las niñas de los campamentos llaman a tu puerta ofreciéndote galletas. ¿Cómo vas a decirles que no?

—Encantada, soy Alexia —saluda al abrir la puerta de su hogar. Le estrecho la mano con una sonrisa, quiero crear un ambiente cómodo y distendido—. Adelante —añade apartándose para que pueda pasar.

El piso me encanta, la decoración tiene una clara inspiración nórdica y emplea materiales como la madera para dar un toque cálido y acogedor. Además, es muy luminoso y grande.

—¿Vives sola aquí? —le pregunto con un poco de indiscreción.

—No, vivo con mi pareja —me responde haciéndome una seña para que tome asiento junto a la mesa del salón.

La única persona, además de ella, que reside en esta dirección es Brais, así que la intuición de que ahora sean novios se convierte en una realidad. No puedo evitar pensar en lo bizarra que es la situación: Jimena y Brais salían juntos y, cuando ella fallece, él empieza una relación con su mejor amiga.

Sospechoso, parece la trama de una película mala de Antena 3.

—¿Qué quieres saber sobre Jimena? —me dice para iniciar la conversación que sabe que vamos a tener.

—Podrías empezar contándome qué relación tenías con ella —respondo quitándole la tapa a mi boli para comenzar a tomar falsas notas. Tal y como ayer, mi teléfono está grabando toda la entrevista.

—Éramos muy amigas, desde pequeñas —me explica emocionada. Sus ojos se llenan de lágrimas a medida que va hablando—. Como hermanas, me atrevería a decir. Su muerte paralizó por completo mi vida, me costó mucho seguir adelante.

En mi interior no puedo evitar preguntarme cuánto tardaría en enrollarse con el que era el novio de su tan querida amiga. Quizá sea un poco cruel por mi parte, pero todo esto huele demasiado raro.

—¿Recuerdas cuál fue tu último momento con ella?

—El día de su muerte, en clase. Nos sentábamos juntas en casi todas las asignaturas, ella era muy inteligente y siempre me ayudaba a mejorar mis notas.

A diferencia de Gael, Alexia responde de forma clara y contundente. No titubea, no piensa lo que debe decir y, desde luego, no tartamudea. Lo único que me genera sospechas es lo rápido que contesta, parece haberse preparado esta entrevista como si de un examen se tratase.

—¿Sabes qué hizo esa tarde? Quiero conseguir más testimonios sobre sus últimas horas de vida.

—Jimena iba a muchas extraescolares, creo que ese día tenía clase de piano. Le encantaba la música, incluso compuso algunas piezas. —Su respuesta es igual que la de Gael, aunque añadiendo más información sin importancia para que parezca diferente. Como cuando copias a tu compañero, pero cambias algunas palabras para que no sea tan obvio.

—¿Qué sentiste cuando salió a la luz que fue su hermano quien la mató?

—Tomás era muy violento, siempre la trataba fatal e incluso en algunas ocasiones vi cómo le levantaba la mano… —relata horrorizada—. No me lo esperaba; sin embargo, tampoco me sorprendió. Espero que se pudra en la cárcel.

Un escalofrío recorre mi espalda al escucharla. Sé que está mintiendo y no logro comprender cómo puede tener la sangre fría para hacerlo así de bien. No quiero sacar conclusiones precipitadas, pero Tomás comienza a parecerme el señuelo de esta historia.

Necesito pillar por sorpresa a Alexia, está claro que Gael le chivó mis preguntas y necesito hacerle alguna que logre desconcertarla.

Creo que ha llegado la hora de sacar la carta que tengo bajo la manga: la fotografía.

—Encontré esta instantánea en el mural del instituto… —le suelto deslizándola sobre la mesa. Alexia la ve y noto cómo su cuerpo se tensa, lo hace de una manera casi imperceptible, pero la forma en la que aprieta los labios me confirma que esto no lo vio venir—. Me gustaría incluirla en el artículo, ¿podrías decirme más o menos cuándo os la sacasteis? Para ponerlo en el pie de foto.

Alexia, por primera vez, tarda en responder.

—No me acuerdo muy bien… —titubea frunciendo el ceño, fingiendo que está intentando recordar cuando en realidad sabe perfectamente la respuesta—. Quizá dos o tres meses antes del asesinato.

—¿Y qué hacíais? ¿Era una fiesta?

—Hum, sí —contesta asintiendo con demasiado ímpetu—. Más que una fiesta fue una cena entre amigos, después bebimos y jugamos a algunos juegos de mesa.

—¿Había más gente?

—No, solo los de la foto.

—¿Y sabes dónde podría dar con él? —le pregunto posando mi dedo sobre la imagen de Brais—. Gael me dijo que era la pareja de Jimena, creo que su testimonio será el más valioso.

—No eran novios —afirma tajantemente. De su rostro desaparece por completo la sonrisa falsa que tanto se esforzaba por mantener—. Tenían una relación informal, se acostaban de vez en cuando, pero no llegaron a formalizarlo jamás.

Parece que he abierto viejas heridas.

—¿Y dónde puedo encontrar a Brais? —pregunto a pesar de que ya sé la respuesta.

—Brais vive aquí, conmigo, es mi pareja. Ahora mismo está en la biblioteca preparando un trabajo muy importante. —Me sorprende que no intente mentir, aunque, pensándolo bien, sería una mentira de patas muy cortas—. El luto nos unió más de lo que pensábamos y nos mudamos a vivir juntos para terminar nuestros estudios aquí, en Pontevedra.

Vaya.

—¿Crees que podría hablar con él cuando vuelva?

—Te agradecería que no lo hicieses, para Brais es un tema muy delicado —responde, y siento en mí una rabia que me quema por dentro. Su tono es tan impostado, tan falso, tan hipócrita—. Tardó años en superarlo, tuvo que ir a terapia y no creo que le haga gracia volver a hablar sobre ello. Ha pasado mucho tiempo, Gardenia.

—Lo… Lo entiendo —contesto intentando controlar las ganas que tengo de levantarme y zarandearla hasta conseguir que confiese la verdad.

—¿Podría quedarme con esta foto? No la recordaba y me gustaría tenerla conmigo —dice mientras la recoge de la mesa.

Enseguida extiendo mi brazo para arrebatársela. Sé lo que está intentando, quiere destruir la única prueba de que Jimena pasó las últimas horas de su vida con ellos, y no pienso permitirlo.

—Primero debo escanearla para el artículo, después podría darte una copia. —Ahora soy yo la que sonríe falsamente; esta instantánea es una prueba crucial para demostrar la posible inocencia de Tom.

—Es un recuerdo muy personal, me gustaría mantener la foto en privado —añade con un tono algo altivo; su paciencia está a punto de acabarse y entiendo perfectamente la razón: ni a ella ni a sus amigos les conviene que esta foto vea la luz porque saben que podría echar abajo sus coartadas—. Espero que lo entiendas.

—Claro, pero prometí devolverla al instituto —sentencio levantándome y caminando hacia la puerta—. Podrás pedírsela a ellos.

Alexia no se veía venir mi respuesta y no le queda otra opción que resignarse. No creo que sospeche de mí, supongo que no duda de mi papel como periodista, aunque lo que la asusta es que algunas preguntas resulten ser contradictorias con el caso.

—Muchas gracias —me despido mientras abro la puerta y me dispongo a salir del piso.

Entonces, su pie se interpone y me impide cerrarla.

—Me gustaría ver ese artículo antes de que salga publicado —dice con seriedad.

—Claro, te lo enviaré.

Y, tras mis palabras, asiente y cierra la puerta con fuerza. Ha sido un encuentro tenso, mucho más incómodo que mi charla con Gael. Alexia parece una mujer de armas tomar y lo tranquila que estaba al principio de la conversación me da a entender que lleva muy bien el estrés. Su personalidad es mucho más fuerte que la de Gael, y, aunque no podré hablar con Brais, todo apunta a que ella fue la cabecilla de lo que fuera que pasase aquella noche.

21

Tomás

Cuando volví a mi celda me costó mucho no contarle a Jose la verdad… Gabriela me había pedido que no se lo dijese a nadie, y los motivos por los que no debo hacerlo son más que claros, así que me inventé una excusa para tranquilizarle y volví a mi litera para rememorar una y otra vez el momento que habíamos vivido.

Han pasado dos días y sigo igual, no puedo parar de pensar en cómo nos tocamos, no puedo dejar de imaginarme su rostro cerca del mío, sus manos acariciándome y su voz susurrándome palabras al oído… Hacía tantos años que no besaba a una mujer que una parte de mí tenía miedo de haber olvidado cómo hacerlo, pero al final resultó ser como montar en bicicleta. Una vez que aprendes a hacerlo, difícilmente olvidas cómo pedalear.

Hoy es sábado y los presos están más exaltados de lo normal porque desde Dirección han organizado un torneo de fútbol para fomentar el trabajo en equipo. Muchas veces, desde la farsa de la supuesta inclusión social, se lleva a cabo este tipo de actividades para enseñarnos ciertos valores como la deportividad, la toma de decisiones en grupo, la competitividad… Lo que creo que no entienden los de arriba es que organizar partidos de fútbol posiblemente acabe aportando más cosas negativas que positivas.

Quiero decir, ¿a quién se le ocurre que es buena idea poner a competir a decenas de hombres —la mayoría con pasados llenos de violencia— que viven con el estrés que supone estar encerrados? No tengo pruebas, pero tampoco dudas de que todo esto acabará mal.

—Eh, tú, ¿en qué equipo estás? —me pregunta un reo con el que no había cruzado ni una palabra antes.

—No me apunté, no me gusta el fútbol —respondo sentándome en las gradas que hay en el patio. Desde aquí podré ver mejor el espectáculo.

—Marica... —susurra alejándose.

Al escucharle pongo los ojos en blanco, pero paso de responderle porque sé que es una causa perdida. Una de las cosas por las que más fuera de lugar me siento en esta prisión es por lo machistas, homófobos y poco deconstruidos que están todos los hombres. Los primeros meses de condena aprendí cómo debía comportarme para no ser visto por los demás como un hombre débil, como un «maricón». Porque, aunque sea tremendamente hipócrita, aquellos que intentan violarte en las duchas son los mismos que después comentan el daño que esos «degenerados» del lobby LGTBI hacen a la sociedad.

La masculinidad tóxica es un problema profundo y arraigado en nuestro género que debe erradicarse desde la raíz, porque muchas veces esta mal entendida masculinidad es el inicio de problemas mayores. ¿Qué es ser un hombre? ¿Seguir todos los roles de género impuestos hace miles de años? ¿Privarte de hacer determinados planes porque atentan contra tu hombría? ¿Dejar de usar ciertos colores, de escuchar según qué canciones, dejar de ver películas o series porque supuestamente están destinadas a un público femenino? Joder, no estoy dispuesto a renunciar a cosas que me gustan solo porque la sociedad ha decidido que son para otro género.

En mi caso, fue mi hermana la que a menudo me ayudó a abrir los ojos en ciertas problemáticas. Tener una visión femenina me hizo reflexionar sobre aquellas cosas que se me habían impuesto por nacer hombre. Me hizo entender las diferencias reales que hay entre géneros y me hizo comprender por qué todos debemos hacer un esfuerzo por preguntarnos qué nos lleva a hacer determinadas cosas.

¿Por qué los hombres sentimos la necesidad de ocultar las lágrimas y esconder las emociones? ¿Por qué solemos mantener vínculos habitualmente superficiales con nuestros amigos, sin hablar de sentimientos o de temas personales? ¿Por qué reducimos a las mujeres a posibles amantes o parejas, pero pocas veces somos capaces de verlas como amigas? ¿Por qué tendemos a querer explicar las cosas, muchas veces sin ni siquiera estar en el lugar oportuno para comprenderlas, como si los demás no tuviesen el mismo ingenio que nosotros para entenderlas?

Discutía con Jimena día tras día porque no quería entrar en razón, pero cuando ella justificaba sus argumentos con ejemplos de errores que yo mismo cometía empecé a dar el brazo a torcer. Recuerdo aquella noche en la que manchó las sábanas porque le bajó la regla y yo le recriminé que si se hubiese puesto un tampón antes de dormir no habría pasado. Ahora me río ante mi ignorancia, pero cuando Jimena me explicó que los tampones debían cambiarse cada cuatro o seis horas dependiendo del sangrado y que muchas veces, a pesar de utilizarlos, era normal manchar, me sentí la persona más estúpida del mundo. ¿Había intentado darle lecciones sobre la menstruación a una mujer? Sí, justo eso había hecho.

Estoy muy orgulloso de la persona que soy a día de hoy; sin embargo, sé que todavía me quedan muchos aspectos en los que trabajar. De hecho, este lugar me ayuda a saber qué clase de hombre no quiero ser.

—¡Cabrón tramposo! —exclama un reo del equipo azul a su contrincante, que le ha hecho una falta. La competición ya ha empezado y me muero por saber cuánto tiempo pasará hasta que el campo se convierta en un ring de boxeo—. ¡Me voy a follar a tu madre cuando salga de aquí!

Toda la grada se levanta y empieza a ovacionar, los jugadores que han tenido el conflicto se acercan y nadie se preocupa de separarlos.

—¿Qué has dicho, hijo de puta? —grita el jugador del equipo rojo.

—¡Que me voy a follar a tu puta madre! —responde el jugador de azul elevando todavía más el tono de voz.

Cuando empiezan a golpearse, la grada se vuelve loca. Los vitorean, les silban, los abuchean… Disfrutan del espectáculo sin perderse detalle y yo aprovecho para bajar de las gradas y alejarme de esta escena propia de un documental de gorilas de espalda plateada.

—Tomás.

De repente escucho mi nombre, aunque con el bullicio que se ha generado no soy capaz de ubicar a la persona que lo ha pronunciado, me vuelvo y miro a mi alrededor, pero no encuentro a nadie.

—Tomás, ven aquí.

Es entonces cuando vislumbro a un guardia haciéndome señas para que me acerque a él. Me extraña que me llame por mi nombre, la mayoría de los funcionarios no recuerdan cómo nos llamamos, y también me extraña que no se acerque y sea duro y directo a la hora de pedirme que le siga... Todos estos factores hacen que se me ocurra la idea de que quizá los de arriba estén aprovechando el revuelo causado por el torneo para llevarme de nuevo junto a Gabriela.

Una vez que llego a esta conclusión, corro hacia el guardia con el corazón acelerado y un brillo en los ojos que no puedo disimular. La idea de volver a verla y de tenerla de nuevo entre mis brazos me vuelve loco.

—Póntelas —me ordena el funcionario tendiéndome unas esposas.

—¿Es necesario? —le pregunto. Nada me gustaría más que poder usar mis manos libremente con Gabriela, es muy frustrante tenerlas esposadas y no poder tocarla como me gustaría hacerlo.

—Son órdenes, cúmplelas.

Sé que soy un privilegiado y que el director del centro está haciendo la vista gorda conmigo, así que decido no insistir y acatar la orden sin rechistar. El guardia mira hacia todos lados, parece nervioso, seguramente le hayan pedido que sea lo más discreto posible. Ambos entramos en el edificio, alejándonos cada vez más del patio donde están los demás reos. Aunque no quisiéramos participar en el torneo, estábamos obligados a ver los partidos, por lo que las celdas y los espacios comunes están vacíos. Nunca había visto este sitio tan silencioso, tan tranquilo. Es impresionante lo mucho que pueden cambiar los lugares dependiendo de la gente que los ocupe. Realmente son las personas que los frecuentan las responsables de que transmitan una cosa u otra. Ahora mismo la prisión, con este silencio embaucador y los rayos del sol colándose por los barrotes, no desprende la hostilidad a la que estoy tan acostumbrado.

Como la última vez, el guardia coloca su tarjeta identificativa en un lector y entramos en una zona reservada para los trabajadores del centro.

—Eh, David, ¿adónde coño vas con ese? —pregunta otro guardia extrañado cuando nos ve en el pasillo—. Los presos no pueden entrar en esta área.

—Son órdenes de arriba, Pedro.

—¿De arriba, de qué cojones hablas? —vuelve a preguntar confuso y enfadado.

—Del director. —Nunca antes había hablado con el guardia al que sigo, pero me sorprende lo pacífico que es. Desde el principio se dirigió a mí usando un tono respetuoso e incluso parece tener algo de miedo a su compañero. Y no me extraña, Pedro es uno de los vigilantes más desagradables e imbéciles con los que he tratado.

Dale poder a un mal hombre y, lejos de convertirse en alguien mejor, solo conseguirás aumentar su maldad.

—¿Del director? —Pedro ha abandonado la agresividad con la que abordó a David para pasar a mostrarse únicamente confundido. No entiende lo que está pasando y me gusta que no lo haga, me gusta que vea que en este lugar pasan cosas sin que él esté al tanto.

—Sí, ¿nos dejas pasar, por favor? —pide David con cierto retintín.

Pedro no tiene otra opción que echarse a un lado y dejarnos continuar nuestro camino. En su rostro veo reflejada la rabia que siente, un chico nuevo está más informado que él y ha tenido la oportunidad de demostrárselo… Un ataque directo a su autoestima. No puedo evitar mirar hacia atrás con algo de picardía, él sigue apoyado en la pared viendo cómo nos alejamos, le mantengo la mirada hasta que doblamos una esquina y le pierdo de vista.

—Me dijeron que te trajese aquí, vendré a por ti en un rato —me indica el guardia abriendo la puerta de la sala en la que ya estuve el otro día.

—Gracias —respondo mientras entro, esta vez mucho más tranquilo.

Cuando la puerta se cierra y me quedo a oscuras solo soy capaz de escuchar el latido de mi corazón. ¡Cómo puedo estar tan pero que tan nervioso! Me pregunto si será así siempre, si cada vez que venga a verme me costará no atragantarme con mi propia saliva. El tiempo de espera se me hace eterno, parece que los minutos duran el doble y los segundos el triple de lo que deberían. Me pregunto si ella también estará nerviosa, aunque supongo que probablemente lo esté hasta más que yo.

Gabriela no solo se enfrenta a verme, sino que también acepta estar en un lugar hostil muy lejos de su zona de confort. Aunque odie este sitio con toda mi alma, yo me he acostumbrado a él e incluso me da algo de pánico imaginarme fuera de estos muros. Quizá sea una variante del síndrome de Estocolmo, pero no puedo evitar pensar que, el día que llegue el momento de dejar esto atrás, estaré tan perdido que no sabré ni por dónde empezar a organizar mi vida. Llevo cuatro años teniendo la misma rutina, haciendo cada maldito día lo mismo... ¿Qué se supone que tendría que hacer ahí fuera? Hay tantos estímulos, tantas opciones, tantas actividades, tantos lugares, tantos planes... ¿Sería capaz de volver a hacer amigos, de ligar, de discutir, de pedir un maldito café en el Starbucks o una hamburguesa en el McDonald's? Nunca me había planteado esto, porque nunca consideré que la opción de volver a la vida real estaría tan cerca como la vislumbro ahora.

Y eso es gracias a ella.

A la persona que está abriendo la puerta que nos separa.

—¡Gabriela! —exclamo lanzándome sobre ella.

—Tom... —susurra abrazándome con una dulzura que rompe mi ser—, ¿cómo estás?

—Bien, mejor que bien —respondo quedándome prendado de esos ojos verdes. Todavía no me acostumbro a lo hermosa que es, a lo simétrica y perfecta que es su cara—. ¿Y tú?

—Tenía muchas ganas de venir a verte, tengo que contarte...

Antes de que siga hablando, uno mis labios a los suyos. No podía aguantar más las ganas que tenía de besarla, eran insoportables. Gabriela responde a mi beso con pasión, noto el calor de su lengua entrelazándose con la mía y cómo su espalda se curva hacia mí.

—Llevo días esperando este momento, no pude resistirme —susurro cuando despegamos nuestros labios—. He pensado en ti cada segundo desde que te vi salir por esa puerta.

Gabriela no dice nada, pero tampoco es necesario. Su sonrisa al escucharme es tan sincera y su forma de besarme es tan saciante que me deja claro que ella también estaba deseando volver a verme. ¿En qué momento hemos llegado a esta situación? Ya ni nos esforzamos en parecer desinteresados, ya ni tratamos de disimular que nos morimos el uno por el otro.

—Cada vez veo más posible demostrar que eres inocente —me dice sin dejar de darme pequeños besos intercalados entre las palabras que pronuncia—. He ido a hablar con ellos, Tom.

—¿Con los chicos de la foto? ¿Con los amigos de mi hermana?

—Sí, y seguro que te sorprende saber que uno de ellos era su pareja.

—¿Su pareja? —repito extrañado. Mi hermana jamás me comentó nada sobre que estuviese en una relación, ni a mí ni a mi familia—. ¿Estás segura?

—No sé si tenían una relación estable, pero eran mucho más que amigos —me responde afirmando con la cabeza—. Tanto Alexia como Gael me mintieron, están ocultando algo y todo apunta a que están involucrados en la muerte de Jimena.

—¿Y cómo podemos demostrarlo? Jamás se declararán culpables, yo fui el chivo expiatorio —contesto llevándome las manos a la cabeza. Mis encuentros con Gabriela siempre suponen perder un poco la cordura, tanto por ella como por la información que trae consigo.

—Tenemos que intentar rellenar ese espacio en blanco que existe desde que se sacó la instantánea hasta que tu hermana apareció muerta en su cama…

—Hay dos posibilidades, Gabriela —digo intentando reunir la fuerza suficiente para enunciar lo que estoy pensando. Aún me duele verbalizar todo esto. Aún me duele pensar en lo que mi hermana sufrió aquella noche—. O la mataron y después llevaron su cuerpo sin vida a la habitación, o la asesinaron sobre la cama.

—En ambos casos tuvieron que entrar en tu casa sin ser vistos… ¿Cómo es posible? —pregunta mordiéndose las uñas.

—Tú lo hiciste hace unos días, no lo olvides —le recuerdo sabiendo que lo más probable es que esos amigos de mi hermana conociesen nuestra forma de entrar en casa sin ser vistos. Sobre todo si uno de ellos era el novio secreto de Jimena—. ¿Tienes un bolígrafo?

—Sí, toma —responde sacándolo de su bolso y ofreciéndomelo.

Con cuidado, y con toda la destreza que me permiten las manos esposadas, remango su americana y dejo su antebrazo al descubierto. Observo cómo el vello de su piel se eriza ante el suave contacto de las yemas de mis dedos, Gabriela parece no entender qué estoy haciendo, pero yo sé perfectamente lo que hago.

—Esta es mi casa —explico dibujando sobre su pálida piel una cruz—. Si consiguieron entrar sin ser vistos por las cámaras de seguridad, debieron seguir el mismo camino que tú —prosigo haciendo una línea que imita los movimientos que Gabriela tuvo que hacer hasta llegar a la balaustrada—. Legalmente las cámaras de una propiedad privada no pueden filmar la vía pública, por lo que una vez aquí tendríamos que buscar en las grabaciones de las cámaras de tráfico —añado pintando un pequeño mapa sobre su piel, en la que la punta del bolígrafo traza a la perfección las calles que tantas veces recorrí, las que rodean la que era mi casa—. Sé que en este semáforo había una, me multaron varias veces por saltármelo estando en rojo. —Finalizo mi obra de arte marcando una pequeña cruz justo en la esquina donde estaba ese maldito semáforo. Después, acaricio el que ha sido mi lienzo y me aseguro de que todos los detalles que conozco figuren en el mapa que he creado.

—También tenía un bloc de notas, pero me alegra no habérte-lo dicho —añade Gabriela con ese tono sarcástico tan suyo. Sonrío y ella también lo hace, ha sido otro momento especial que atesora-remos en nuestros recuerdos.

—Un bolígrafo y un bloc de notas, sí que vienes preparada —bromeo soltando su brazo con sumo cuidado, la trato como si fuera de porcelana, no porque la considere débil ni mucho menos, sino porque me gusta cuidarla y tratarla como si fuese el último ejemplar de una especie en peligro de extinción, porque eso es justo lo que ella es para mí: la única persona que creyó en mí.

—Una periodista siempre tiene que estar lista —dice ponién-dole el capuchón a su bolígrafo. Sin embargo, cuando procesa lo que acaba de decir, veo que frunce el ceño y baja la mirada.

Yo soy el siguiente en dar un sentido a sus palabras.

—¿Eres periodista, Gabriela? —repongo algo confuso.

He perdido la cuenta de los periodistas que han intentado con-tactar conmigo desde que estoy en prisión. El primer año de conde-na recibía a diario decenas de propuestas de periódicos, radios y canales de televisión. Aquellos que habían contribuido a que el juicio público fuese tan tajante con titulares morbosos, fotos fuera de contexto, entrevistas manipuladas y datos falsos me suplicaban que atendiese sus preguntas. Jamás di el brazo a torcer, sabía que, aunque les relatase mi verdad, ellos se las ingeniarían para alterar mis palabras y contar lo que les apeteciese. A medida que pasaba el tiempo, y viendo mis negativas constantes, todos los medios desistieron y me dejaron en paz.

Si algún día salgo de la cárcel, jamás les daré un solo hilo del que tirar. No pienso permitir que sigan lucrándose de mi desgracia y de la muerte de mi hermana. Los periodistas son auténticos buitres al servicio de su superior, dispuestos a arrancar a pedazos la piel de quien sea necesario para tener más visitas y más poder.

—Bueno… Eh, me gustaría serlo algún día —responde Gabriela colocándose un mechón de pelo detrás de la oreja.

—¿Estás estudiando la carrera? —la interrogo con verdadera curiosidad. Nunca antes habíamos hablado de sus estudios y a una parte de mí le jode que quiera dedicarse a ese mundo que tanto odio. Además, juraría que me había dicho que tenía un trabajo.

—Sí, quiero reformular por completo el mundo del periodismo —contesta llenándome de esperanzas—. Volver a ese periodismo objetivo cuyo propósito era conseguir que la gente sacase sus propias conclusiones.

—Suena bien, ojalá lo consigas —digo con una sonrisa sincera. Por lo menos sabe que existe una problemática y quiere formar parte del cambio.

—Hum… Tom, creo que mi contacto puede ayudarme a conseguir las imágenes de la cámara del semáforo. —Gabriela vuelve al tema principal de nuestra conversación, parece algo inquieta, pero no le doy demasiada importancia.

—Perfecto, desde ahí podemos seguir su coche, recuerda que vivimos en un *Gran Hermano*, posiblemente podamos llegar hasta el sitio donde lo aparcaron.

—Sí, es probable.

Ambos nos quedamos callados y, durante un instante, el silencio que nos rodea es algo incómodo. No entiendo el porqué, pero lo siento.

—¿Estás bien? ¿He dicho algo que te haya molestado? —le pregunto acariciando sus ruborizadas mejillas.

Por un momento parece estar a punto de hablar, sus labios se despegan, aunque no consigue articular palabra. Quiero decirle que puede contarme lo que sea, pero entonces Gabriela me besa.

—No quiero irme, no quiero que nuestro tiempo juntos termine —susurra colgándose de mi cuello—. Bésame, Tom.

Dejo de comerme la cabeza para empezar a comerle la boca.

Hoy se ha puesto una falda larga de color negro con pequeñas flores blancas, la sola idea de mis manos subiendo por sus piernas hace que el bulto de mi pantalón comience a ser cada vez más grande. Entonces, para que no sea consciente de lo excitado que estoy, le doy la vuelta y la pongo mirando a la pared. Mis besos prosiguen por su cuello desnudo y mis manos, lentamente por si ella decide pararlas en cualquier momento, empiezan a subir por sus suaves piernas.

—Tom... —jadea volviendo la cabeza para verme.

—¿Quieres que pare? —le pregunto deseando que diga que no.

—No —responde dándome el permiso que necesitaba para cumplir mis fantasías más secretas. Quiero hacerla disfrutar, quiero que gima mi nombre y me suplique que siga.

Mis manos siguen subiendo hasta llegar al culo, Gabriela lleva un tanga de encaje, así que acaricio sus nalgas desnudas con delicadeza; al hacerlo, rozo el centro de su cuerpo y veo cómo se retuerce de placer. Solo estoy acariciándola, pero ella me pide más y yo estaría dispuesto a darle mi alma. Desde atrás, alargo el brazo esposado para conseguir que mis dedos lleguen a su clítoris, lo presiono con suavidad por encima de la fina tela de la ropa interior.

Gabriela gime en silencio, su expresión me confiesa lo mucho que está disfrutando: se muerde el labio con tanta fuerza que temo que se haga sangre. Vuelve la cara para apoyarla contra la fría pared, que araña con las uñas, y sus piernas no tardan mucho en ponerse a temblar. ¿Está llegando ya al clímax? Aparto el tanga, y notar lo mojada que está hace que mi erección palpite con fuerza contra los pantalones. Mis dedos se deslizan por sus pliegues hasta colarse en su interior, ella suelta un pequeño grito que silencia tapándose la boca con la mano derecha. Empiezo a moverlos lenta y suavemente, quiero alargar todo lo que pueda este instante de absoluto placer. Entonces Gabriela abre más las piernas y colocar mi cabeza entre ellas se vuelve una necesidad.

—¿Qué haces? —pregunta al ver que me agacho.

—Quiero probar tu sabor, quiero embriagarte de placer —susurro agarrándola por las piernas para voltearla hacia mí, entonces levanto su falda para meterme debajo de ella.

Bajo el tanga y libero por completo su zona íntima, dejándola al desnudo para mí. Acerco la lengua a su clítoris y comienzo a lamerlo de arriba abajo, su sabor inunda mis papilas gustativas y siento que podría correrme en cualquier momento de lo mucho que me pone esta situación.

—Dios mío, no pares, Tom… —murmura con un hilo de voz.

—Joder, no pienso hacerlo —digo sin dejar de lamerla.

Mi lengua cada vez se mueve más rápido y también introduzco un dedo en su interior para estimularla aún más. Está tan empapada que me cuesta diferenciar mi saliva de sus fluidos, su cuerpo cada vez tiembla más y yo acelero todo lo que puedo para acompañarla hacia la cima.

—Tom, no aguanto más… —musita.

—Córrete en mi boca, hazlo.

Mi lengua comienza a trazar círculos sobre su clítoris y otro de mis dedos se une a la jugada. Estos últimos movimientos la llevan al éxtasis final: Gabriela ahoga un grito de puro goce y sus piernas se contraen con fuerza, expulsándome de entre ellas.

—Déjame disfrutar de tu corrida —le suplico abriéndole las piernas que cerró por instinto.

Gabriela asiente y yo saboreo el elixir que su cuerpo ha expulsado, lamiendo su centro por última vez.

—Tom, he escuchado pasos —susurra sacándome del paraíso en el que estaba sumergido.

Enseguida me levanto y me limpio la boca con la manga de la camisa. Los ojos de Gabriela enseguida se fijan en el gran bulto de mis pantalones.

—Joder… —murmura colocando la mano sobre mi erección. Su pecho sube y baja con rapidez, está algo despeinada y tiene la boca hinchada.

—La próxima vez —digo besándola, sé que están a punto de separarnos y me niego a irme sin mi beso de despedida.

—La próxima vez será en mi cama, te lo prometo —afirma apoyando su frente contra la mía.

—Nada me haría más feliz, Gabriela.

Y, antes de que ella pueda decir nada, tres golpes fuertes en la puerta anuncian nuestro adiós.

22

Gabriela

Si tuviese que usar una sola palabra para definir mi encuentro con Tom, diría que fue agridulce. Por una parte, mi mente no para de recrear imágenes de lo vivido, imagino a Tom acariciándome las piernas, apretando las nalgas, introduciendo sus dedos en mi cuerpo, lamiendo el punto más sensible de mi ser... Pero, por otra, se me encoje el corazón cuando recuerdo que le mentí descaradamente.

No dudé ni tan siquiera un segundo: cuando por culpa de mi metedura de pata me preguntó si era periodista, le dije que no. Fue instintivo, no me dio tiempo a razonar la respuesta. La idea de perderle, la idea de que no quisiera seguir hablando conmigo o de que se enfadase por habérselo ocultado me acobardó y me impidió decir la verdad.

Fui muy injusta, lo sé. Él merece saberlo todo y yo se lo he impedido. ¿Qué pasará cuando llegue el día en el que se publique el artículo? ¿Cómo se sentirá si conseguimos sacarle de prisión y descubre que trabajo para el periódico más importante de la ciudad? Tuve la oportunidad de sincerarme y aun así no lo hice. Lo peor es que estoy casi segura de que Tom lo entendería, sé que es una persona empática, y si le explicase la situación desde el principio hasta este momento, lo más probable es que hiciese el esfuerzo de ponerse en mi lugar y entender el porqué de mis actos.

Sin embargo, ahora estamos en un punto muy diferente.

Le he mentido, a la cara y sin tapujos.

Y tarde o temprano tendré que asumir las consecuencias de mi engaño, porque no creo que una mentira la pueda perdonar tan fácilmente.

Intento no pensar demasiado en ello, es un problema que tendrá la Gabriela del futuro. La Gabriela del presente está demasiado ocupada pensando en el siguiente paso en la investigación: conseguir las imágenes de las cámaras de seguridad de la vía pública. Y, si hay una persona que me puede ayudar, esa es Sol.

Al terminar mi jornada laboral, a eso de las seis de la tarde, pongo rumbo a casa de Lúa. Hemos quedado para avanzar con la serie que estamos viendo juntas, no podemos ver capítulos por separado, así que cuando quedamos hacemos un maratón con palomitas y refrescos. Hoy el día está muy nublado, podría ponerse a llover en cualquier momento, así que agradezco que este sea el plan. Quizá os extrañe, pero adoro los días lluviosos, algo que me viene genial puesto que en Santiago las nubes grises forman parte del encanto de la ciudad. Me gusta el olor que la lluvia deja sobre la hierba, me gusta escucharla caer desde el sofá, me gusta conducir viendo cómo las gotas impactan contra el parabrisas, me gustan los planes de interior y llevar el paraguas a todos lados. De hecho, justo cuando aparco y me dispongo a salir del coche, las nubes comienzan a llorar. Por suerte, y también por costumbre, siempre voy preparada, por lo que abro el bolso y saco mi pequeño paraguas plegable.

—¡Gabi, corre! —escucho como Lúa grita desde el porche de su casa. La tía ha aprendido a diferenciar el sonido que hace mi coche y cuando me oye llegar siempre sale a recibirme—. ¡Te vas a empapar! —añade haciéndome señas con la mano para que apresure el paso.

—¿No ves que llevo paraguas? —le pregunto reuniéndome con ella bajo el porche.

—No importa, hace mucho viento y con ese paraguas diminuto seguro que te mojas igualmente —dice dándome un abrazo—. Vamos dentro, ya he preparado todo.

Me encanta la emoción que Lúa le pone a cualquier cosa, por muy insignificante que sea. Cuando llego al salón de su casa me encuentro la mesa llena de picoteo, unas velas encendidas para generar una atmosfera cómoda y nuestras mantas extendidas en el sofá.

—¡Hoy empezamos la temporada tres! Dios mío, ¡no aguanto más! —exclama tirándose sobre el sofá. Estamos viendo *Outlander*, una serie de drama histórico cargada de erotismo que nos tiene como dos adolescentes locas—. Me ha costado muchísimo no serte infiel y seguir viéndola por mi cuenta.

—Eso supondría la ruptura inmediata de nuestra amistad —afirmo entre risas señalándola con el dedo.

—Lo sé, y por eso mismo no lo hice —responde levantando las manos como muestra de su inocencia—. Para aguantar busqué fotos del protagonista en internet, ¿cómo puede ser tan atractivo?

—Al final te vas a acabar tragando algún *spoiler*...

—No me importa, si es que los busco hasta yo misma, no puedo evitarlo... —confiesa mordiéndose el labio. Lúa tiene muy poca paciencia, es de esas que leen el final de los libros antes de acabárselos.

—Oye, Lúa, ¿está tu madre en casa? —le pregunto mientras tomo asiento a su lado.

—Debería llegar en un rato de la comisaria.

—Después tengo que hablar con ella, y también contigo.

—¿Es sobre Tomás? —me pregunta a pesar de que estoy segura de que ya sabe la respuesta.

—Sí, tengo que actualizarte...

No sé si es mi expresión la que me delata, quizá me he puesto roja o se me ha escapado una sonrisa traviesa, pero Lúa enseguida sabe por dónde van los tiros.

—Le has visto, ¿verdad?

—¿Tu madre no te ha dicho nada? —Sé que Sol es una persona excelente guardando secretos, pero pensé que le habría dicho algo a su hija, al fin y al cabo es mi mejor amiga... Sin embargo, me alegro de que me haya dejado a mí la oportunidad de contárselo todo.

—Ni una sola palabra, ya sabes cómo es... —confirma poniendo los ojos en blanco—. Venga, cuéntamelo todo, intentaré tomármelo con calma, aunque no hace falta que te diga que esa no es mi especialidad.

Me alegra que lo admita, porque lo que le voy a contar conseguirá desquiciarla en cuestión de segundos.

—Le he visto dos veces, las pruebas de que es inocente son cada vez más contundentes, hasta tu madre se está replanteando el caso...

—Estos días se queda despierta hasta muy tarde, no quiere contarme nada, así que yo tampoco le pregunto mucho, pero siempre está rodeada de papeles y de archivos sobre el caso de Tomás —me explica abrazándose las rodillas, parece preocupada. Es muy pero que muy extraño que no haya reaccionado ante mi confesión de que le he visto, lo que me confirma que Lúa debe estar intranquila con el tema de su madre—. Parece estar muy implicada y, aunque ella no me lo diga, en su rostro veo la ansiedad que siente. Sé que hay algo más detrás de todo esto.

—¿Por qué dices eso, Lúa? —le pregunto extrañada. No sé a qué se refiere, aunque es cierto que me sorprendió lo rápido que convencí a Sol de que me ayudase, y había llegado a plantearme que me ofreciese su apoyo por algo personal.

—Es mi madre, la conozco demasiado… Se pasa más horas de las que debería en el trabajo y cuando llega a casa sigue sumergida en todo ese papeleo. A veces coge el coche de madrugada, no sé adónde va, pero tarda horas en regresar.

Lo que Lúa me cuenta consigue ponerme la piel de gallina.

—Quizá ella de una manera u otra formó parte de la investigación inicial y se sienta culpable. —Es la única hipótesis que llegué a valorar en su momento.

—Puede ser… —susurra Lúa, pero sé que mi idea no la convence del todo.

—¿Qué otras opciones barajas tú?

Lúa abre la boca para responderme, pero el sonido de la puerta la interrumpe antes de tan siquiera pronunciar una palabra. Sol acaba de llegar y ambas damos un pequeño salto en el sofá, nuestra reacción es similar a la de dos niñas pequeñas que hacen algo malo y son pilladas por sus padres. Pero nosotras ya no somos unas niñas, y tampoco estamos haciendo nada malo.

—¡Hola, mamá, estoy con Gabi en el salón! —grita Lúa avisando a su madre de mi presencia.

—Hola, chicas, ¿qué tal vuestra tarde? —pregunta acercándose a darnos besos y abrazos.

—Acabo de llegar y… me gustaría hablar contigo cuando tengas unos minutos —le pido viendo que agarra varias carpetas con documentación.

—Déjame darme una ducha —responde guiñándome el ojo, intentando quitarle seriedad al asunto.

Lúa y yo vemos cómo se aleja y sube las escaleras para ir al baño de su habitación, que está en el piso de arriba. Es entonces cuando aprovecho para darle más detalles sobre mis encuentros con Tomás, le cuento todo aquello que jamás le diría a su madre, le relato cómo nos besamos, cómo nos tocamos, todo lo que nos dijimos… Su cara es un poema, abre la boca, se lleva las manos a la cabeza, en varias ocasiones sus ojos parecían a punto de salirse de sus órbitas…

—Vives en un puto *fanfiction* de Wattpad —sentencia cuando acabo de hablar—. ¡Lo turbio es que no es un *fanfiction* de Harry Styles, es un maldito *fanfiction* con un asesino, Gabriela! —exclama horrorizada.

—Él no es un asesino.

—Permíteme decir que sí lo es; de hecho, lo será hasta que se demuestre lo contrario porque ha sido juzgado y su caso se cerró hace años —añade con un tono repelente que me saca de quicio.

—¿Desde cuándo eres tan insoportable? —digo lanzándole un cojín a la cara; sin embargo, Lúa consigue interceptarlo antes de que le dé.

—Desde que mi mejor amiga visita cárceles, se lía con presos y mete a mi madre en compromisos que podrían llegar a causar su despido.

Sus palabras son duras, impactan con fuerza contra mí y me hacen sentir un gran vacío en el pecho. ¿Qué se supone que tendría que responder ahora? No puedo quitarle razón, Lúa está siendo objetiva y quizá soy yo la que está cegada por todo lo que me hace sentir Tomás.

—¿Y si te ha comido la cabeza? ¿Y si estás viendo cosas donde no las hay? Es un asesino, Gabriela. Le estás restando importancia, pero esta situación es muy grave —enuncia repitiendo de nuevo las mismas cosas que lleva diciéndome desde el primer día que le escribí un correo a Tomás—. Joder, parece que soy la única que tiene los pies en el suelo.

—Tu madre cree en mí, ¿por qué a ti te cuesta tanto confiar en tu supuesta mejor amiga? Estoy completamente segura de que Tomás jamás me haría daño.

Lúa no dice nada, guarda silencio y se recuesta en el sofá. Sé que lo hace por mi bien, sé que se preocupa por mí y no quiere perderme…, pero me jode que intente echar por tierra las pruebas que le doy, me jode que siga haciendo hincapié en una sentencia que cada día está más claro que fue errónea.

—Dime, Gabriela, ¿qué querías contarme? —pregunta la madre de Lúa irrumpiendo de nuevo en el salón. Lleva el pelo enroscado en una toalla y se ha puesto un pijama camisero, aún puedo oler el aroma de eucalipto que el gel ha dejado sobre su piel.

Ha llegado en el momento más incómodo de mi conversación con su hija, la tensión podría cortarse con un cuchillo. Me planteo la idea de levantarme para que Lúa no forme parte de nuestra charla; sin embargo, sé que eso sería una falta de respeto y puede que sea muchas cosas, pero no soy una maleducada.

Enseguida pongo a Sol al día, le cuento mis encuentros con Gael y Alexia, le enseño la foto que encontré en el instituto de Jimena y también el mapa que Tom me dibujó. Aunque este es muy diferente, siguiendo sus referencias busqué la dirección en Google Maps e imprimí una captura del semáforo donde está la cámara de vigilancia.

—Vaya… Toda esta información es muy clarificadora —dice cogiendo las anotaciones que le he dado. Sol se ha sentado en el sofá con nosotras y las mira con detenimiento—. Creo que ha llegado el momento de presentar esto a la justicia y seguir con la investigación de forma pública —añade sorprendiéndome.

No me esperaba que dijese eso, yo ni siquiera había valorado la opción de entregar lo que he descubierto a la policía. Eso supondría perder la exclusiva y también poner en peligro todo lo que hemos conseguido hasta el momento.

—No podemos hacer eso —sentencio con seriedad—. La familia de Tomás es muy poderosa, echarían todas las pruebas atrás y contratarían a los mejores abogados de la ciudad para darle la vuelta a la tortilla y acabar denunciándonos a nosotras. No querrán reabrir el caso, será un escándalo y, aunque igual consiguiésemos con ello limpiar la imagen de su hijo, no creo que tomasen ese riesgo.

—Gabriela, lo que hemos descubierto tiene el suficiente peso como para reabrir la investigación policial —añade tomando mis manos. Quiere darme seguridad, pero no lo consigue.

—Si su familia es tan poderosa y tiene tan buenos abogados, ¿por qué su hijo está en la cárcel por un crimen que estáis tan seguras de que no cometió? —cuestiona Lúa haciendo que las dos la miremos. Su pregunta tiene todo el sentido del mundo y ella lo sabe, por eso muestra esa actitud chulesca que tanto detesto.

No obstante, sus palabras me hacen llegar a un pensamiento al que nunca antes había tenido que enfrentarme.

—¿Y si su puta familia forma parte de todo el complot? —exclamo levantándome. No lo había pensado antes, pero, ahora que me detengo a analizar la pregunta de Lúa, mi respuesta es la única con un mínimo de sentido.

—Eso sería muy rebuscado... —susurra Sol masajeándose las sienes—. Ellos simplemente quisieron cerrar el caso cuanto antes para que se hablase sobre lo ocurrido el menor tiempo posible. Prefirieron desentenderse de su hijo a hundirse con él, es así de sencillo.

Lo que dice Sol también tiene coherencia. Los padres de Tomás poseen un imperio, dirigen varias empresas con ganancias millonarias y no podían permitir ver manchado su nombre. ¿Cómo se tomaría la prensa que tratasen de defender a su hijo aun teniendo unas pruebas tan contundentes en su contra? Era un juicio imposible de ganar y ellos lo sabían, más allá de que quisieran encontrar un culpable lo antes posible para así focalizar el dolor por la muerte de su hija, también está la evidencia de que, cuanto más durase el juicio, más tiempo iban a estar paralizadas sus acciones en bolsa.

Decido no darle más vueltas a este tema, incluso Tomás piensa que sus padres decidieron elegirle como culpable cegados por el dolor y la rabia de perder a su hija.

—Sol, esto será lo último que te pediré —digo volviendo al tema que más me incumbe—. Cuando veamos las imágenes presentaremos todo esto a la justicia, pero, por favor, veámoslas nosotras primero.

Ella tarda en responder y esos minutos de incertidumbre me matan, necesito que ceda, necesito ver esas imágenes con mis propios ojos. Yo empecé todo esto y quiero ser yo quien lo termine, quiero publicar mi artículo y conseguir el mérito que merezco. ¿Estoy siendo egoísta? Puede que sí, pero no me he esforzado y arriesgado tanto para desentenderme del caso ahora y dejarlo en manos ajenas en las que no confío. Ahora mismo la liberación de Tomás es mi responsabilidad y jamás me lo perdonaría si desperdicio las pruebas que he recopilado por dárselas a la persona equivocada. No dudo de Sol, jamás lo haría, pero sí dudo del sistema del que ella forma parte.

Estas semanas he sido testigo de lo corrupto que es, de lo que el dinero y el poder pueden manipularlo y cambiarlo a su antojo y de las pocas opciones que la gente sin recursos tiene para luchar contra él. Ahora Tomás forma parte de esa clase social, la más baja de todas, la más detestada y socialmente apartada: es un preso con unos antecedentes imborrables.

—Será lo último —sentencia ofreciéndome su mano.

—Lo último —respondo estrechándola.

¿Qué se verá en esas imágenes? ¿Aparecerá Jimena en ellas? O acaso… ¿aparecerá su cuerpo?

23

Tomás

Como bien predije, el torneo fue un auténtico fracaso. Los presos tan solo tardaron dos partidos en empezar batallas campales que dinamitaron la competición. En realidad me entristece, creo que la Dirección no estuvo muy avispada a la hora de elegir el fútbol como actividad para favorecer la concordia, pero por lo menos se esfuerzan en proponer iniciativas que nos ayuden a combatir el aburrimiento. No obstante, después de lo que sucedió ayer creo que no tendrán ganas de llevar a cabo más actividades en un tiempo.

Yo no puedo dejar de pensar en lo afortunado que fui: mientras el resto de los reos le daba patadas a un balón, yo estaba besando a la chica más guapa e interesante del mundo. ¿Cómo ha logrado introducirse en cada pequeña parte de mi pensamiento? ¿Cómo ha conseguido secuestrar mi consciencia y hacerla solo suya? Estos días únicamente soy capaz de pensar en dos cosas: en ella —en todo lo que hicimos y en todo lo que quiero hacerle— y en mi libertad. Aunque Gabriela me nuble el entendimiento, la idea de salir de estos muros cada vez me parece más realista. Ya no lo concibo como un sueño imposible y lejano, sino como una realidad cercana. Daba por perdida mi juventud, pensaba que saldría de la cárcel cerca de los cincuenta y que desperdiciaría los últimos años de mi vida sintiéndome un desgraciado y buscando algún tipo de restitución que nunca llegaría a obtener… Sin embargo, ahora siento que esa sed de justicia que me daba fuerzas para levantarme cada mañana tal vez pueda ser saciada.

—Hoy la comida está mejor que de costumbre —me dice Jose sentándose a mi lado con una de esas sonrisas dulces que siempre me dedica.

Estamos en el comedor, los reos hacen fila para llenar sus bandejas de comida. Hoy tenemos pasta con atún y tomate, un puré de verduras de entrante y una pieza de fruta junto con un yogur de postre. No es que sean manjares precisamente, pero, comparado con otros menús, el de hoy es bastante aceptable.

—A la pasta le falta un poco de queso rallado… —comento mientras enrollo los espaguetis con el tenedor.

—Yo soy de los que le pone toneladas de queso —me susurra Jose con complicidad—. Me encanta el queso, es mi perdición.

—Voy a preguntar si tienen un poco —repongo guiñándole un ojo.

Dejo mi bandeja en la mesa y me acerco al hombre que sirve la comida detrás de la barra. Es muy inusual tener la desfachatez de pedir alimentos que no estén en el menú, pero me encantaría llevarle a Jose algo de queso. Detalles como este marcan la diferencia entre un día de mierda y un buen día, y es que cuando no tienes nada valoras hasta la cosa más insignificante.

—Perdona, ¿no tendrías algo de queso para la pasta? —murmuro intentando que el resto de los presos no me escuchen. Adopto la mejor cara de pena que soy capaz de expresar y parece funcionar, porque tras poner los ojos en blanco el funcionario me da varias lonchas. Pensaba que tendría queso en polvo o rallado, pero esto es más que suficiente.

Sintiéndome victorioso, vuelvo a la mesa y troceo las lonchas sobre la pasta de Jose, que me mira ilusionado.

—¡No me lo puedo creer, Tommy! —exclama riendo—. Narcotraficante de lácteos.

Suelto una gran carcajada al escucharle, pero mi risa enseguida se mitiga cuando me percato de que los hombres que me pegaron la última paliza se están acercando a nosotros. ¿Cómo han podido estar tan poco tiempo en aislamiento? Podrían haberme matado y ya están aquí, compartiendo los espacios comunes y paseándose con total impunidad por la prisión.

—¿Ahora también empezarán a poneros comida gourmet o qué cojones está pasando? —pregunta uno de ellos tirando la bandeja de Jose al suelo. Vienen buscando pelea y yo tendré que contenerme para no dársela.

Jose se agacha para recoger la bandeja, ha caído al derecho, por lo que la comida sigue estando en su sitio y no ha tocado las baldosas, pero cuando su mano está a punto de agarrarla, el reo que ocupa la posición de líder le pega una patada y la aleja. Son un trío, aunque está claro que Julio es la voz cantante.

Fue encarcelado hace seis años por matar a su expareja y secuestrar a los hijos que tenían en común. Planeaba tirarlos en mar abierto con pesos en los pies para que se ahogasen, pero por suerte le detuvieron cuando estaba subiéndolos a la embarcación. Sería un perfil que duraría poco en la cárcel; no obstante, Julio, además de asesino, también era una gran personalidad en el narcotráfico gallego. De hecho, todo comenzó cuando su mujer descubrió el submundo en el que su marido se movía y pidió el divorcio. Julio no podía permitir que ella se alejase y se llevase a sus hijos, y, cuando un juez le dio la custodia, no dudó en asesinarla e intentar acabar con la vida de esos inocentes niños. En prisión consiguió aliados fuertes gracias a sus contactos y todos los reos hicieron la vista gorda. Normalmente los crímenes de sangre no se perdonan y quien los comete se vuelve el repudiado del centro, pero en su caso fue muy diferente. Los presos le temen, y, cuando consigues que los demás te tengan miedo, es muy fácil llegar al poder.

—Nos hemos enterado de tus visitas especiales, Tomás —enuncia dirigiéndose a mí—. ¿Se la estás chupando al director o qué pasa, marica? ¿Por qué un puto asesino como tú tiene tantos privilegios?

Los tres están de pie, observándonos de una manera muy intimidante mientras hacen sonar los nudillos de sus manos. Sé que no debo entrar en su juego, estamos vigilados por guardias y esto no irá a más si no me meto en la discusión.

—¿No vas a decir nada? Nos han dicho que viene a verte una chica muy guapa…

Estoy seguro de que el funcionario que me vio en el pasillo ha sido el chivato. A pesar de que el director trató de mantener el secreto de las visitas lo máximo posible, en un sitio como este es imposible controlar toda la información que pasa de boca a oreja. Tengo que morderme la lengua para mantener la serenidad, sé que si sigue hablando de ella no tardaré mucho en perder los estribos. Jose, por debajo de la mesa y sin que nadie lo vea, agarra mi mano.

—Hemos pensado que podríamos unirnos a tu próxima visita —dice sabiendo que está dando donde más me duele. Aprieto la mano de Jose con fuerza, debo ser más inteligente que ellos, debo controlarme—. Nosotros nos la follamos y tú te quedas mirando.

No soy yo el que reacciona ante sus asquerosas palabras, es Jose quien se levanta.

—Basta, por favor —les pide.

—No te metas, viejo de mierda, siempre por el puto medio.

—Dejadle en paz, no os ha hecho nada —añade Jose poniendo sus manos sobre el pecho del reo.

—¡No me toques, hostia! —grita Julio empujándole con fuerza. Enseguida me levanto.

Todo sucede a cámara lenta.

Jose se tambalea y acaba perdiendo el equilibrio, sus pies retroceden tratando de mantenerse en pie, pero las rodillas acaban fallándole y su cabeza termina golpeándose contra la esquina de la mesa metálica donde estábamos comiendo. Tras el golpe, su cuerpo cae a plomo contra el frío suelo.

—¡Jose, Jose! —exclamo mientras me pongo de rodillas y levanto su torso con mis brazos.

Un charco de sangre comienza a mojar mis pantalones, aparto su pelo y encuentro una gran brecha en su cráneo que no para de sangrar. Él tiene los ojos cerrados, su rostro empalidece a cada segundo que pasa y yo no puedo evitar zarandear su cuerpo con la intención de mantenerle consciente.

—¡Jose, quédate conmigo! —grito con absoluta desesperación.

—Tommy... —susurra separando los párpados como si le costase un esfuerzo descomunal hacerlo.

—Todo va a salir bien, vas a ponerte bien... —le digo intentando frenar la hemorragia con mis manos. Su arrugado y afable rostro se llena cada vez más de sangre, que baja a borbotones de la herida que tiene en la cabeza.

—Creo en ti... Siempre lo he hecho —dice con un hilo de voz. —Te quiero, chico —añade, posando su moribunda mano sobre mi mejilla, una mano que no tarda más de dos segundos en caer.

Es entonces cuando me percato de que sus ojos, a pesar de seguir clavados en los míos, ya no me ven. Su mirada se ha perdido, se ha escapado de su cuerpo y me ha dejado aquí, solo, y sintiendo un miedo profundo y oscuro que crea un agujero en mi pecho.

El corazón me va a mil por hora, intento mantener la calma, pero comienzo a ver todo borroso. Jose no se mueve, su cuerpo está rígido y solo se me ocurre poner mis dedos sobre su carótida con la esperanza de encontrar pulso. Todos a nuestro alrededor guardan silencio, incluso los reos que vinieron en busca de pelea. No querían matarle, pero lo han hecho.

Jose no tiene pulso.

Su sangre sigue esparciéndose por el suelo hasta llegar a la bandeja en la que minutos antes troceé el queso que tanta ilusión nos hizo. Aunque para mí todo haya sucedido con una lentitud anormal, la realidad es que Jose ha perdido la vida en cuestión de segundos. Un golpe seco, rápido y certero que le alejó de mí y le llevó con su amada mujer.

—¡Aaahggg! —emito un aullido de pura tristeza. Una tristeza que enseguida se aparta para dejar sitio a la rabia.

Una rabia que jamás he sentido así, ni siquiera cuando me encerraron, ni siquiera cuando me dieron la noticia de la muerte de mi hermana. La rabia de que han matado a mi único amigo delante de mis ojos, la rabia de sentirme culpable de su muerte, la rabia de tener frente a mí a su asesino.

—¡Maldito desgraciado! —exclamo levantándome y cogiendo la bandeja del suelo—. ¡Le has matado! ¡LE HAS MATADO!

Ciego de ira y con toda la fuerza que soy capaz de reunir en mis brazos, estampo la bandeja contra la cabeza del reo que le ha arrebatado la vida a Jose. Intenta protegerse el rostro con las manos, pero mis golpes son continuos y terminan haciéndole caer. Una vez en el suelo, me pongo encima de él y continúo pegándole.

Sin cesar.

Aprovechando cada segundo antes de que me separen de él.

Nadie hace nada, ni siquiera sus compañeros le ayudan.

Todos saben lo que acaba de hacer, todos lo han visto.

—¡HAS MATADO A UN INOCENTE! —grito.

El metal duro de la bandeja le rompe la nariz, le rompe los labios, le abre profundas brechas en sus pómulos. Ver su cara llena de sangre no me frena, me impulsa a seguir atizándole. En algún momento deja de oponer resistencia, su cuerpo se vuelve flácido y mis golpes parecen rebotar contra él.

Entonces noto que me inmovilizan desde atrás, no me resisto, me he desahogado y ahora solo siento dolor. Un dolor profundo y arraigado que me hace llorar y gritar, que me rompe el corazón en mil pedazos y hace que las piernas me flojeen. No consigo mantenerme en pie, son los guardias que me agarran los que arrastran mi cuerpo y me alejan de la escena del crimen.

Veo a Jose tendido en el suelo, rodeado de médicos y de funcionarios que buscan una constante vital que no van a encontrar.

Veo a su asesino escupiendo sangre y veo al resto de los reos paralizados.

El suelo, antes blanco, se ha teñido de rojo.

Y mi vista, por culpa del estado de shock en el que me encuentro, se tiñe de negro.

24

Gabriela

Sol me ha citado a las siete.

Ahora mismo son las cinco de la tarde, dentro de una hora terminará mi jornada laboral y podré poner rumbo a su casa para ver esas grabaciones en las que no puedo dejar de pensar. Estoy convencida de que Sol ha tenido que encontrar algo en ellas; de lo contrario, seguro que me lo diría por teléfono. Si quiere verme es porque tendrá algo que enseñarme.

—¿En qué coño estás trabajando, Gabriela? Tus correcciones llevan horas de retraso —me increpa el jefe apareciendo por detrás de mí; no le he visto llegar y enseguida bajo la tapa de mi portátil para que no pueda ver la pantalla.

—Trabajo en una oficina, no en un coño —respondo con sátira.

—¿A qué cojones te refieres? —pregunta sin entender el juego de palabras con el que le he contestado.

—A ningunos en concreto, jefe.

Mi jefe se queda congelado tratando de comprender mi comentario; muy a su pesar, la media neurona que le debe de quedar dentro de esa gran cabeza no digiere demasiado bien mis bromas.

—Déjame ver qué estás haciendo —dice enfadado y señalando mi portátil.

Entiendo que esté molesto, mi ritmo estas últimas semanas ha decaído muchísimo e incluso he salido antes de lo debido algunos días. Me arriesgo a que acabe despidiéndome, pero estoy convencida de que el artículo que estoy escribiendo conseguirá que cualquier medio quiera contratarme. Ahora mismo es mi absoluta prioridad, y un puesto asqueroso y mal pagado no va a distraer mi atención.

—Son cosas personales —miento.

No puedo dejar que vea el artículo sobre el caso de Tomás. Me pilló añadiendo la información de estos últimos días y, aunque puedo fingir que es una noticia cualquiera del periódico, si se parase a leerla lo descubriría todo.

—¿Y por qué estás perdiendo tiempo de trabajo en cosas personales? ¡Ponte ahora mismo con los artículos que te envié esta mañana, hostias! —refunfuña alejándose de mi escritorio.

Cuando veo que entra en su despacho, respiro aliviada y vuelvo a abrir el portátil. La exclusiva que estoy preparando está quedando genial: incluye fotos de Tomás, alguno de los testimonios que me ofreció y toda la información que he ido recopilando sobre el caso. Tener las primeras palabras de la persona de la que más se hablará en toda España es un hito. Podré vender el reportaje por muchísimo dinero y, aunque eso ha sido siempre lo que menos me ha importado, también me vendrá bien si finalmente terminan poniéndome de patitas en la calle.

Mi intención es contárselo todo a Tomás la próxima vez que le vea. Quiero ser sincera con él, no me gustaría publicar el artículo sin su consentimiento, sin que él lo leyese y me diese su aprobación. Sé que es un tema delicado y no querría caer en el morbo periodístico que tantas veces he criticado. Pero… ¿y si no me da su permiso para publicarlo? ¿Qué haría entonces?

Antes de que me quiera dar cuenta, el reloj marca la hora de salida y lo agradezco enormemente porque así puedo largarme de este lugar y dejar de pensar en esas preguntas que me atormentan desde hace días. Yo contaba con que llegado el momento Tomás me diese el visto bueno, pero tras nuestra última conversación y mi mentira no sé cuál será su reacción…

Decido no pasar por mi casa e ir directamente a la de Lúa y Sol. Siento que la curiosidad podría matarme en cualquier momento; puede que por eso mismo haya pisado el acelerador más de la cuenta y haya llegado media hora antes de lo previsto.

—Vaya, vaya… Mira qué puntual eres cuando te conviene…

Es Lúa quien abre la puerta.

—Pero ¡si yo siempre soy puntual! Eres tú la que llega tarde a todos los sitios —le respondo ofendida mientras paso al interior de su casa.

Lúa me mira de soslayo y me dedica una sonrisa pícara. Sabe que tengo razón, pero últimamente le gusta llevarme la contraria. Empiezo a creer que lo que siente son celos, no celos románticos obviamente, aunque sí celos de que le preste más atención a Tom que a ella. Al fin y al cabo, Lúa es hija única y está acostumbrada a ser la prioridad absoluta de su madre. Al crecer sin una figura paterna, puede que Sol la consintiese más de lo que debía por intentar llenar ese vacío que Lúa sentía cuando era pequeña y comparaba su situación con la de las demás niñas. Ahora entiende que hay mucha diversidad en lo que a familias se refiere y formar parte de una monoparental no es sinónimo de que falte algo. Ella nunca echó en falta la figura paterna porque nunca la tuvo. Desde el principio fueron Lúa y Sol, Sol y Lúa, y teniéndose la una a la otra no necesitaban ni necesitan a nadie más.

¿Puedes añorar algo que nunca has tenido? A veces me pregunto por qué Lúa ha renunciado a saber más sobre su progenitor. Entiendo que es una decisión muy personal y que tendrá sus motivos, pero yo no podría estar tranquila sin saber quién es mi padre y por qué decidió abandonarme. Cuando pienso en ello, también pienso en mi padre y en mi madre. En que daría lo que fuese por volver a verlos, por volver a escuchar sus voces y sentir su calor. La vida me los arrebató cuando más los necesitaba, cuando estaba empezando a descubrir quién era y más ayuda requería para hallar mi propio camino.

Los echo de menos todos los días.

—Hola, cariño —me saluda Sol saliendo de la cocina con una jarra de agua y un bizcocho casero—. Es mejor que te sientes, tenemos que hablar seriamente…

Sus palabras son órdenes para mí, enseguida arrastro una silla de la mesa del comedor para sentarme.

—Si no os importa, yo también quiero formar parte de vuestra partida de Cluedo —dice Lúa tomando asiento a mi lado.

—Hija, puedes quedarte y escucharnos, pero no quiero que te impliques en esto de ninguna otra manera —sentencia con seriedad Sol. A veces creo percibir una sombra oscura en sus ojos, quizá Lúa tenga razón y haya algo que nos esté ocultando—. ¿Lo has entendido?

—No hace falta ni que me lo pidas, no pienso formar parte de esta locura —responde Lúa cruzándose de brazos. En el fondo sé que disfruta de todo este drama, pero es demasiado cobarde como para formar parte de él. Lúa puede parecer muy echada hacia delante; sin embargo, a la hora de la verdad es la primera a la que le tiemblan las piernas. Su presunta valentía no deja de ser una forma de encubrir sus miedos.

—Este es el vídeo de la cámara de tráfico del semáforo que me pediste revisar, corresponde a la noche de la muerte de Jimena —explica Sol encendiendo su portátil y buscando el archivo.

Cuando lo encuentra y lo reproduce, un silencio absoluto ocupa cada rincón de la estancia. Yo me acerco todo lo que puedo a la pantalla para no pasar por alto ningún detalle, esto puede marcar un antes y un después en la investigación y, además, le prometí a Sol que sería nuestro último paso antes de presentar las pruebas a la justicia.

En los primeros segundos del vídeo no se ve más que la carretera y el paso de peatones, algunos coches se paran cuando el semáforo está en rojo y comienzan a circular cuando este se abre. Los minutos pasan y no vemos nada que nos llame la atención, pero entonces la madre de Lúa detiene el vídeo cuando un Mercedes GLA aparece en el plano.

—Busqué las matrículas de los coches pertenecientes a las personas cuyos nombres me pasaste, y una de ellas coincide con la de este coche —nos aclara señalando la placa identificativa del vehículo—. Este Mercedes pertenece a Brais.

—Y no iba solo… —susurro vislumbrando que hay alguien en el asiento del copiloto. La calidad del vídeo es muy mala puesto que es de noche, está muy pixelado, pero se aprecia perfectamente que hay alguien más en el vehículo.

—En las imágenes captadas por esta cámara no aparece nada más, pero tras localizar su coche en este lugar pude revisar el resto de las grabaciones de cámaras cercanas hasta llegar a este encuadre —dice Sol cerrando el primer archivo de vídeo y abriendo otro.

En estas imágenes aparece un cruce muy cercano a la casa de Tomás y se ve que el Mercedes se detiene en el arcén. Hasta aquí todo podría ser normal, pero a continuación sucede algo que me hiela la sangre: Brais baja del coche con Alexia, que lleva una gran maleta consigo. Ninguna de las tres dice nada, pero creo que todas pensamos los mismo.

—Y... una hora después sucede esto.

Sol acelera el vídeo hasta que en la esquina donde se ve la hora el reloj marca las cuatro de la madrugada. Brais y Alexia vuelven al coche con la maleta, la introducen en el coche y después arrancan y se van.

—¿Creéis que...? —pregunta Lúa, pero no dejamos que termine.

—Sí —respondemos su madre y yo al unísono.

—Pero ¿por qué iban a querer matarla? ¿Qué móvil podían tener para llevar a cabo un maldito asesinato? —Lúa está horrorizada, reacciona como si este tipo de cosas solo pasasen en series y películas. Sol, sin embargo, está más que acostumbrada a afrontar casos como este, y yo también. Ella por su cargo como policía, y yo por la cantidad de noticias que leo y corrijo como periodista. Muchas veces la realidad supera a la ficción; en algunas personas se esconde una oscuridad tan profunda que serían capaces de hacer cualquier cosa por tratar de calmar su sed de mal. El mundo es un lugar hostil, lleno de violencia y de injusticias.

—Brais era el novio de Jimena y ahora tiene una relación con la que era su amiga, la chica que aparece en el vídeo, Alexia —explico aportando algo de luz. Tenemos que valorar todos los posibles móviles—. Puede que fuese un crimen pasional.

—Hay una cosa más que debes saber, Gabriela —me dice Sol con un aura de misterio en la voz—. Días después de la muerte de Jimena, sus padres cerraron un contrato millonario con la familia de Brais. Sus familias eran socias en una de las empresas que el padre de Tomás dirigía, creo que es un dato que puede llegar a ser crucial.

Esta nueva información me provoca instantáneamente un dolor de cabeza agudo. Quizá ha llegado un punto en el que mi cerebro no puede esforzarse más, porque siento que en cualquier momento mis sesos podrían esparcirse por el salón de esta casa.

—Así que además de ser pareja también tenían ese vínculo… —susurro para mí misma—. Pero no logro entender en qué podría afectar eso al crimen.

—¿Y si fue un accidente? —pregunta Lúa.

—Joder, Lúa, si hubiese sido un accidente habrían llamado a la policía o a una ambulancia —respondo perdiendo un poco la paciencia—. Si a tu pareja le da un ataque al corazón o se cae y se abre la cabeza, creo que no valoras la opción de meter su cadáver en una maleta.

—Y no olvidemos las puñaladas que presentaba el cuerpo; si Tomás es inocente y no fue él quien las causó, lo más probable es que fuesen ellos —dice Sol recordándonos lo evidente.

—Madre mía… —murmura Lúa alargando el brazo para coger un trozo de bizcocho. Cuando se pone nerviosa se le abre el estómago, y debe de estar histérica, porque le da un bocado enorme al postre que ha preparado su madre.

Siento que todo este caso ha sido como completar un gran puzle. Primero empezamos por los bordes, atando los cabos más fáciles y cimentando una base fuerte sobre la que construir nuestra hipótesis. Ahora nos faltan las piezas más difíciles, aquellas que no sabes dónde colocar porque parecen no encajar bien en ningún lado. Algo se no está escapando, algo que puede ser el punto clave de esta trepidante historia.

Lúa, que parece haberse atragantado con el bizcocho, comienza a toser como una loca. Con el puño cerrado se da pequeños golpes contra el pecho, pero la tos no cesa.

—Bebe, cariño —dice su madre ofreciéndole un vaso de agua.

—No le habrás echado coco, ¿verdad? —pregunta tras recuperar la respiración. Su rostro está algo enrojecido y sus ojos se han llenado de lágrimas.

—Lúa, eres mi hija desde hace veintitrés años, por favor —responde Sol ofendida.

Lúa sabe que es alérgica al coco desde muy pequeña y es algo que la tiene completamente obsesionada. Cuando vamos a comer fuera siempre pregunta si la receta lleva coco, aunque sea obvio que no lo tenga. Nunca olvidaré cuando preguntó si el entrecot a la brasa que se quería pedir podía contener trazas de coco.

—Es solo para asegurarme, no me gustaría morir asfixiada —añade abanicándose con sus propias manos.

Es entonces cuando algo hace clic en mi cabeza.

Las palabras de Lúa encienden una chispa que enseguida prende en mi cerebro un carril entero de pólvora. Como si fuese una revelación divina, me siento iluminada por un haz de luz que me hace ver todo con muchísima claridad. Creo que he encontrado esa pieza que faltaba, esa pieza que aporta sentido y coherencia y que contesta a todas esas preguntas para las que no encontrábamos una respuesta coherente.

La autopsia de Jimena determinó que la causa real de su muerte fue insuficiencia respiratoria. Según los jueces, Tom la ahogó con la almohada y después la apuñaló…

Pero… ¿y si no fue la almohada la que le arrebató la vida? Nunca le encontré demasiado sentido al hecho de que Tom la ahogase y la acuchillase, pero tampoco tuve una hipótesis que pudiese desmontar lo que dictaminó el juez. Sin embargo, ahora tengo una idea que cada vez se hace más clara.

¿Y si Lúa tiene razón y todo comenzó por un accidente que se les fue de las manos?

Jimena asistió a una cena en la que estaría rodeada de comida y de bebida. ¿Y si era alérgica a algo y los demás no lo sabían? ¿Y si provocaron su muerte de forma completamente inconsciente y luego no supieron cómo reaccionar? ¿Y si el miedo a ser vistos como asesinos los llevó a cometer la locura de inculpar a otro?

Todo empieza a cuadrar, las piezas encajan y por fin vislumbro la imagen completa de este puzle imposible.

La última cena de Jimena.

Un accidente, tres chicos asustados y un cadáver con el que no sabían qué hacer.

25

Gabriela

Dos días.

Ese ha sido el tiempo que me ha dado Sol para seguir investigando por mi cuenta antes de enviarle todas las pruebas a la comisaría. Estoy convencida de que la familia de Tomás no querrá reabrir el caso y hará todo lo posible por impedirlo, lo que me pone en una difícil tesitura.

Tengo solo dos días para conseguir no una prueba, sino una evidencia que no deje lugar a dudas. Una evidencia que nadie pueda rebatir, que nadie pueda negar, que nadie pueda echar abajo. Y, si soy sincera, creo que solo hay una posibilidad de llegar hasta ella: conseguir una declaración de culpabilidad.

Y para conseguir algo así solo tengo una opción, sonsacarle un testimonio a Gael, a Brais o a Alexia. Sin duda mi mejor baza es servirme del eslabón débil del trío: Gael.

Sé que es arriesgado, sé que quizá sea sobrepasar la línea que marqué como límite…, pero no se me ocurre otra manera de avanzar en tan poco tiempo y me niego a dejar todo lo que hemos descubierto en unas manos manchadas de sangre. También sé que, si se lo cuento a Tomás no aprobará mi decisión, intentará prohibírmelo porque será consciente del peligro que correré al meterme en la boca del lobo.

Y por eso mismo sé que tengo que actuar por mi cuenta.

Sola.

Antes de cometer una locura, el cerebro suele analizar todos los finales potenciales, todas las ramificaciones que pueden abrirse ante nosotros, todos los posibles caminos que aparecerán y qué decisión deberíamos tomar ante cada uno de ellos. Al fin y al cabo, el cuerpo no deja de ser la mejor máquina jamás creada, una conexión infinita de redes neuronales que se esfuerzan por encontrar rápidamente la solución a cualquier problema.

De camino al domicilio de Gael intento adivinar cuál será su reacción, intento anticipar los pasos que dará para estar preparada y reaccionar de forma clara y contundente. Debo ir siempre por delante, debo ser la que tome las riendas de la situación y la que en todo momento lo dirija hacia la meta a la que quiero llegar.

No tardo mucho en aparcar frente a su domicilio, debo asegurarme de que Gael esté solo, así que espero a que su madre salga de casa. Buscando su nombre completo en internet descubrí que su padre murió hace unos años y que su madre trabaja en un despacho de abogados en el centro de Santiago. Es impresionante la de información que se puede encontrar tan solo *googleando* el nombre de una persona. Se suelen hacer públicos muchos datos íntimos en redes sociales, y creo que no llegamos a ser del todo conscientes del peligro que eso puede llegar a suponer.

También he averiguado que, por las tardes, tras un descanso para comer, su madre vuelve al trabajo y se queda en la oficina hasta las ocho. Y, en efecto, tras media hora vigilando a través del parabrisas como una auténtica psicópata veo cómo sale, arranca su Audi y se aleja del domicilio.

Llegado el momento de la verdad no puedo negar que siento miedo, pero sé que sentirlo no es de cobardes. Lo realmente cobarde sería quedarme en el coche paralizada, incapaz de seguir adelante porque el miedo reinara sobre todo lo demás. Una persona valiente abraza el temor, lo acepta y sigue caminando a pesar de notar su peso sobre los hombros.

Y yo quiero ser esa clase de persona.

Esa que, a pesar de tener un horrible temblor en las piernas, abre la puerta del coche y se dirige a la puerta de un presunto asesino.

El miedo ha mantenido con vida a la humanidad desde el principio de los tiempos; de hecho, no deja de ser una protección que nuestra mente genera para evitar que corramos por un desfiladero y caigamos al vacío. Quizá esté siendo una imprudente de mierda al omitir el temor que siento en mi interior, un temor que me hiela la sangre y me emborrona la vista.

Pero no pienso detenerme.

No quiero hacerlo.

Le prometí a Tom que le sacaría de prisión, me prometí a mí misma que iba a llegar hasta el final de todo esto. Su caso me ha devuelto la pasión por mi trabajo, me ha devuelto las ganas de vivir y de prosperar. Siento que se lo debo, siento que el mundo le debe la justicia que nunca tuvo y que siempre mereció.

Y sé que nadie más luchará por encontrar la verdad.

Antes de llevar a cabo mi plan, le mando mi ubicación en directo a Lúa. Puede que esté siendo una insensata, pero no soy estúpida. Sé que existe un alto riesgo de que esto termine mal y no pienso ser una víctima más de estos ricachones pretenciosos.

Confía en mí, por favor. Si en media hora no te envío un mensaje, dile a tu madre que estoy en peligro. No lo hagas ahora, Lúa. Por favor.

Puede que a Lúa no le haga mucha gracia nuestra investigación, pero sé que nunca me traicionaría. Sabe lo importante que es esto para mí y espero que no meta la pata. Estoy convencida de que Sol no tardaría ni un segundo en presentarse aquí con una patrulla, así que ella es mi única opción para tener el respaldo de seguridad que necesito.

Una vez que le envío el mensaje y los dos tics azules me confirman que lo ha leído, salto la balaustrada que rodea la casa de Gael y me dirijo hacia la puerta de madera maciza. No quiero llamar al timbre, quiero aporrear la puerta con agresividad para pillarle por sorpresa.

Respiro hondo antes de hacerlo.

—¡ABRE LA PUERTA, GAEL! —exclamo lo suficientemente alto como para que entienda que estoy alterada, pero sin excederme para que los vecinos no se preocupen.

Sé que Brais y Alexia ya habrán hablado con él, y, si mi teoría sobre el caso es cierta, los tres han sido cómplices de la muerte de Jimena. No sé quién de ellos acabaría con su vida, incluso puede que los tres tomasen cartas en el asunto…, pero tengo la intuición de que todos han llegado a la conclusión de que mis visitas tenían otra intención más allá del artículo honorífico.

—¿Te acuerdas de mí? Soy la periodista con la que hablaste hace unos días y he descubierto lo que hicisteis… ¡ABRE LA MAL-DITA PUERTA!

Verme así, como una completa desquiciada, le desubicará y le pondrá en una situación de completo descontrol. No sabrá cómo actuar, ni qué decir, ni cómo improvisar para sonar creíble…, por lo que solo le quedará una opción: decir la verdad.

Dejo de escuchar el sonido del televisor que se colaba por debajo de la puerta.

Gael está en casa y sabe que estoy aquí.

—¡SÉ LO QUE HICISTE! —exclamo dando dos golpes más sobre la madera—. ¡Y VOY A IR A LA POLICÍA! —añado la guinda del pastel, la frase que sé que le obligará a abrir la puerta.

Enseguida oigo cómo sus pasos hacen rechinar la madera del suelo, se está acercando a la puerta, presa del pánico que siente ante mi amenaza de acudir a la policía.

—¡Brais y Alexia me lo han contado todo! ¡TÚ ERES EL CULPABLE!

Lo bueno de que hayan llevado a cabo un crimen entre tres es que la mejor forma de conseguir que uno de ellos hable es dándole a entender que los demás le han traicionado. Nada funciona tan bien como crear debilidad dentro de un grupo, alimentar dudas y sembrar el caos. Si Gael cree que lo han vendido, intentará defenderse y acabará delatando a los otros. Es un auténtico cliché, pero la manipulación siempre funciona con las mentes débiles y manipulables.

Tras escucharme, Gael abre la puerta y tira de mi brazo para que acceda al interior de la vivienda.

—¡Cállate, joder! —exclama limpiándose las gotas de sudor que le caen por la frente. La primera vez que le vi me sorprendieron las oscuras ojeras que tenía bajo los ojos, pero hoy son incluso más acusadas. Su rostro está pálido y los huesos de los pómulos se notan más de lo normal, parece que ha adelgazado y que no ha conseguido dormir en los últimos días.

—Alexia y Brais me lo han contado todo —repito observándole fijamente. Ambos estamos de pie en el recibidor, yo trato de disimular el temblor de mi cuerpo, pero Gael no se esfuerza en hacerlo. El talón de su pie derecho golpea el suelo sin cesar y las manos vibran víctimas de la ansiedad que debe de estar sintiendo—. Me han dicho que fue tu culpa, tú acabaste con la vida de Jimena —añado señalándole.

Gael no dice nada, empieza a dar vueltas en círculos y clava la vista en la piel de zorro que tiene a modo de alfombra. La decoración de su hogar se basa en animales muertos, vajillas carísimas, estatuas de oro y cuadros anticuados que podrían estar expuestos en museos. Incluso rodeado de opulencia solo veo ante mí la clara definición de la decadencia humana.

—Tengo fotos de esa noche, Gael —digo sacando del bolsillo la polaroid de la que no me he despegado ni tan solo un segundo—. Tengo vídeos del coche de Brais llegando de madrugada a casa de los Méndez.

Gael se lleva las manos a la cabeza, una parte de mí quiere sentir pena por él, pero entonces recuerdo que formó parte de la muerte de una chica inocente y toda empatía por su situación desaparece.

—Y lo mejor es que tengo el testimonio de Brais y Alexia en el que ambos te declaran culpable —miento con toda la credibilidad que soy capaz de aparentar—. Te han vendido.

—¡MIENTES, ESTÁS MINTIENDO! —grita fuera de sí.

—Sé que formaste parte del asesinato de Jimena, sé que tú fuiste el culpable de todo —sentencio con parsimonia. Quiero que vea en mí seguridad, que vea que no titubeo. Quiero que se rinda ante mí y que entienda que no puede escapar de mis acusaciones—. Lo sé todo.

Gael empieza a llorar, las lágrimas caen a borbotones por su rostro y humedecen sus mejillas hasta llegar a la comisura de los labios. Llora con desesperación, creo que ha llegado a la conclusión de que está en un laberinto sin salida. Diga lo que diga, seguiré presionándole hasta que su debilidad le juegue una mala pasada. Me entristece aprovecharme de las carencias de una persona para sonsacarle información, pero dadas las circunstancias es lo único que puedo hacer.

—¿Vas a seguir callado? Ellos no tardaron ni cinco minutos en declararte culpable, en confesarme todo lo que habías hecho —le presiono.

Gael tira de la camisa que lleva puesta hasta que saltan algunos de sus botones. Por su manera de actuar, parece que he destapado el frasco de traumas que lleva años guardando bajo llave. Lo malo de esconder un secreto de esta índole durante tanto tiempo es que acaba por pudrirse en tu interior y envenenar todas esas partes que aún considerabas puras.

—¿NO VAS A DECIR NADA? ¿NO VAS A DECIR NADA? —repito agarrándole de los brazos y zarandeándole. Un hombre de su tamaño y envergadura no tendría ni que inmutarse ante mis zarandeos, pero Gael se muestra tan débil y tan ido que su cuerpo parece una hoja movida por el viento.

—¡YO NO QUERÍA HACERLE DAÑO! —confiesa sin parar de llorar, sus palabras parecen alaridos de dolor, está completamente desesperado—. ¡Yo solo hice una maldita tarta!

Una tarta.

Mi corazón se acelera tanto que trato de controlar la respiración para no acabar teniendo un paro cardiaco. Todo apunta a que las divagaciones de ayer podrían ser ciertas, a que la teoría que monté gracias al comentario de Lúa podría ser verdad.

—Yo… Yo apenas la conocía —susurra flexionando sus rodillas y dejándose caer contra el suelo. Está derrumbado, ha cedido a la presión y a mis engaños—. Yo solo hice una tarta…

—¿Y qué pasó, Gael? ¿Qué pasó después? —digo empleando un tono mucho más tranquilo y alejándome de él para que se sienta algo liberado.

—Brais aseguró que era una broma, que se estaba riendo de nosotros, que no nos lo tomásemos en serio… —Gael entierra la cabeza en sus rodillas y habla tan bajito que tengo que hacer un esfuerzo por entenderle, creo que jamás había visto a una persona tan muerta en vida—. Alexia empezó a grabarla, decía que el vídeo se haría superviral…

Gael suelta detalles inconexos de lo sucedido aquella noche y yo intento imaginar lo que realmente pasó, hilar esas escenas de las que habla y conseguir dar forma a la historia completa. No está en condiciones de narrar con detalle la verdad sobre la muerte de Jimena, solo arroja frases o situaciones que estoy segura de que se quedaron grabadas a fuego en su mente. Es una persona traumatizada que nunca ha podido pasar página y olvidar lo sucedido.

Alexia y Brais siguieron adelante, se mudaron y comenzaron una vida juntos…, pero la vida de Gael sigue exactamente igual que aquella noche. No estudia, tampoco trabaja, y sigue viviendo en la casa de su madre. En la casa donde fue partícipe de un crimen.

—Yo quería llamar a emergencias, yo quería llamar a emergencias… —Su cuerpo empieza a balancearse hacia delante y hacia atrás.

—¿Y por qué no lo hiciste? —No sé en qué momento he empezado a llorar, pero cuando quiero darme cuenta mi cara también está empapada por los regueros de lágrimas que no puedo detener—. ¿Por qué no lo hiciste, Gael?

—Me dijeron que estaba exagerando, que Jimena siempre llevaba consigo una inyección para su alergia…

Su alergia.

Su muerte por ahogamiento.

—Pero ¡cuando se pusieron a buscarla no la encontraron! ¡Ella no la tenía en el bolso! ¡NO LA TENÍA! —Gael empieza a tirarse del cabello, está perdiendo el control sobre sí mismo y me asusta que en este estado sea capaz de cometer cualquier locura, tanto hacia mí como hacia sí mismo.

—¿Y entonces llamaste a urgencias? —pregunto alejándome unos pasos más de él. Siento que mi cuerpo está congelado, me cuesta mover las piernas, me cuesta acercarme a la puerta. Por suerte, de soslayo compruebo que Gael la ha dejado abierta, por lo que podría salir corriendo en cualquier momento.

—¡YA ERA TARDE! ¡YA ESTABA MUERTA, MUERTA! —grita fuera de sí.

Tengo su declaración.

Tengo la prueba que nadie podrá rebatir.

Doy un par de pasos hacia atrás, no quiero perder de vista a Gael, pero he de llegar a la puerta y largarme de aquí cuanto antes. Esto es lo que necesitaba y no quiero seguir jugando con fuego, no quiero seguir en esta cuerda floja de la que podría caerme en cualquier momento. Puede que una grabación con el móvil no sirva para un juicio, pero será más que suficiente para que se dignen a interrogarlos, para que la policía logre llegar a la verdad detrás de todas las patrañas que dieron como auténticas. Me encantaría seguir sonsacándole información a Gael para descubrir todo lo que sucedió aquella noche, pero esta vez mi miedo es superior a cualquier otra cosa. Estoy a punto de llegar al umbral de la puerta, pero…

Cuando retrocedo, mi espalda choca contra algo.

Contra alguien.

En menos de un segundo un paño me tapa la boca y la nariz.

Un fuerte olor inunda mis fosas nasales y me veo incapaz de luchar contra el sueño que comienzo a sentir. Trato de mover los brazos para liberarme del agarre que me han hecho, pero cada vez me siento con menos fuerza.

Intento mantener los párpados separados, lucho por no caer en los brazos de Morfeo, aunque inevitablemente acabo cerrando los ojos.

Y entonces dejo de escuchar el llanto inagotable de Gael.

Entonces pierdo por completo la consciencia y lo último en lo que pienso es en que no he podido cumplir mi promesa, en que me convertiré en la siguiente víctima y en que ellos se encargarán de cargarle el muerto a otra persona inocente.

Hoy habrá una nueva víctima.

Y también un nuevo asesino.

26

Cuatro años antes

Jimena siempre fue una chica insegura, sus kilos de más y los mofletes pronunciados de los que su hermano siempre se reía le hacían creer que no era merecedora de atención ni de amor.

Pero todo eso cambió cuando Brais, el máximo goleador del equipo de fútbol del instituto, el alumno ejemplar, el hijo de un importante magnate de los negocios venido a menos y el hombre más guapo sobre la faz de la tierra se fijó en ella.

Jimena siempre fue consciente de lo triste que era que la imagen que tenía sobre ella misma dependiese de la aprobación masculina, sabía lo hipócrita que era al ser la clase de mujer que basa su existencia en encontrar a una persona que logre convencerla del valor que tiene… Sin embargo, a veces es imposible no ser una víctima más del sistema. Además, por si su baja autoestima no fuese suficiente, su hermano Tom representaba todo lo que ella ansiaba ser: era popular, tan guapo que hasta le parecía injusto, tenía un cuerpo semejante al de las esculturas griegas que estudiaba en las clases de Arte y además era inteligente y buena persona. Quizá por eso discutían tanto, porque Jimena envidiaba el éxito social de Tom y porque muchas veces Tom anhelaba pasar desapercibido como su hermana. Uno quería más atención y otro deseaba dejar de tenerla.

Por eso, cuando Brais empezó a invitar a Jimena a tomar algo, al cine o a su casa, ella sintió que por fin la vida la ponía en el lugar que merecía. Se sentía amada, respetada y sobre todo vista. Sentía que había empezado a existir.

Sin embargo, para Brais todo era muy pero que muy distinto. Una persona tan superficial como él jamás se habría fijado en Jimena, que era de las chicas que se sentaban en la última fila para pasar inadvertidas, de las que no se sienten protagonistas de su propia vida. No obstante, Brais tenía un objetivo que cumplir: conseguir toda la información que pudiese sobre la familia de los Méndez para que una de sus empresas accediese a cerrar un importantísimo pacto con el negocio de su admirado padre.

Un pacto que los haría millonarios.

Brais pensaba en esos millones cada vez que se acostaba con Jimena, pensaba en todo lo que compraría cada vez que invitaba a Jimena a merendar y fingía que la escuchaba, Brais se recordaba día tras día que soportar a esa niñata tendría una recompensa gigantesca.

Lo peor es que él sabía que Jimena tenía buen corazón. Era honrada, sincera, siempre pendiente de él y siempre dispuesta a hacer cualquier cosa para alegrar sus días. Era la novia perfecta: empática, cariñosa, detallista…, pero no era la novia que él quería.

Y por eso mismo acabó odiándola.

Porque, cuando no quieres hacer algo y te obligan a hacerlo, uno no puede disfrutar de ello. Por mucho que Jimena fuese amable y gentil, a él le sacaba de quicio todo lo que hiciese. Tenía que esforzarse por no gritarle, por no dejarla tirada, por sonreír falsamente y follársela aunque apenas se le levantaba.

Y entonces pensaba en los millones.

En lo que compraría con ellos.

En que una vez firmado el pacto podría dejarla e irse con Alexia, su amante, que era la mejor amiga de su novia.

Jimena se la había presentado cuando llevaban dos meses juntos. Alexia también iba al mismo instituto que ellos, pero Brais y ella nunca llegaron a dirigirse la palabra hasta esa noche. Cuando la vio sin el uniforme escolar, enfundada en ese vestido que marcaba sus curvas y enseñaba sus pechos, pensó que perdería la cabeza y la besaría allí mismo.

No obstante, pudo contener el instinto animal. Antes de insinuarse debía saber si ella era fiel a Jimena, porque corría el peligro de echarlo todo a perder. Sin embargo, Alexia resultó ser una nefasta amiga, además de una mala persona.

De hecho, siempre lo había sido.

Había empezado su relación de amistad con Jimena en Preescolar, cuando apenas tenían tres años. A medida que crecían, las diferencias entre ellas se iban haciendo más notables. Alexia tenía la belleza objetiva que Jimena deseaba tener, y Jimena tenía el dinero con el que Alexia soñaba cada noche. Es lo que tiene criarse en un entorno adinerado cuando no formas parte de ese escalón de la pirámide social: acabas creyéndote que eres una más, pero la vida no para de recordarte que jamás lo serás. Alexia era la hija de una empleada doméstica que trabajaba en el barrio más rico de la zona. Su madre llevaba más de veinte años encargándose del mismo hogar, por lo que ya la consideraban una más de la familia. Cuando dio a luz a su bebé, sus jefes ricachones, cuyos hijos eran mayores y estudiaban fuera, trataron a la pequeña como a una hija, brindándole siempre su cariño y ayudando en su educación para que estudiase en el mejor de los colegios e institutos de la zona. Sin embargo, por mucho que Alexia quisiese creer que realmente formaba parte de esa burbuja dorada, la realidad era que ella nunca dejaría de ser la hija de la sirvienta.

Así que aprovechaba absolutamente cada situación que podía para beneficiarse del poder adquisitivo de la que supuestamente era su mejor amiga. Y Jimena, inocente y siempre con las mejores intenciones, no se daba cuenta. Su hermano la advirtió un par de veces, pero ella no podía permitirse perder a una de las pocas amigas que tenía.

Los meses pasaron y, mientras Jimena le contaba a Alexia lo enamorada que estaba y lo afortunada que se sentía, ella hablaba con Brais sobre lo insoportable que era y lo mucho que le costaba aguantarla. Ambos confabulaban contra ella y soñaban con que llegase el día en el que el pacto se firmase; así, Brais podría dejarla y empezar una relación con la chica que le gustaba de verdad, y Alexia podría dejar de fingir ser amiga de Jimena, porque su novio ya tendría dinero más que suficiente para mantenerla.

Duro, cruel e inhumano.

Así es el mundo para algunos.

Cuando antepones el dinero a tus principios, te acabas convirtiendo en un monstruo.

Y entonces llegó el día.

El día en el que la familia Méndez firmaría el acuerdo con la familia Vilaboa. Un acuerdo que beneficiaba a ambos y que impulsaría sus empresas a nivel global, un acuerdo que conllevó meses de negociaciones y que nada ni nadie podría echar atrás.

Brais organizó una cena para celebrarlo e invitó a su novia, a su amante y a su mejor amigo. Sería el último día en el que tendría que mentir, el contrato se firmaría a la mañana siguiente y con él podría pasar página y tomar las riendas de su propia vida sin que su padre le ordenase qué hacer.

Jimena se compró un vestido nuevo, uno que jamás se habría atrevido a llevar. Pero estaba contenta, se sentía bien, se sentía segura y querida y por primera vez se vio guapísima en el espejo con prendas de su talla. Por una vez no recurrió a la ropa *oversize* para ocultar su cuerpo, por una vez se sentía sexy y poderosa dentro de un vestido llamativo y pegado a su cuerpo.

Ella siempre había sido esa chica, pero hasta ese día no abrió los ojos.

Jimena era hermosa, con su cuerpo lleno de curvas y sus caderas anchas; con la melena pelirroja y esos ojos rasgados que le aportaban a su rostro un toque exótico; con esos labios jugosos y la dentadura blanca y alineada… Jimena desprendía sensualidad, pero ella nunca supo verlo.

Ella nunca se lo creyó.

Cuando llegó a la casa de Gael, al que, pese a que era el mejor amigo de su pareja solo había visto un par de ocasiones, empezó a notar cosas que no le gustaron demasiado. El tonteo que Brais tanto se había preocupado por disimular estaba más presente que nunca: tocaba la mano de Alexia, le decía cosas al oído, incluso hubo un momento en el que Jimena llegó a ver cómo Brais acariciaba la pierna de su mejor amiga.

No entendía nada.

Pero a Brais le daba igual, estaba completamente desinhibido. Sabía que en apenas unas horas el acuerdo se cerraría y el alcohol que tenía en sangre le hacía actuar como un sinvergüenza.

Gael tampoco entendía nada.

—Bueno, iré a por la tarta… —dijo cuando todos terminaron la comida de sus platos.

Habían organizado la cena en su casa porque su madre estaba fuera por trabajo. A Gael le encantaba cocinar, así que había preparado el menú con mucho esmero. Su sueño era convertirse en un gran chef y estaba a punto de terminar sus estudios. De primero preparó una crema de verduras, de segundo codillo asado con patatas al horno y de postre su plato estrella: la tarta de queso.

Su receta era muy peculiar, por eso sentía predilección por ella. Además de usar tres quesos diferentes para aportar más gama de sabores, le añadía frutos secos a la galleta que usaba de base para que esta crujiese más. A todo el mundo le encantaba su tarta y él guardaba la receta como si se tratase del secreto más importante del universo. A nadie se le había ocurrido añadir frutos secos a la base, lo que convertiría su tarta en el postre estrella de su futuro restaurante.

Y quizá, por eso mismo, Jimena nunca pensó que una tarta de queso pudiese contener aquello a lo que era alérgica.

—¡Aquí tenéis la joya de la corona! —exclamó Gael emocionado dejando los platos con las porciones de tarta sobre la mesa—. Creo que será la tarta de queso más rica que probaréis jamás… —añadió con una sonrisa de oreja a oreja.

—Dios mío, vais a alucinar… —dijo Brais alargando el brazo para alcanzar el plato e hincarle el diente a su trozo—. Hum… Esta buenísima, Gael.

—¡Qué pasada! —confirmó Alexia.

—Vaya, Gael… Tienes un talento innato —dijo Jimena saboreando la tarta que acabaría con su vida.

No tardó ni dos minutos en sentir que algo iba mal.

Su garganta comenzó a hincharse y le costaba respirar, su rostro empezó a adquirir un tono rojizo. Trató de relajarse, al principio pensó que quizá solo se había atragantado porque no tenía sentido que una tarta de queso llevase frutos secos…, pero, cuando comenzó a toser sin control, supo que algo no cuadraba.

—Jimena, ¿estás bien? —preguntó Gael al ver su expresión.

Jimena negó con la cabeza y golpeó la mesa, trataba de explicar lo que le estaba pasando, pero no era capaz de pronunciar ni una sola palabra. Su laringe estaba tan inflamada que incluso al aire le costaba pasar.

—Joder, ya está con sus numeritos… —susurró Brais maldiciendo para sus adentros.

—¡Bebe un poco de agua, hija! —exclamó Alexia entre risas haciéndole llegar su vaso tras deslizarlo por la mesa.

—¿Es alérgica a algo, Brais? —Gael parecía ser el único preocupado por el bienestar de Jimena, que con cada segundo que pasaba veía cómo la muerte se acercaba.

—A los frutos secos, pero no es para tanto —dijo bebiendo el poco vino que quedaba en su copa.

—Joder, Brais, ¡la base de la tarta lleva cacahuetes! —respondió Gael levantándose para ayudar a Jimena—. ¡Llamad a una ambulancia!

—Joder, no exageres tú también… Jimena siempre lleva una jeringuilla en el bolso, cógela y clávasela.

Gael no entendía la parsimonia con la que actuaba su amigo. Quiso culpar al alcohol, pero en el fondo sabía que había algo más. Esa noche fue consciente de cómo miraba a Alexia y enseguida entendió lo que estaba pasando ante sus ojos. Brais nunca le dijo nada, pero las palabras no fueron necesarias porque sus actos hablaban por sí mismos.

A Gael se le encogió el corazón.

—¡Aquí no hay nada! —gritó buscando como un loco en el bolso que Jimena había llevado a la cena—. ¡No está la jeringuilla!

Jimena trató de levantarse y perdió el equilibrio, se cayó al suelo y se quedó tendida sobre la alfombra de pelo que adornaba el entarimado. Se llevó las manos a la garganta, tratando de respirar, pero cada vez que intentaba hacer llegar aire a sus pulmones acababa tosiendo con más fuerza.

—Joder, qué graciosa —dijo Alexia entre risas mientras grababa la situación—. Con este vídeo seguro que nos hacemos virales.

Gael buscó la mirada de su amigo para confirmar el horror que él estaba sintiendo, y lo único que encontró fue una sonrisa de complicidad en su rostro.

—¿De qué os reís? ¡Tenemos que llamar a una ambulancia!

Aún no lo sabía, pero día tras día se martirizaría por no haber cogido el teléfono y marcar el número de urgencias. Nunca llegó a entender por qué no lo hizo, quizá la situación le pilló por sorpresa y no supo cómo actuar, su corazón iba a mil por hora y no era capaz de pensar con claridad.

—¿Seguro que no tiene la inyección? Igual se la metió en el sujetador —dijo Alexia sin parar de grabar.

—Ella nunca lleva sujetador, no tiene suficientes tetas como para llenar uno —se burló Brais.

Gael deseó con todas sus fuerzas que Jimena no hubiese escuchado ese comentario y se maldijo a sí mismo por ser amigo de la persona que ahora mismo tenía enfrente. ¿En qué momento Brais se había convertido en alguien tan malvado, tan asqueroso y rastrero? ¿Qué pudo llevarle a transformarse en alguien así?

Estaba paralizado.

Sentía miedo, rabia, frustración, decepción… Sentía tantas cosas que su mente estaba muy saturada como para pensar con claridad.

—Jimena, ¿llamo a tus padres? ¿A emergencias? —le preguntó agachándose para cogerla entre sus brazos.

Jimena asintió con desesperación y Gael contempló en sus ojos el terror que la invadía, incluso llegó a ver cómo la vida se iba escapando de sus pupilas.

—¡BRAIS, LLAMA AL 112! —gritó—. ¡LLAMA YA, JODER! —volvió a gritar al ver que el que consideraba su amigo no hacía nada.

—Que ya voy, hostia —dijo llevándose la mano a la cabeza, iba a estallarle por culpa de los gritos de Gael—. ¿Dónde está mi teléfono?

—Coge el mío, da igual —le pidió Gael con urgencia sin dejar de sujetar el cuerpo de Jimena—. ¡Está ahí, junto a mi plato! ¡VAMOS, BRAIS!

Brais tardó unos diez segundos en encontrar el móvil de Gael, y, en ese pequeño lapso de tiempo, Jimena dejó de toser.

El silencio se apoderó del lugar y Gael empezó a zarandear el cuerpo de Jimena en busca de algún rastro de vida, pero no lo encontró. Habían sido muy lentos, descuidados y poco humanos.

—Ha muerto —susurró Gael tras llevar los dedos al cuello de Jimena en busca de pulso—. Ha muerto —repitió sin llegar a creérselo del todo.

El shock duró unos minutos y después dejó paso al caos absoluto. Gritos, llantos, reproches. La borrachera que llevaban Brais y Alexia se les bajó de golpe, así como el cachondeo y la mala baba que habían tenido durante toda la cena. Se dieron de bruces contra la realidad: habían provocado la muerte de una persona y se habían convertido en unos asesinos. Esa noche sus vidas habían dado un giro de ciento ochenta grados y nunca más volverían a ser los mismos, esa noche fueron conscientes de que habían metido la pata hasta el fondo.

—Voy a llamar a la policía —dijo Gael tratando de recuperar su móvil, pero era Brais quien lo tenía y en ningún momento aflojó la mano.

—No, no vas a hacerlo —sentenció con la firmeza que solo un completo psicópata tendría en un momento así—. No vas a hacerlo porque tú fuiste quien hizo la tarta, tú fuiste quien se la dio y tú has sido el mayor culpable de su muerte.

Gael no lo veía de esa forma, pero su mente frágil y manipulable no tardó mucho en ser corrompida por las palabras inciertas de Brais. Terminó creyendo que él tenía la culpa, terminó asumiendo que no podía llamar a la policía porque eso conllevaría tirar toda su vida por la borda.

—¿Y qué quieres hacer? ¿QUÉ QUIERES HACER? —gritó empujando a Brais con fuerza—. Se acabó, voy a llamar a la policía —añadió mientras corría hacia el teléfono fijo que tenía en la mesa auxiliar del salón.

—¡GAEL, NO LO HAGAS! —gritó Brais perdiendo el control. Más que pensar en el cadáver que tenía a sus pies, estaba pensando en el contrato que su padre debía firmar al día siguiente.

Gael hizo oídos sordos y comenzó a marcar el número, y en esos segundos de descontrol absoluto a Brais solo se le ocurrió una cosa: cogió el cuchillo que habían utilizado para cortar la tarta y lo clavó en el abdomen de Jimena.

—¿CÓMO VAS A EXPLICARLES ESTO? —preguntó Brais con las manos manchadas de sangre, totalmente disociado de su realidad—. ¡LES DIREMOS QUE HAS SIDO TÚ! —añadió señalándole con el arma.

Al otro lado de la línea, un policía descolgó el teléfono.

Gael escuchó su voz, y también cómo le preguntaba si había pasado algo.

Quería decirle que sí, quería contarle todo lo sucedido… Pero no fue capaz de articular palabra. Brais le arrebató el teléfono de la mano y colgó.

—Tenemos que buscar otro culpable, hay que cargarle la muerte de Jimena a otra persona —respondió tratando de pensar lo más rápido posible—. Nuestras vidas son demasiado importantes, tenemos muchos objetivos y muchas metas, no podemos dejar que algo así destroce nuestro futuro.

—¿Y cómo vamos a…? ¿Cómo vamos a hacerlo? —preguntó Alexia, que no había sido capaz de pronunciar ni una sola palabra antes—. Dios mío, Brais… Había sido un accidente, podríamos haber llamado a la ambulancia y fingir que Jimena aún seguía con vida.

Brais se sentó y se puso a pensar.

Alexia tenía razón, habría sido mucho más inteligente mentir y culpabilizar a los sanitarios por llegar demasiado tarde. Pero su ingenio, adormecido por el alcohol y violentado por la cocaína que también había consumido, no había visualizado esa alternativa cuando tuvo que tomar una decisión.

—¿Quién será el culpable si no lo somos nosotros? —volvió a preguntar Alexia llorando desconsoladamente.

Brais empezó a valorar todas las opciones que empezaron a pasarle por la cabeza. Por suerte, su padre le había enseñado a jugar sucio, le había inculcado desde muy pequeño que, para llegar a ser alguien en esta vida, muchas veces debes ascender pisando cabezas. El mundo de los negocios es duro y siempre acabas ensuciándote las manos; eso él siempre lo tuvo claro.

Y eso es lo que esos tres chicos hicieron esa noche.

Ensuciar unas manos, pero no las suyas.

—Llevaremos el cadáver de Jimena a su casa, sé cómo entrar sin ser visto. Además, sus padres están de viaje y su hermano estará durmiendo. Desbloquearé las alarmas y dejaré su cuerpo en su cama.

—Le harán una autopsia y descubrirán que murió ahogada, no tardarán en llegar a la conclusión de que fue por su alergia y se pondrán a investigar sus últimas comidas y… —dijo Alexia llorando sin control.

—No —sentenció Brais con seguridad—. Porque ellos ya tendrán un culpable.

—¿Quién? —preguntó Gael sin comprender a quién se refería.

—Cogeré un cuchillo de la cocina y apuñalaré un par de veces más su cuerpo para después dejar el arma del crimen en la habitación de su hermano.

—¿ESTÁS LOCO? —gritó Gael horrorizado.

—Dios mío… ¿Es necesario apuñalarla más? —preguntó Alexia sin ser capaz de mirar el cadáver.

—Podrían darse cuenta de que este cuchillo no forma parte de sus cubiertos, no podemos dejar ningún cabo suelto —respondió Brais con total frialdad. Gael vomitó al escucharle.

—Tomás es sonámbulo, así que puede que hasta él se crea que ha matado a su hermana, y el crimen será tan obvio que cerrarán el caso enseguida. A su familia no le viene bien tener una investigación tan polémica abierta y querrán desaparecer de las noticias cuanto antes —explicó Brais.

Él conocía al padre de Tomás y sabía qué clase de hombre era. El tipo de hombre que sería capaz de anteponer los negocios ante cualquier cosa, incluso ante sus hijos.

—No pienso formar parte de esto —aseguró Gael.

—Lo haremos todo Alexia y yo, tú solo tienes que guardar silencio y jamás decirle a nadie lo que ha sucedido —repuso Brais acercándose a su amigo—. Si algún día abres la boca, acabaremos entre rejas y te prometo que si vamos a la misma prisión te cortaré la puta cabeza —añadió agarrándole del brazo.

Gael se zafó de su agarre y no fue capaz de decir nada más.

Guardó silencio, se sentó en el sofá y se quedó mirando el cuerpo sin vida de Jimena. Jamás olvidaría su rostro. Todavía no lo sabía, pero tendría pesadillas cada maldita noche con su cara.

—Intenta limpiar esto lo mejor que puedas, luego volveré a comprobar que no queda rastro de lo que acaba de pasar aquí —sentenció, sintiendo pena de lo débil que era su mejor amigo.

—Yo, yo… —Alexia trató de hablar, pero Brais enseguida la interrumpió.

—Tú vas a hacer lo que yo te diga.

Y así fue.

Alexia y Brais metieron el cuerpo de Jimena en una maleta y pusieron rumbo a su casa. Brais entró por la ventana que su difunta novia siempre le dejaba abierta, desactivó la alarma de seguridad y desconectó las cámaras que rodeaban la casa. Entonces llamó a Alexia y esta accedió a la vivienda por la puerta principal.

Antes de subir al segundo piso, Brais cogió el cuchillo más grande que encontró en la cocina. Actuaba de forma automática, sin ser realmente consciente de las atrocidades que estaba llevando a cabo. Era su instinto de supervivencia el que le hacía actuar así, o eso quería creer él.

Lo que más le costó fue desnudar el cuerpo de Jimena y atravesar su piel con el arma. Le dieron arcadas, pero logró contenerlas. Alexia se mantuvo de espaldas, con la vista mirando a la pared, pero aun así no logró escapar del olor a sangre que invadía la habitación.

—Esto lo hago por nosotros, cariño —susurró Brais dando la última puñalada—. No pienso renunciar a la vida que nos espera.

Alexia, incapaz de darse la vuelta, asintió.

Jamás olvidaría ese olor, jamás olvidaría el póster del cantante en el que clavó su vista mientras oía como el cuchillo entraba y salía del cuerpo de su mejor amiga. Nunca volvería a escuchar ninguna canción del que era su artista favorito; nunca podría volver a verle sin recordar a su amiga muerta y ensangrentada.

Solo les quedaba una cosa: dejar el arma en manos de su chivo expiatorio.

Estaban a punto de hacerlo, tan solo debían irrumpir en la habitación de Tomás siendo lo más silenciosos posible y dejar el cuchillo cerca de su mano. Era la parte más arriesgada, porque, si casualmente se despertaba, todo se echaría a perder, pero no tenían otra opción.

O eso pensaron cuando en completo estado de shock creyeron que esa locura era su única baza.

Estaban a punto de hacerlo, a punto de salir del cuarto de Jimena, a punto de finalizar su plan… cuando la puerta se abrió.

Alexia reunió el valor para volverse y descubrir quién los había pillado.

Brais soltó el cuchillo de la impresión y este rebotó un par de veces en el suelo, dejando salpicaduras de sangre sobre la madera de roble.

El padre de Jimena estaba paralizado bajo el umbral de la puerta, con una mano agarraba el pomo que acababa de girar y con la otra el maletín con el que solía viajar cuando no eran trayectos muy largos. Su mujer había decidido hacer noche en Asturias, él también tenía previsto quedarse, pero en el último momento decidió coger el coche y volver a casa, quería descansar bien porque al día siguiente tenía un contrato muy importante que firmar. Al entrar en su casa le sorprendió ver que la alarma estaba desactivada y unos ruidos extraños le llevaron hasta la habitación de su hija.

Pensó que serían ladrones, o quizá Jimena se había despertado para ir al baño. También pensó que quizá su hija hubiese colado a alguien en casa, algo que tenía prohibido, y en su cabeza comenzó a preparar la reprimenda que iba a soltarle.

Pero ni en mil vidas hubiese podido adivinar lo que hallaría tras la puerta.

—Dios mío…, pero ¡¿qué habéis hecho?! —dijo acercándose al cadáver ensangrentado y desnudo de Jimena.

27

Gabriela

El primer sentido que recupero es el oído.

Escucho gritos, pero no soy capaz de identificar lo que dicen, estoy muy cansada y demasiado aturdida.

Después recupero el tacto y noto una cuerda enrollada en las muñecas, atándomelas al respaldo de la silla en la que estoy sentada.

El gusto es el siguiente en aparecer, pero desearía que no hubiese vuelto. Noto un sabor desagradable en la boca, han utilizado un producto químico para dormirme, aunque no sé cuál habrá sido. Además, mi lengua roza contra la tela que me han puesto a modo de mordaza para que no pueda gritar.

Por último, recupero la vista.

Abro poco a poco los ojos, no sé cuánto tiempo he estado inconsciente, pero sigo muy mareada. Tengo la visión borrosa y no es hasta que consigo enfocarla que logro ver la escena que tengo frente a mí.

Brais, Alexia y Gael discuten de forma acalorada. Todavía no se han dado cuenta de que me he despertado, así que vuelvo a cerrar los ojos para que no sepan que he recuperado la consciencia.

Tengo miedo, muchísimo miedo. Más del que creía que una persona podía llegar a sentir. Tengo tanto miedo que me cuesta hasta concentrarme para respirar, el aire entra en mis pulmones a duras penas y podría incluso atragantarme con él.

—¡Es que eres imbécil, IMBÉCIL! —grita Brais enfadado—. Ahora lo sabe todo. ¡TODO!

—¿Y qué queréis hacer? ¿Matarla? ¿Y buscar otro cabeza de turco como hicisteis con Jimena? —pregunta Gael.

—Recuerda que fue tu tarta la que mató a Jimena, fuiste tú quien la envenenó. —La frialdad con la que Brais manipula a Gael me hiela la sangre.

Mi teoría era cierta, Gael ha sido siempre el eslabón débil del grupo. Aún no sé con certeza lo que sucedió aquella noche, pero escuchando cómo Brais se dirige a él estoy segura de que todos estos años le han comido la cabeza haciéndole creer que toda la culpa era suya para tenerle callado.

—¡YO FUI EL ÚNICO QUE INTENTÓ AYUDARLA! —grita Gael sacando el carácter que jamás habría pensado que tuviera.

—Nosotros también queríamos ayudarla, pero estábamos paralizados, no sabíamos qué hacer... —dice Alexia con un tono tranquilizador.

Sin embargo, lo único que consigue es poner más nervioso a Gael, que contesta con una rabia fulminante.

—¡OS REÍSTEIS DE ELLA! ¡LA GRABASTEIS MIENTRAS MORÍA!

—Tienes un recuerdo erróneo de esa noche, Gael. —Brais también emplea un tono conciliador—. Creo que lo que vivimos en aquella cena no te deja ver con claridad lo que realmente pasó.

Yo no estuve en esa cena, pero solo por cómo hablan pondría la mano en el fuego por la versión de Gael. Brais y Alexia están haciéndole un *gaslighting* de manual, convenciéndole de que lo que dice es falso y que lo que realmente ocurrió es lo que ellos le cuentan. Es una de las formas de manipulación más comunes y que mejor funcionan, cuando repites muchas veces una mentira acaba convirtiéndose en una verdad, y más cuando otra persona avala lo que dices. En este caso, Brais cuenta con el apoyo incondicional de Alexia, que confirmará todo lo que él suelte por la boca.

—Tenemos que deshacernos de ella, si no todo lo que hicimos no habrá servido para nada —sentencia Brais refiriéndose a mí.

Al escucharlo siento cómo mi estómago se remueve, tengo ganas de vomitar, de llorar, siento que me voy a mear encima, o que incluso me voy a desmayar. Joder, me está dando un ataque de pánico.

No quiero morir aquí, no quiero morir así.

Este no puede ser el desenlace de mi historia, no me lo merezco. Tomás no merece acabar pudriéndose en la cárcel por un crimen que no cometió, ambos queremos un final feliz.

Entonces aparecen en mí los remordimientos.

Debí ser más prudente.

Debí obedecer a Sol.

Debí llevar todas las pruebas a la justicia.

He sido una niñata con demasiadas aspiraciones, con demasiadas expectativas. He sobrepasado mis posibilidades, he sobrepasado el límite que me había marcado y yo soy la única culpable de que ahora mismo mi vida esté en las manos de tres criminales.

—No voy a formar parte de esto —dice Gael, y a continuación oigo cómo sus pasos se alejan de donde estamos y maldigo que no haga algo más por protegerme.

—Te apartas en el peor momento, sigues siendo un puto cobarde sin capacidad de reacción. Ni siquiera sé cómo se te ocurrió poner la foto que hicimos esa noche en el puñetero mural de Jimena —le recrimina Brais—. Pero después de cuatro años te lo vuelvo a repetir: solo quiero tu silencio.

—Eso es lo único que tendrás. —La voz de Gael suena muy lejana, creo que ha empezado a subir las escaleras que llevan al primer piso de su casa—. Todos en mi clase dejaron algo en el mural, jamás pensé que una foto inocente fuese a remover el pasado.

—Puto inútil... ¡TODO VUELVE A SER TU CULPA OTRA VEZ! —grita para que Gael pueda escucharle desde la distancia. Sin embargo, no obtiene respuesta por su parte—. Cielo, puedes irte si no quieres verlo —le dice Brais a su pareja con un tono completamente diferente.

—Estoy contigo, amor.

Siento escalofríos por todo el cuerpo.

Escalofríos que me hacen abrir los ojos cuando noto que se acercan a mí.

Y entonces los veo, a escasos centímetros, observándome con todo el odio que unos ojos son capaces de reunir. Jamás me habían contemplado así, siento que sus miradas me atraviesan y me rompen en mil pedazos. Y si me hacen tanto daño es porque en ellas veo que van a hacer lo que han dicho, van a matarme.

Son las miradas de dos asesinos.

Miradas perdidas, miradas sedientas de sangre.

—Es una pena que te hayas despertado, ahora serás consciente de tu muerte —dice Brais apartándome un mechón de la cara.

Maldito psicópata.

Intento gritar, pero no emito ningún sonido.

Intento librarme de los agarres sin éxito.

No puedo hacer nada por salvar mi vida, estoy condenada.

—Lo siento mucho.

Brais se disculpa y después me tapa la boca y la nariz con su enorme mano. Voy a morir ahogada, al igual que Jimena. El oxígeno dejará de llegar a mis pulmones y perderé la consciencia para después perder la vida.

Noto cómo mi pulso aumenta, pero sé que es por el miedo que siento. Sé que mis latidos enseguida comenzarán a ir más lentos, tan lentos que acabarán por extinguirse. Me consuelo pensando que será indoloro, que será como dormirme después de un día muy largo.

—Lo siento mucho —repite Brais mientras sigue ahogándome.

No dejo de mirar sus ojos.

Quiero que recuerde mi cara el resto de su vida.

Quiero que vea mi rostro antes de dormirse, que lo vea en sus peores pesadillas y que también lo vea cuando abra los ojos.

Joder, qué triste.

Qué final más triste.

Pensé que podía conseguirlo, pensé que por fin había hecho algo de valor en mi miserable vida, pensé que era una heroína y que había encontrado el amor.

Y ahora ya no puedo ni pensar.

No tengo fuerzas.

Empiezo a verlo todo negro y vuelvo a perder los sentidos, uno por uno.

Ya no veo la cara de mis asesinos, ya no huelo el aroma del ambientador de jazmín de la casa de Gael, ya no siento la cuerda en mis muñecas.

Ahora solo escucho.

—Lo siento —repite Brais una vez más.

Y yo me pregunto si lo siente de verdad, me pregunto si estará disfrutando con mi muerte o si solo soy una carga que tiene que asumir para seguir manteniendo su tren de vida.

No quiero que lo último que mis oídos escuchen sea la voz del cerdo que llevó a Tom a la cárcel, no quiero que su asquerosa voz sea el último recuerdo que me lleve de este injusto mundo.

Ojalá pudiese escuchar por última vez mi canción favorita.

Ojalá escuchara por última vez la risa de Lía, los gemidos de Tom, los ladridos de mis perritas, que ahora se quedarán sin su madre.

Pero lo que escucho es la voz de Sol.

—¡POLICÍA! —grita.

Y oigo cómo tiran la puerta abajo.

28

Tomás

No sé cuántos días llevo en aislamiento, no sé cuántas horas he pasado aquí encerrado sin tener ni el más mísero contacto con la humanidad, no sé cuántos minutos llevo mirando estas cuatro paredes que parecen estar estrechándose y que quizá acaben aplastándome.

La parte física del castigo que supone el aislamiento es clara: la celda sin ventanas, el completo silencio. Pero la parte mental es sin duda la más dura: la soledad, no saber si es de día o de noche, preguntarte constantemente cuánto tiempo faltará para que te dejen salir, tomar cada día la misma comida y que los guardias encargados de dártela a través de la puerta no se dignen a dirigirte la palabra...

Y en mi caso hay algo que es lo que más daño me hace en el alma.

El recuerdo de Jose.

Pienso en él cada instante, rememoro lo sucedido una y otra vez en mi imaginación, grité y me golpeé a mí mismo sintiéndome responsable de su muerte. He perdido a la única persona que me importaba aquí dentro, al único hombre que me trató como un igual y que hizo que mi condena fuese más llevadera. Alguien que creyó en mí, que creyó mi versión, que veía en mí a un niño asustado y fuera de lugar, y no a un asesino sanguinario y merecedor de estar entre rejas.

Le quería como a un padre; de hecho, le quise mucho más que a mi propio padre. En cuatro años me demostró lo que significa tener una figura paterna, me entregó su amor y su sabiduría. Jose me dio infinitas lecciones y me aportó un rayo de luz en los días oscuros en los que pensaba que lo más sencillo era rendirme e irme de este mundo.

Gracias a Jose sigo vivo, porque fue él quien me dio fuerzas para continuar luchando cuando incluso yo creía que todo estaba perdido.

Y ahora está muerto.

Ha muerto por intentar defenderme, por esa manía suya de meterse entre matones creyéndose inmortal. Todos en el centro le respetaban, todos conocían su historia y le admiraban. Pero ni por eso se libró de la violencia que desprende cada metro cuadrado de este infame lugar, no se libró de ser una víctima más de la estúpida jerarquía que existe en esta cárcel.

Mientras lloraba su muerte lo único que aliviaba la pena era el pensamiento de que por fin se habría reunido con su amada mujer. Jose pertenecía a una familia muy cristiana, de esas que van a misa todos los domingos y tienen vírgenes decorando cada rincón de sus casas, por eso sus hijos vieron la empatía que tuvo con su mujer como un asesinato a sangre fría. Según sus férreas creencias, ella debía llegar por sí sola al final que Dios le había destinado; sin embargo, y a pesar de formar parte del mismo credo, Jose no podía permitir que su querida esposa siguiese sufriendo. Por eso, cuando le pidió que acabase con su dolor, Jose no se lo pensó dos veces.

Él me confesó que no tenía miedo de ser juzgado por Dios porque sabía que el Señor entendería su benevolencia y le dejaría reunirse con su amada en el reino de los cielos.

Yo soy agnóstico, no afirmo la existencia ni la inexistencia de ninguno de los dioses a los que gran parte de la humanidad sigue con pasión y fe, pero tengo clara una cosa: si Dios existe, si el Dios en el que creía Jose es real, le abrirá las puertas al paraíso y podrá descansar para la eternidad agarrado de la mano de su mujer.

Me sigo consolando con ese pensamiento.

Cierro los ojos y me los imagino juntos, amándose incluso más de lo que lo hicieron sobre la faz de la tierra. Quizá él esté viéndome ahora mismo, puede que ahora cuente con la ayuda de un ángel que velará por mí desde las estrellas.

Me río pensando en lo desesperado que debo de estar para pensar que Jose se ha convertido en mi ángel de la guarda. Joder, estoy perdiendo la cabeza y no sé cuántos días más me quedan dentro de esta jaula para ratas. Lo que sí sé es que, como la justicia no tome acciones severas contra el hombre que le arrebató la vida a mi mejor amigo, seré yo quien se tome la venganza por su propia mano.

No quiero volver a verle la cara a ese hijo de puta.

Cara que, por cierto, espero haberle dejado muy desfigurada.

Estos días también he pensado en Gabriela, en lo preocupada que debe de estar si se ha enterado de lo sucedido. Estoy seguro de que me habrá escrito o habrá intentado venir a verme. Nuestra investigación estaba alcanzando su punto álgido y la he dejado sola en el momento más peligroso y crucial. Es muy frustrante no poder comunicarme con ella, quisiera explicarle lo sucedido con mis palabras, me encantaría poder desahogarme y usar su hombro como paño de lágrimas.

Me levanto y camino en círculos, estiro las piernas y también los brazos. Hago algunas sentadillas y varias flexiones para mantener el cuerpo activo, para hacerle llegar algo de sangre a mis atrofiados músculos. Llevo días sin moverme, los dos primeros estuve acostado en el fino colchón esperando a que las horas pasasen y solo me levanté para coger las bandejas de comida.

Y, si mis cálculos no son erróneos, que podrían serlo debido a que estoy muy desorientado y no tengo forma de medir el tiempo, los pasos que escucho en la lejanía deberían traerme la comida del séptimo (o puede que sexto) día.

Sin embargo, me sorprende ver que la pequeña rendija que tiene la puerta no se mueve. El guardia está metiendo la llave en la cerradura principal, aquella que abre la celda de castigo. ¿Se habrá acabado mi aislamiento? Creía que duraría entre tres y ocho días más. Es demasiado pronto, no tiene sentido que vayan a liberarme y tampoco lo tiene que estén abriendo la puerta con otro propósito. Si antes estaba desubicado, ahora estoy desubicado y confuso.

—¿Qué pasa? —le pregunto al guardia entrecerrando los ojos. La claridad que ha entrado cuando ha abierto la puerta me ciega por completo, llevo como una semana sumido en una semioscuridad a la que ya estaba acostumbrado.

—Tomás... Debes acompañarme.

No sé cómo interpretar el tono que usa para dirigirse a mí. El guardia no emplea ese tono autoritario que siempre utilizan para hacernos sentir como sus esclavos, tampoco es chulesco y ni siquiera diría que fuese indiferente. En cierto modo ha sonado hasta amable, algo que me extraña sobremanera.

—¿Adónde vamos? —le pregunto saliendo de la celda. Puede que esté extrañado ante esta situación, pero no pienso quedarme ni un segundo más dentro de ella si por la razón que sea me dejan salir.

El guardia cierra la que ha sido mi casa estos días, se guarda el manojo de llaves en el bolsillo y comienza a caminar hacia el pasillo que tenemos delante.

—¿No me vas a poner las esposas? —vuelvo a preguntar todavía más sorprendido. Por protocolo deben esposarnos siempre que vayamos a ser trasladados a otras alas del centro.

—No será necesario —responde dándose la vuelta para sonreírme.

¿Qué cojones está pasando?

¿Me ha sonreído? ¿El guardia que ayer se divertía escupiéndome en la comida? ¿El guardia que no se dignó a pronunciar ni una sola palabra? Algo ha pasado durante estos días y quiero saber inmediatamente el qué.

Caminamos durante unos diez minutos hasta llegar al despacho del director de la prisión; por el camino, varios guardias me han dedicado sonrisas y uno incluso se ha atrevido a darme dos pequeños golpes amistosos en el hombro. ¿Será por cómo defendí a Jose tras su muerte, admirarán el comportamiento que tuve a pesar de que por protocolo tuvieron que castigarme? Esa es la única razón que veo posible.

—Te está esperando dentro, yo me quedaré aquí —me comunica el guardia que me ha acompañado deteniéndose en la puerta.

Estoy tan desconcertado que noto cómo el corazón comienza a latir más rápido, creo que mi cerebro necesita un chute de sangre para conseguir más energía y tratar de entender lo que está sucediendo. La incertidumbre que siento me pone nervioso, y, si la añadimos al cóctel de emociones de los últimos días, puede que termine dándome un síncope. Estoy especialmente sensible, muy vulnerable. Estoy pasando un luto y, sea lo que sea lo que me espera tras esta puerta de pino, creo que no estoy en condiciones de asimilarlo.

—Tomás, son buenas noticias —me susurra el guardia al ver que estoy paralizado.

Su confirmación no calma mis nervios, pero aún con las manos temblorosas giro el pomo y entro en el despacho. No quiero alargar más el sufrimiento que supone la duda.

Cuando me ve, el director se levanta como un resorte.

—Hola, Tomás. Siéntate, por favor —dice señalando la silla que está al otro lado de su ancho escritorio. Él también parece estar nervioso y ese dato se une a la lista, cada vez más larga, de cosas que no comprendo—. Ten, te he pedido un vaso de agua —añade ofreciéndomelo.

Tomo asiento y me bebo hasta la última gota.

—¿Cuántos días llevo en aislamiento?

—Hoy era el octavo de los quince días de castigo —responde; he estado cerca de atinar—. Sentimos mucho la pérdida de Jose, quiero que sepas que su asesino ha sido trasladado a otra cárcel y será sometido a un juicio rápido en el que se aumentará su condena unos veinte años.

Siento cierto alivio al escucharle, por lo menos parece que se hará justicia.

—¿Por qué estoy aquí? —pregunto rompiendo el silencio que se ha creado en la habitación. Era él quien quería hablar conmigo, pero parece que le ha comido la lengua el gato.

En su expresión veo lo difícil que le resulta decir lo que sea que tiene que contarme, tiene la cara que se les queda a los médicos cuando deben comunicar a los familiares que un paciente ha muerto. Me pregunto por qué está tan compungido si según el guardia lo que tenía que transmitirme era una buena noticia.

—Verás, Tomás... No sé ni por dónde empezar.

—Por el principio —digo con autoridad. No quiero que me maree, mi estado anímico está por los suelos y necesito que sea claro y directo conmigo. No estoy en condiciones para ponerme a leer entre líneas o descifrar indirectas.

—Quiero que te tomes esto con tranquilidad, responderé a todas tus cuestiones y te explicaré todo lo que sé, pero mantendremos esta conversación con calma. Tenemos todo el tiempo del mundo para hablar sobre lo ocurrido y sobre lo que sucederá a partir de ahora. ¿Lo has entendido?

Asiento.

Tengo los músculos de la garganta demasiado tensos como para responder.

—Tu condena termina hoy, fuiste juzgado injustamente y los verdaderos responsables de la muerte de tu hermana han testificado admitiendo todos y cada uno de sus crímenes. El Estado te ofrecerá una compensación económica por la denigración de tu imagen, los años que has cumplido en prisión y las secuelas que te habrá dejado todo lo sucedido.

Me cuesta creer que sus palabras sean ciertas, me cuesta creer que no estoy soñando dentro de esa celda minúscula en la que estaba encerrado hace unos minutos. Me cuesta creer que, después de cuatro años en el peor de los infiernos, se haya hecho justicia.

No puede ser.

No es posible.

—Gael Mariño, Brais Vilaboa y Alexia Moreno han sido detenidos por el asesinato de Jimena Méndez Puga y el juicio no se demorará puesto que los tres han confirmado su culpabilidad.

Cuando escucho el nombre de mi hermana comienzo a llorar. Lloro de rabia, de impotencia, de rencor. Lloro porque no pude hacer nada por evitar su muerte, porque me culparon de asesinarla cuando yo habría dado mi vida por ella. La quería, la quería muchísimo.

—¿Qué pasó? ¿Por qué la mataron? ¿Qué ocurrió? —pregunto intentando serenarme. Quiero escuchar con claridad la respuesta a mis preguntas, quiero despejar la incógnita en la que llevo años pensando.

—Según las diligencias del juicio, la noche del asesinato Jimena se había quedado en casa tras cenar, pero no fue así. Fue a una reunión en casa de Gael, y este, sin conocer su alergia a los frutos secos, preparó una tarta con cacahuetes. Tu hermana sufrió un shock anafiláctico, se quedó sin respiración y murió ahogada sin que ninguno de los tres hiciera nada por intentar ayudarla.

Siento un enorme vacío en mi pecho, tan profundo que dudo que algún día pueda llenarse de nuevo. Saber que mi hermana murió agonizando ante las miradas de aquellos que consideraba sus amigos… ¿Por qué no llamaron a urgencias, por qué no avisaron a la policía? ¿Por qué tuvieron que inculparme y complicar tanto las cosas?

Ahora mismo quiero levantarme y tirar esta mesa por el aire, romper la silla en la que estoy sentado contra el suelo, estrellar el vaso contra la pared y gritar tanto que me escuchen todos los reos de este asqueroso lugar.

Pero me quedo inmóvil.

Callado.

Mi mente y mi cuerpo están desconectados.

—Brais Vilaboa no quería verse envuelto en una polémica que afectaría gravemente a la empresa de su familia y que sin lugar a dudas acabaría con el contrato que estaba a punto de firmar con tu padre, así que se le ocurrió dejar el cadáver de Jimena en su cama e inculparte a ti —me explica convirtiendo la parálisis que sentía en pura rabia.

El mundo de los ricos, el mundo de las apariencias y del miedo a fallar y a no ser suficiente. El miedo a perder acciones, a perder contratos, a perder dinero. Todos acaban convirtiéndose en monstruos, en monstruos capaces incluso de matar.

Brais podría haber llamado a la policía, explicar que mi hermana era alérgica y que no les dio tiempo a frenar su ataque. Pero él no podía correr el riesgo de ser incriminado por omisión del deber de socorro, no podía correr el riesgo de ser investigado y de convertirse en el responsable de perjudicar la empresa de su padre.

—Hay algo más que debes saber —añade respirando hondo—. Pero lo que te voy a contar será muy difícil de asimilar, Tomás. Si quieres ir a descansar y que dosifiquemos la información, no habrá probl…

—No —le interrumpo sin pensármelo dos veces—. Quiero saberlo todo.

¿Qué más puede decirme? No creo que exista información que pueda romperme más los esquemas. Estoy completamente destruido, pero, si aún debo recibir un balazo más, quiero que sea ahora.

—Tu padre también ha sido detenido y dentro de cuatro días será encarcelado junto con Gael, Brais y Alexia —dice sin mirarme a los ojos.

—¡¿Mi padre?! —exclamo sin ser capaz de procesar lo que acaba de decirme—. ¿Por qué iban a detener a mi padre?

—Tu padre pilló a Brais y a Alexia dejando el cadáver de Jimena en su cuarto.

Frunzo el ceño, estoy tan perdido que siento que me está hablando en otro idioma. Nada de lo que está diciendo tiene sentido, nada.

—Al día siguiente tu padre iba a firmar un contrato millonario con la empresa de la familia de Brais —me aclara—. Brais le amenazó, tras meses con tu hermana y visitando la casa, tenía pruebas más que suficientes para dinamitar su empresa más importante. Correos electrónicos que sustrajo de vuestros ordenadores, mensajes en los que se admitían abusos laborales y sobornos policiales… Le amenazó diciendo que haría todo eso público.

Ya no tengo fuerzas para seguir llorando.

Ni siquiera tengo fuerzas para sostenerme erguido sobre la silla en la que estoy sentado.

—Tu padre cedió y aceptó inculparte e hizo todo lo posible para que el juicio fuese rápido y corto. Sus secretos le importaban más que tú, chico. Lo siento muchísimo —dice mostrando una profunda lástima por mí.

Una última lágrima cae por mi mejilla.

Una lágrima roja.

29

Tomás

Tardé dos días en procesar toda la información.

Ese primer choque con la realidad resquebrajó mis cimientos, destruyó partes de mí que ni siquiera sabía que existían y extinguió por completo la ilusión que tenía por que se descubriese la verdad.

No me malinterpretéis, me alegro de que se haya hecho justicia y me alegro todavía más de recuperar el honor que perdí cuando hace cuatro años dictaminaron que era un asesino... Pero la verdad ha sido más dura de lo que imaginaba y sigo dándole vueltas una y otra vez a lo que sucedió realmente la noche que murió mi hermana.

Saber que podría haberse evitado, que su muerte fue absurda y que mi padre formó parte del complot que montaron para incriminarme y lavar sus sucias manos ante la justicia... Saber que mi propio padre me dio la espalda, que mi propio padre decidió priorizar el dinero antes que la vida de su hijo, que decidió no respetar la memoria de mi hermana y dejar que las personas que la dejaron morir y denigraron su cadáver siguiesen con sus vidas como si nada hubiese pasado.

Jimena estaría removiéndose en su tumba, solo espero que desde donde quiera que esté pueda ver que por fin se ha hecho justicia y descanse en paz.

Tras conocer todos los detalles, le pedí al director del centro penitenciario que me dejase seguir un par de días en prisión. Necesitaba procesar lo que había ocurrido desde un sitio en el que estuviese cómodo, y, aunque odio este lugar con toda mi alma, no me veía preparado para digerir una información tan dolorosa en el exterior.

Llevo cuatro años aquí encerrado, con la misma rutina cada día, viendo las mismas caras, las mismas paredes, la misma comida... Salir al mundo real será otro choque fuerte y abrupto, por lo que estar rodeado de miles de estímulos nuevos no me parecía la mejor idea para intentar aceptar lo que pasó.

No me devolvieron a mi celda, me cedieron una de las habitaciones en las que los guardias descansan cuando tienen turnos muy seguidos y me ofrecieron todo tipo de comodidades. Me preguntaron qué me apetecía comer, si quería llamar a alguien, si necesitaba ayuda psicológica... A lo primero respondí que quería una buena hamburguesa, con su ración grande de patatas fritas y un refresco tan gigantesco que no pudiese terminármelo, tal y como le había dicho a Jose. A lo segundo dije que no; pensé en llamar a Gabriela, pero no tenía su número y no me pareció buena idea hablar con ella sin antes serenarme y apaciguar mi furia interior. También rechacé lo tercero, lo único que quería era estar solo para tratar de entender mi nueva y extraña realidad. Soy consciente de que tendré que ir a terapia, pero antes de hacerlo prefiero intentar afrontar la situación por mí mismo.

El primer día estuve en completo silencio luchando contra todos esos fantasmas que trataban de arrebatarme la poca cordura que me quedaba. Devoré la hamburguesa y hasta chupé el queso derretido que se deslizaba por mis dedos.

Y lloré, lloré mucho. También grité y, aunque procuré dormir para intentar desconectar, no logré pegar ojo.

El segundo día decidí encender la tele que había en el cuarto. En prisión teníamos una sala donde a veces ponían películas o nos dejaban ver las noticias, de esta forma nos enterábamos cuando un reo muy polémico entraba en el centro y sabíamos qué crímenes había cometido. No sé hasta qué punto esto era beneficioso, pero supongo que el Estado no puede quitarnos el derecho a saber lo que sucede en nuestro país. Hice zapping durante un rato, y entonces apareció Gabriela.

Nada más verla me levanté del colchón sobre el que estaba sentado y me acerqué a la pantalla. Estaba guapísima, más maquillada de lo normal y con una camisa formal que aportaba seriedad a su rostro. Los primeros segundos solo pude fijarme en ella, en esos ojos que añoraba ver y en esa tez pálida enmarcada por el cabello oscuro. Pero, tras un instante de ensimismamiento, fui consciente de lo que estaba contemplando.

Gabriela estaba dando una entrevista en uno de los canales con más audiencia de la televisión nacional. Agarraba el micrófono con fuerza y contestaba a las preguntas con serenidad y profesionalidad. Su voz sonaba diferente, parecía la de una locutora de radio y ya no tenía ese acento gallego que se le había pegado tras unos años viviendo en Santiago. De hecho, no tenía ningún acento, hablaba en un español neutro y bien pronunciado que conseguía traspasar la pantalla y embaucar por completo al oyente.

El presentador desde plató le preguntaba sobre un artículo que ella había publicado, un artículo que sembró el caos y que había tenido muchísima repercusión. Entonces empezaron a proyectar imágenes del titular, de partes del reportaje, de las fotos utilizadas para dar contexto... Y a mí se me volvió a caer el mundo encima.

—Tú conociste en persona a Tomás cuando aún era un asesino para toda España. ¿Cómo reuniste tanto valor como para encontrarte con él? —le preguntó el presentador.

—Mi intención era redactar un artículo sobre las injusticias que se llevan a cabo bajo el Código Penal de nuestro país y dar un ejemplo que convenciese al público de lo necesaria que es una reforma en el sistema judicial español —respondió Gabriela, helándome la sangre—. Tenía muy claro mi objetivo y sabía que debía arriesgarme si quería conseguir declaraciones convincentes.

—Tomás se negó a ofrecer entrevistas durante años... ¿Cómo conseguiste acercarte a él y lograr que hiciera declaraciones?

—Creo que fue mi enfoque periodístico lo que le gustó, pero ambos terminamos forjando una amistad que iba más allá de la investigación acerca de su inocencia.

¿Su enfoque periodístico?

No necesitaba ni quería escuchar más.

Sintiéndome traicionado, todavía más si es que eso era posible, apreté el botón que apagaba el televisor y arrojé el mando contra la pared haciendo que se rompiese en mil pedazos.

Gabriela no solo me había ocultado información, sino que también me mintió a la cara cuando tuvo la oportunidad de ser sincera. Me engañó y me utilizó en beneficio propio. Mientras yo pensaba que nuestros encuentros eran sinceros y que no había nada más allá de un sentimiento de atracción, ella se encargaba de transcribir todo lo que le decía para preparar el reportaje que la catapultaría a la fama.

Qué estúpido y qué ingenuo había sido.

¿Qué chica iba a perder su tiempo en escribirle a un reo si no era para conseguir algo a cambio? ¿Cómo pude no ver que tras su fingida intención de conocerme estaba sonsacándome testimonios? ¿Tan ciego estaba?

El segundo día también lloré.

Y grité muchísimo.

Me sentía devastado. Ella era lo único que me quedaba y ahora se había convertido en un clavo ardiendo que tenía que soltar porque su recuerdo me quemaba de tal forma que abrasaba cada parte de mi cuerpo.

¿Merecía la pena salir ahí fuera? ¿Podría empezar una nueva vida desde cero después de todo lo vivido? ¿Quién era Tomás Méndez Puga? ¿En quién me habían convertido los traumas sufridos? ¿Algún día llegaría a superar la muerte de Jimena? ¿Podría pasar página o era mejor rendirse y acabar con el sufrimiento cuanto antes?

Al final del segundo día pensé en terminar con mi vida.

En huir de la complicada situación que se presentaba ante mí y reunirme con mi hermana y con Jose. Estaba tan confundido, tan perdido y asustado que por un momento creí que la mejor opción era rendirme para así no tener que enfrentarme a todas esas preguntas para las que no tenía respuesta.

Pero el tercer día comprendí que no podía hacer eso.

No podía rendirme cuando estaba a punto de cruzar la línea de meta, no podía agachar la cabeza cuando después de tantos años por fin me habían colocado en el lugar que me correspondía: en el lugar del inocente, en el lugar de la víctima, en el lugar del afectado. No había pasado cuatro años soñando con este momento para ahora renunciar a él. Debía salir de mi caracola y defender el recuerdo de mi hermana.

Así que ahora mismo, en este tercer día, estoy a punto de cruzar la puerta de la cárcel que acabó con el Tomás que creía ser. Hoy soy otra persona, un Tomás completamente diferente, y con cada paso que doy me acerco más a una nueva versión de mí.

—Lo siento mucho, Tomás —dice el director del centro dándome un abrazo sincero. Se lo devuelvo porque él siempre me ha tratado bien, porque siempre ha sido objetivo y admiro la profesionalidad con la que actuó en todo momento—. Espero que algún día consigas olvidar esta etapa de tu vida, espero que seas feliz.

—Jamás la olvidaré —respondo—, pero aprenderé a vivir con ella.

—Ten —añade acercándome una mochila cargada de los objetos personales con los que ingresé en prisión—. Buena suerte, chico. Los guardias te acompañarán hasta el coche que te llevará a tu casa, hay mucha prensa sedienta ahí fuera —añade dándome dos palmadas en la espalda.

Asiento y tras colocarme la mochila, que apenas pesa, abro la puerta metálica que jamás pensé que llegaría a traspasar. Entonces miles de flashes me ciegan, entrecierro los ojos e intento tapármelos con la mano.

—¡Tomás, aquí, por favor!

—¡Tomás!

—¡Tomás, eres libre! ¿Cómo te sientes?

—¡Tomás! ¿Te esperabas esta resolución final del crimen?

—¡Tomás, mira aquí, por favor!

—¡Tomás, Tomás!

—¿Te reunirás con Gabriela?

—¿Adónde irás ahora?

—¿Te asusta tu nueva vida?

—¡Tomás! ¿Quieres ofrecernos tus primeras declaraciones?

Gritos, muchísimos gritos. Micrófonos por todas partes, cámaras gigantescas que me enfocan y a las que intento evitar. Mi nombre por todas partes, periodistas asquerosos corriendo detrás de mí e intentando esquivar a los guardias que me escudan.

—¡Tomás! ¿No tienes nada que decirles a los asesinos de tu hermana?

—¡Tomás, Tomás!

—¡Tomás, tu padre también ingresará en prisión!

—¡Las empresas de tu familia están bajando en bolsa!

—¡Tomás, mira hacia esta cámara!

El camino hasta el coche se vuelve eterno, larguísimo, tanto que parece estar a diez kilómetros de distancia cuando en realidad solo tenía que cruzar la calle. Quieren que les dé un titular jugoso, en realidad quieren que les dé cualquier cosa, pero no pienso pronunciar ni una sola palabra.

—¡Mirad, es ella! ¡Grabadla, Grabadla!

—¡Gabriela! ¡Gabriela!

—¿Sois pareja?

—¡Gabriela, por favor!

Cuando dejan de pronunciar mi nombre para llamarla a ella, comienzo a buscarla entre el gentío. Me cuesta encontrarla, no es muy alta y los periodistas se ciernen a su alrededor como bichos que buscan algo de luz en la oscuridad, pero cuando por fin la encuentro tiro de su brazo para acercarla a mí.

—Sube al coche —le susurro.

Ella asiente y cuando abro la puerta del vehículo entra en él antes que yo. Los periodistas aporrean el coche, nos piden que bajemos las ventanillas, golpean los cristales con las espumas de sus micros.

—Acelere, por favor —le suplico al conductor, que no sabe muy bien qué hacer—. ¡ACELERE! —exclamo perdiendo la paciencia. Necesito salir de aquí, he de alejarme de todo esto.

El pitido que emite el coche consigue asustar a los periodistas, que se alejan un poco y permiten que el conductor pueda llevar a cabo su trabajo. Por el parabrisas trasero veo que algunos se han subido en sus coches para intentar seguirnos.

—Despístelos, por favor.

—Todos saben que le llevaré a su casa.

—Pues no iremos a mi casa —respondo masajeándome las sienes. Esto está siendo demasiado para mí. Noto cómo gotas de sudor comienzan a caer por mi rostro; hace mucho calor aquí dentro, muchísimo.

—¿Y dónde quiere que los lleve? —pregunta mirándonos por el retrovisor.

—Podemos... Podemos ir a mi piso —propone Gabriela dándome una solución que no me agrada demasiado aceptar.

Decidí ir a mi casa porque no tenía otro lugar al que dirigirme. Allí me estaría esperando mi madre, que supuestamente no sabía nada sobre la participación de mi padre en mi incriminación y que según el director del centro penitenciario deseaba hablar conmigo con la intención de mostrarme su pesadumbre y pedirme perdón.

Acepté porque no tenía otra opción, y, aunque la propuesta de Gabriela no me guste demasiado, es infinitamente mejor que volver al lugar donde mi infierno comenzó.

—Vale —accedo evitando hacer cualquier tipo de contacto visual con ella.

Gabriela le da su dirección al conductor, que tras despistar a los coches que llevamos detrás y conducir casi una hora, nos deja en un piso cerca del centro de Santiago. El silencio que se instala entre nosotros nos persigue hasta que entramos en su casa, donde se rompe por los ladridos de sus perras.

—¿Quieres tomar algo? ¿Un vaso de agua? —me pregunta con una timidez que no era normal entre nosotros. Sin embargo, ambos sabemos que todo ha cambiado.

—Sí, gracias —contesto sentándome en el sofá.

Gabriela va hacia la cocina y en menos de un minuto vuelve con dos vasos de agua y algo de bollería industrial. Ella toma asiento a mi lado, pero no dice nada, así que soy yo el que empieza la conversación que ambos sabíamos que llegaría tarde o temprano.

—Tenemos que hablar, Gabriela —sentencio mirándola a los ojos por primera vez desde que la separé de la jauría de periodistas.

—Lo sé —responde devolviéndome la mirada.

30

Tomás

—Yo… Yo quería decírtelo, Tom. —La voz de Gabriela suena frágil, tan frágil que parece que en cualquier instante podría ponerse a llorar. En otras circunstancias me rompería el corazón escucharla, pero ahora mismo estoy demasiado enfadado como para mostrar un mínimo de empatía por ella.

—¿Y por qué no lo hiciste? ¿Por qué decidiste engañarme hasta el último momento, Gabriela? —le pregunto levantándome del sofá.

—¡No quería perderte, Tom! —exclama levantándose también—. Había leído que odiabas a los periodistas, rechazaste cientos de entrevistas… Me asustaba tu reacción, me asustaba que no quisieras saber nada más de mí.

Sus ojos se llenan de lágrimas, pero consigue retenerlas antes de que empiecen a rodar por sus mejillas. Está nerviosa, mueve mucho las manos y no es capaz de mantenerme la mirada durante más de tres segundos.

—Me arrebataste la posibilidad de elegir, me ocultaste información privándome de mi derecho a decidir qué hacer —digo intentando no elevar demasiado el tono de voz—. Fuiste egoísta, fuiste cobarde y fuiste una mala persona al publicar ese artículo sin tener mi consentimiento.

Gabriela no es capaz de seguir aguantando las ganas de llorar y dos regueros silenciosos parten de sus lagrimales.

—Lo sé —susurra clavando la mirada en el suelo—. Antepuse mi ambición a todo lo demás.

—Antepusiste tu ambición a mí, Gabriela.

—El artículo detalla lo que realmente pasó, cuenta cómo logramos llegar a las conclusiones que ayudaron a desenmascarar a los verdaderos culpables y ha conseguido que toda la opinión pública esté a tu favor —me explica tratando de hacerme entender que, aunque lo que hizo está mal, el resultado final ha sido beneficioso para mí.

—Me da igual —respondo con rotundidad—. Me da igual lo que ponga en ese artículo, me da igual lo que la gente opine, me dan igual los titulares, las fotos, los debates, las tertulias… Yo nunca he querido formar parte del circo mediático de este país, por eso jamás he aceptado una entrevista.

—Tom… El reportaje era muy importante para mí a nivel profesional. Trabajaba como una estúpida becaria maquetando noticias de otros, no me dejaban escribir mis propios artículos y decidí que tenía que dar un golpe sobre la mesa —me aclara intentando tomar mis manos; sin embargo, yo doy un paso atrás para evitar su contacto—. Si quería que mi voz se escuchase, tenía que conseguir una noticia provocadora, algo que resquebrajase los pilares de la sociedad e hiciera a los lectores plantearse cosas que jamás pensaron que se plantearían.

—¡Yo te habría dado permiso, Gabriela! —exclamo—. Si me lo hubieses explicado, si hubieras sido sincera conmigo…, yo habría sido el primero que hubiese querido ayudarte —me sincero dejándome caer de nuevo en el sofá. No tengo fuerzas para seguir de pie, el cansancio mental que arrastro desde hace días me tiene muerto en vida.

—No quería perderte, Tom —repite mientras se sienta a mi lado—. Sabía que tarde o temprano llegaría este momento, pero lo alargué todo lo que pude porque no me veía preparada para decirte la verdad.

—¿Y cuál es la verdad, Gabriela? —la interrogo girándome para verla mejor—. Dime cuál es tu verdad.

—La verdad es que escogí un preso al azar y acabé enamorándome de él.

El silencio que sigue a sus palabras lo envuelve todo y consigue crear una ventana de sosiego, disipando la tensión que había surgido entre los dos. La miro fijamente y no veo un atisbo de mentira en sus pupilas, que ahora no se despegan de las mías y buscan demostrarme que es sincera.

—Me enamoré de ti cuando ni siquiera estaba segura de que eras inocente. Me enamoré de ti y pasaste a ocupar cada segundo de mis días, pasaste a ocupar la totalidad de mi pensamiento —continúa, intentando tomar mis manos de nuevo. Esta vez, dejo que las alcance y ella las aprieta con fuerza entre las suyas—. Me devolviste las ganas de vivir, me devolviste la esperanza en mi trabajo, me devolviste todo lo que pensaba que jamás podría volver a tener. Al principio te mentí deliberadamente porque no pensaba que llegaras a ser una persona trascendental en mi vida, lo admito. Pero cuando empecé a notar mariposas en el estómago cada vez que veía un mensaje tuyo en la bandeja de entrada, cuando las piernas comenzaron a temblarme la primera vez que nos vimos, cuando mi mente no paraba de recrear una y otra vez todas las escenas que vivimos juntos...

Gabriela hace una pausa para llevar mis manos a su pecho, al lugar que ocupa su corazón.

—Cuando fui consciente de que eras la persona más especial que había conocido jamás, comprendí que debía decirte la verdad porque merecías saberla. Pero... simplemente no fui capaz, Tom.

—¿La química que había entre nosotros era real? —le pregunto.

—Es lo más real que he sentido nunca, Tom —responde comenzando a llorar de nuevo.

—¿Me ocultaste algo más? Sé sincera, Gabriela —vuelvo a preguntarle mientras mi dedo pulgar barre las lágrimas de su tez.

—No, te lo prometo —contesta negando con firmeza—. Pero también he de decirte que no me arrepiento. Sé que estuvo mal, porque prioricé mi objetivo y no dejé que el amor que sentía y siento por ti me cegase. Arriesgué mi vida por ese artículo, arriesgué mi puesto de trabajo y mi reputación como periodista. Lo arriesgué todo, Tom.

Entiendo su punto de vista. Al fin y al cabo, ella ha publicado un gran reportaje y yo le debo mi libertad. Lo que hizo no estuvo bien, me engañó y me mintió, pero Gabriela se merece todo el éxito que ha generado su artículo.

—¿Tu amor por mí... es real? —digo intentando centrarme en lo verdaderamente importante.

—Es real, es fuerte y es imparable.

Tras escucharla y no encontrar en sus palabras una pizca de falsedad, decido dejar caer los muros que yo mismo había construido para separarnos y me lanzo a estrecharla entre mis brazos.

—Te quiero, Tom —murmura contra mi pecho—. Perdóname.

Decido no responderle con palabras y la beso con pasión, con la energía de la rabia ya consumida que quedaba en mi interior. Entonces recuerdo las ganas que tenía de estar con ella, de estar dentro de ella. Gabriela se sienta sobre mi regazo y yo apoyo las manos en su cintura para apretarla contra mi torso, no quiero que haya ni el más mínimo espacio entre nuestros cuerpos.

Los besos se vuelven más intensos, más húmedos y profundos. Mi lengua juega con la suya y mis dientes consiguen atrapar su labio inferior. Gabriela suelta un pequeño gemido y comienza a moverse sobre mí, sus movimientos de cadera no tardan mucho en conseguir que el bulto en mis pantalones se vuelva cada vez más grande. Sé que ella lo estará notando en su entrepierna, y por su cara de placer absoluto también sé que este roce la está volviendo loca.

—¿Dónde está tu habitación? —susurro mientras mis manos ascienden por el interior de su camiseta hasta encontrar sus firmes pechos. Pellizco los pezones, que ante mi contacto se endurecen.

—Al fondo del pasillo… —musita apoyando su frente sobre la mía.

Sin dejar que se despegue de mí, me levanto del sofá sosteniéndola en mi regazo. Su cuerpo es tan pequeño comparado con el mío que no me cuesta nada llevarla hasta el dormitorio. La dejo caer sobre el colchón con delicadeza y me pongo sobre ella, su rostro está enrojecido, pero no de vergüenza, sino por el goce que está sintiendo.

Tiro de su camiseta hacia arriba y ella levanta los brazos para que pueda quitarla con facilidad. Me paro unos segundos a contemplar sus pechos, su ombligo, el inicio de sus caderas… Su cuerpo pálido y suave, tan suave que parece hecho de algodón, se presenta ante mí como el mejor de los manjares. Quiero devorarla, degustar cada una de las partes que la forman, quiero perderme en el olor dulce que desprende su piel.

—Sigue, Tom —me implora retorciéndose debajo de mí. Me he quedado congelado observándola, alargando su tortuosa llegada al clímax final—. Por favor.

Obedezco sus órdenes y comienzo a besarle el abdomen hasta llegar al comienzo del pantalón; ella enseguida se despega de la cama para facilitar mi empeño. Tiro de él hacia abajo pero con cuidado de que el tanga se mantenga en su sitio. Gabriela baja las manos para deshacerse de él, pero yo se lo impido sujetándolas contra el colchón.

—Shhh, estate quieta… —murmuro empezando a besar su clítoris por encima de la tela—. Me he imaginado demasiadas veces este momento, Gabriela. Quiero llevarte hasta el límite, quiero excitarte todo lo que pueda antes de entrar dentro de ti, quiero que te mojes más, que solloces más, que gimas más… Quiero volverte loca —digo en voz baja mientras, con muchísimo cuidado, muerdo su clítoris.

—Aaah… —grita presa del placer.

—Joder… Estás empapada… —susurro al comprobar lo húmeda que está la tela del tanga. Decido apartarla y dejarla sobre su ingle para que mi lengua pueda jugar con su punto de placer. Comienzo a absorber su rosado clítoris, consiguiendo que se hinche todavía más, y después trazo círculos sobre él con la punta de la lengua. Veo cómo Gabriela se agarra a las sábanas con fuerza, y cuando sus piernas se ponen a temblar entiendo que está a punto de correrse, por lo que meto un dedo en su vagina para ayudarla a llegar a ese éxtasis absoluto. Chupo y muevo el dedo sin parar ni un segundo, intentando hacerlo cada vez más rápido.

—¡No pares, Dios mío, no pares, Tom! —grita a pleno pulmón. Probablemente los vecinos la hayan escuchado, pero a los dos nos da completamente igual.

Introduzco otro dedo y acelero el ritmo todo lo que puedo.

—¡SÍ, SÍ, SÍ! —exclama despegando la lumbar del colchón. Mis manos agarran su culo con fuerza para evitar que se separe de mí; a veces cuando llega el momento del orgasmo algunas mujeres tienen espasmos que las hacen alejarse y no quiero que su clítoris se despegue de mi boca ni un solo instante. Quiero hacerla explotar y saborear su corrida.

Mi boca no tarda en llenarse de su jugo, se corre tanto que hasta las sábanas se humedecen. Gabriela lo nota, porque enseguida levanta la cabeza para ver lo que ha sucedido.

—Joder, lo he empapado todo… —dice avergonzada—. Nunca… Nunca me había pasado.

—Gabi, es normal —susurro volviendo a colocarme sobre ella—. Se llama eyaculación femenina.

—Sí, sé lo que es, pero… nunca me había ocurrido.

—¿Quieres parar?

—No, claro que no —responde echando mi cuerpo hacia un lado para colocarse encima—. Ahora me toca a mí —añade quitándose la ropa interior que le quedaba y lanzándomela a la cara.

—Joder… —digo entre dientes quitándome la camiseta.

Ella no tarda en despojarme de los pantalones, su mano tampoco se demora en ponerse alrededor de mi pene erecto. Lo agarra con determinación mientras clava esos enormes ojos verdes en los míos. Con la otra mano me acaricia los testículos con suavidad y empiezo a sentir un calor tan abrasador en mi interior que me cuesta hasta respirar.

Gabriela escupe sobre mi miembro y se lo introduce en la boca, sus gruesos labios rodean la punta de mi polla mientras su mano sigue masturbándome. No puedo dejar de verla, es tan sensual y sus movimientos están tan coordinados que siento que podría correrme en cualquier momento.

—Métela ya… Por favor —le pido deseando sentir el calor de su cuerpo. En cambio, Gabriela coge aire y procede a meterse mi pene hasta el fondo de la garganta—. JODER, JODER… —grito cuando lo hace de manera continuada.

Llevo una mano a su nuca y agarro su pelo; si sigue así conseguirá que eyacule y no quiero hacerlo antes de estar en su interior. Sin embargo, siento tal placer que no soy capaz de decirle que pare. Jamás había experimentado una satisfacción tan grande, incluso podría decir que siento una especie de dolor placentero al intentar retener las ganas que tengo de correrme en su boca.

—Gabriela… —susurro viendo cómo me observa desde abajo. Por la comisura de sus labios caen unas espesas gotas de saliva.

—¿Qué quieres? —pregunta.

—Fóllame —le respondo deseando que cumpla mi orden.

Con el dorso de la mano se limpia la boca y a continuación se sienta sobre mí. Verla así es algo indescriptible, siento que jamás podré olvidar la forma de su cuerpo, tan proporcionado y delicado, sobre el mío, tan tosco y musculado.

Gabriela agarra mi miembro y lo introduce en su interior mientras yo siento mil descargas de placer. Empieza a moverse lentamente, haciendo eses con la cadera, y me muerdo el labio tratando de contener las ganas que tengo de aumentar la velocidad. Acaricio sus pechos, su cintura... La acaricio con delicadeza tratando de guardar nuestra primera vez en mi recuerdo para la posteridad.

—Hazme el amor, Tom —susurra.

Entonces la giro y me coloco encima.

—Lo haré todas las veces que me lo pidas —respondo besándola y sin dejar de penetrarla.

No tardamos mucho en corrernos juntos. Ambos gritamos, Gabriela araña la piel de mi espalda y yo me dejo caer sobre ella teniendo cuidado en no aplastar su cuerpo. Nuestros pulmones cogen y expulsan aire a una velocidad apabullante, estamos extasiados, al límite humano del placer que una persona puede sentir.

Cuando conseguimos relajar nuestras pulsaciones, nos fundimos en un abrazo que nos hace caer en los brazos de Morfeo. Hemos descargado toda la tensión acumulada, todos esos nervios e incomodidad que tanto nos molestaban. Ahora solo estamos ella, yo y el amor que ambos sentimos.

No sé cuánto tiempo dormimos, pero cuando abrimos los ojos el sol está en la mitad del cielo.

—¿Qué más quieres hacer en tu primer día de libertad? —me pregunta Gabriela entrelazando sus dedos por mi pelo.

Tardo en responder porque sus ojos me embaucan por completo, pero cuando consigo salir de su hechizo tengo muy claro qué es lo que deseo hacer.

—Llévame a ver el mar, Gabi.

Ella asiente, me da un beso rápido y sale de la cama paseando ante mí ese culo pomposo que me enloquece por completo. Se agacha para coger mi ropa del suelo y me la tira con una sonrisa pícara en el rostro.

—Venga, si salimos ahora llegaremos para ver el atardecer —responde guiñándome un ojo.

31

Tomás

Tardamos una hora en llegar a la costa. Gabriela me lleva a Carnota, una la de mis playas favoritas debido a su inmejorable estado de conservación. Lejos de tener chiringuitos, zona de hamacas o chismes para pedalear en el agua, el lugar se presenta ante nosotros salvaje y natural. Es una playa muy larga, quizá la más larga de Galicia, y hoy sopla un viento que remueve el mar y hace que las olas rompan con más fuerza contra las piedras que la guardan.

Cierro los ojos para percibir mejor el olor del mar, ese olor salado que tanto añoré y que tantas veces intenté imaginar cuando estaba en prisión. Solo quien vive cerca de él entiende la conexión tan fuerte que se puede llegar a tener con el océano. Una necesidad total de escucharlo, de contemplarlo, de sentirlo. Una paz que buscas siempre entre sus azules, a veces más claros y a veces más oscuros, unas veces más verdosos y otras más turquesas, en ocasiones más tranquilos y a menudo más inquietos. Una sensación de libertad cuando te sumerges en su inmensidad, de grandeza cuando crees conseguir dominarlo y cabalgas sobre las crestas de sus olas…

Me agacho para desatarme los cordones de las deportivas, me quito los calcetines y camino hacia la arena mojada de la orilla.

Gabriela me imita, en silencio, dejándome el espacio necesario para saludar a un viejo amigo.

Mi piel se eriza cuando el agua congelada rompe contra mis tobillos. La temperatura del Atlántico es mortal, pero forma parte de su encanto. Los *fodechinchos* siempre se quejan de lo fría que está, pero a mí me apasiona lo palpitante que te deja el cuerpo cuando sales después de un baño. Cuando el agua impacta contra mi piel, noto esas puñaladas de frescor en los músculos. Muevo los dedos bajo la arena, sintiendo cada piedrecita en la planta de los pies. Veo cómo se empieza a formar esa espuma blanca que deja el mar, con burbujas que van explosionando una vez que la marea retrocede. Y me fijo en las conchas que deja sobre la orilla, la mayoría rotas, pero entre ellas encuentro una caracola en perfectas condiciones.

—Las caracolas son las cárceles de la naturaleza —enuncio tras agacharme para cogerla. Es una hermosa caracola blanca, tan blanca y reluciente que a cierta distancia podría confundirse con una perla.

—¿Por qué lo dices? —me pregunta Gabriela acercándose para verla mejor. Dejo la caracola sobre su mano para que la contemple con calma.

—Cuando un ermitaño escoge una caracola como guarida, pasa gran parte de su vida en su interior… Pero el cangrejo crece, cada año se hace más grande, y llega un momento en el que debe tomar una decisión: o sigue dentro de la caracola hasta acabar aplastado por sus paredes, o sale de ella y se expone al peligro de quedarse sin su protección hasta que encuentre un nuevo hogar.

Detengo mi relato sin apartar la vista del horizonte. El sol está a punto de llegar a la línea que separa cielo y mar, y los tonos anaranjados y rojizos tiñen el cielo para regalarnos un atardecer precioso en el que incluso el mar parece adquirir esas tonalidades por el reflejo del sol sobre sus aguas. Después de tantos años encerrado, me siento la persona más afortunada del mundo al poder vivir este instante tan bello.

—Yo estaba dentro de una caracola, una que no escogí, pero que acabó convirtiéndose en mi hogar. Un hogar horrible, violento y oscuro al que terminé por acostumbrarme —prosigo dando un par de pasos hacia delante hasta que el agua empieza a mojar mis pantalones y su tela se pega a mi piel—. Y ahora me siento como ese ermitaño desprotegido, como ese cangrejo que corre sin saber muy bien adónde se dirige. ¿Dónde está mi lugar en el mundo ahora?

Una lágrima cae sigilosa por mi mejilla. Admitir en voz alta que estoy perdido me resquebraja el corazón. Entonces, noto que Gabriela se mueve detrás de mí.

—Encontrarás una nueva caracola, Tom —me asegura poniéndose a mi lado—. Encontrarás ese lugar al que podrás llamar hogar —añade abriendo la palma de la mano y ofreciéndome una caracola más grande e incluso más bonita que la que encontré yo.

—¿Y tú estarás conmigo? —le pregunto mientras guardo la caracola que me ha dado en el bolsillo de la chaqueta.

—Sí, lo buscaremos juntos —responde rodeándome con sus brazos.

No sé cuánto tiempo pasamos abrazados, pero el momento se vuelve tan íntimo y especial que podría vivir para siempre en él. Gabriela es la ayuda que necesitaba para comenzar de nuevo, para saber al menos hacia dónde dirigir mis primeros pasos en esta nueva realidad.

Cuando volvemos al coche ponemos la calefacción al máximo y emprendemos el camino de vuelta a su piso. Pero, cuando llevamos media hora en la carretera, recuerdo que hay una cosa más que quiero hacer en mi primer día de libertad.

—¿Crees que podremos encontrar alguna floristería abierta? —digo de improviso viendo que ya son más de las nueve de la noche.

—Hay una en el centro de Santiago que cierra a las diez, mi mejor amiga compra flores frescas todas las semanas y siempre nos hacen buenos precios —contesta algo extrañada.

—¿Llegaremos a tiempo?

—Creo que sí, pisaré un poco más el acelerador —afirma aumentando la velocidad del coche al límite de lo permitido.

El resto del trayecto lo pasamos conociéndonos más, conversando sobre todas esas cosas que no comentamos en nuestros anteriores encuentros. Gabi me habla sobre su trabajo, sobre su amiga Lúa y también me cuenta lo que ocurrió mientras yo estaba en aislamiento. Cuando escucho lo que sucedió, cuando me confiesa que quisieron asesinarla y que la policía irrumpió en el momento preciso para que la situación no fuese a más, el corazón me empieza a latir desbocado bajo el pecho. No tenía ni idea de que Gabriela se hubiera expuesto a tanto peligro, yo mismo le pedí siempre que tuviese cuidado y que estableciese límites con prudencia.

—Dios mío, Gabriela… ¿Y si te hubiera perdido a ti también? ¿Y si…? —digo tan consternado que ni siquiera soy capaz de enunciar más preguntas.

—Ya está, Tom —sentencia sin apartar la vista de la carretera—. Tomé ese riesgo porque así lo quise y todo salió bien.

—Pero… ¿y si no llega a salir bien? ¡Joder, están locos! Acabaron con la vida de mi hermana y por si no fuese suficiente también pretendían matarte a ti —exclamo fuera de mí.

—Y el juez tendrá todo eso en cuenta —me recuerda Gabriela con un tono tranquilizador.

Creo que ahora mismo se está arrepintiendo de habérmelo contado, pero… ¿cómo esperaba que reaccionase al enterarme de que esos hijos de puta estaban dispuestos a asesinarla, a cargar con una nueva muerte solo para seguir con sus vidas de mierda?

—Intenta no pensar demasiado en ellos. Sé que es difícil, pero no dejes que su recuerdo ensucie tu nuevo comienzo. Te lo arrebataron todo, Tom. No permitas que te quiten nada más —añade apoyando su mano sobre mi pierna. Sus caricias consiguen sosegarme, pero en mi interior aún yace una furia implacable y una sed de venganza que no sé si algún día conseguiré erradicar del todo.

Tras unos veinte minutos, llegamos a la floristería justo antes de que bajaran la verja de cierre. Me incomoda molestar a la señora que estaba a punto de terminar su jornada e irse a casa, pero, cuando me ve, su rostro cambia por completo y me dedica una sonrisa gigantesca.

—Sé quién eres y sé por qué vienes… —dice guiñándome el ojo—. Pasa, cariño, y dime qué quieres —añade abriéndonos las puertas de su local y encendiendo las luces de nuevo.

Supongo que todos los telediarios habrán emitido la noticia de mi absolución, pero solo llevo unas horas en libertad y aún me resulta extraño que me reconozcan por la calle de forma amistosa y no de la manera agresiva y con ganas de partirme la cara que recordaba. La última vez que estuve en el mundo real todos veían en mí un asesino despiadado y me trataban como tal; sin embargo, ahora las tornas han cambiado y al hecho de verme como una víctima se une su propio remordimiento por haberme juzgado mal.

—Quería un ramo de tulipanes amarillos… —pido señalando el tarro que contiene las flores favoritas de mi hermana—. Y otro de margaritas blancas y amapolas rojas, por favor.

La afable señora asiente y me prepara dos hermosos ramos; cuando llega el momento de pagar, rechaza los billetes que intento poner sobre el mostrador.

—A estos invita la casa, cielo. Suficiente has pagado ya.

—Gra… Gracias —digo notando cómo mis mejillas se enrojecen al instante. Todavía no me he acostumbrado al contacto con la gente, pero, si todo el mundo va a ser así de amable, creo que podría habituarme rápido.

Así es como me ven ahora.

Ahora ya no sienten aversión hacia mí, ahora sienten pena, compasión…

Y ojalá algún día solo quede la indiferencia que suscita cualquier desconocido. No quiero ser recordado por esto, espero que llegue un momento en el que la sociedad olvide mi rostro y pase a formar parte de las miles de personas que te cruzas por la calle y no recuerdas cuando llegas a casa.

—¿Me dejarías conducir? —le pregunto a Gabriela cuando volvemos al coche.

—Claro, todo tuyo —contesta abriéndome la puerta del lado del conductor.

Tras alejar el asiento del volante —ella lo tenía tan pegado que ni siquiera sé cómo podía estar cómoda— y ajustar los espejos a mi altura, arranco y me dirijo hacia la última parada del día de hoy: el cementerio privado de Santiago de Compostela.

El trayecto se me hace muy corto; añoraba conducir, es una de esas actividades cotidianas a las que no se suele dar importancia, pero de la que disfrutaba muchísimo. Intento ser más precavido de lo que era con mi coche porque este es de Gabriela y hace mucho que no conduzco, pero me tomo la libertad de coger algunas curvas rápido y sentir la adrenalina de pisar el acelerador más de la cuenta. Siempre con precaución, siempre con cuidado, pero sabiendo disfrutar de las cuatro ruedas de este trasto.

—¿Quieres que baje contigo? —me ofrece Gabi cuando aparco.

—No, mejor quédate —respondo con sinceridad, dándole un beso rápido en los labios—. Este momento debo vivirlo solo.

Odio los cementerios tanto como odio los hospitales. Me parecen lugares tenebrosos, llenos de malas energías y de un aura que apesta a muerte y a dolor. Siempre que podía, evitaba visitarlos, pero hoy tenía que venir aquí por ellas.

No tardo mucho en encontrar la tumba de mi hermana. Es preciosa, más grande que las demás y con su foto favorita junto al nombre y las fechas de nacimiento y muerte. Apoyo la mano en el frío mármol y cierro los ojos para intentar sentir a Jimena.

—Nunca dejaré de quererte —susurro esperando que, esté donde esté, pueda escucharme—. Te prometo que se hará justicia —añado mordiéndome el labio con rabia y rencor.

Una rabia que aumenta cuando leo las palabras que han rotulado sobre su tumba:

Tus padres, que te querían y te recordarán siempre.

¿Tus padres? Pienso con odio ahora que sé todo lo que hizo mi progenitor para encubrir la muerte de mi hermana. Tengo que hacer un esfuerzo enorme por contener en mi interior las ganas de pegarle un puñetazo a la lápida y romperla en mil pedazos, un esfuerzo que me resulta casi imposible, así que decido alejarme y buscar la sepultura de la esposa de Jose.

Él no ha podido hacerlo, pero yo cumpliré su deseo. Recuerdo que una tarde me confesó que estaba enterrada aquí, algo que me resultó una coincidencia especial. Pensar que su mujer descansaba cerca de mi hermana me tranquilizó el alma.

Después de dar un par de vueltas tratando de hallar su nombre y el apellido de Jose, encuentro una foto y reconozco perfectamente a quien fue el amor de su vida. Vi tantas veces esa imagen en prisión que siento como si yo también la hubiese conocido, como si realmente le trajese estas flores por mí y no por cumplir el deseo de un buen amigo. Recuerdo el día en el que le regalé a Jose un dibujo de su amada, tardé más de lo normal en hacerlo porque quería que fuese perfecto y que rindiese homenaje a lo hermosa que salía su mujer en la foto. Recuerdo lo mucho que se emocionó, lo mucho que lloró, lo mucho que me agradeció el detalle.

—Margaritas blancas y amapolas rojas, tus favoritas… —susurro apoyando sobre su tumba el precioso ramo—. Espero que estéis juntos, sea donde sea.

No creo en supersticiones, tampoco en que el universo nos envíe señales de ningún tipo, y mucho menos que se pueda contactar con los muertos…, pero, cuando veo a dos mariposas posarse en una de las margaritas del ramo, quiero creer con todas mis fuerzas que se trata de ellos dos.

Me emociono.

Lloro.

Sonrío.

—Lo has conseguido, Jose. Te has reunido con tu amada.

Y entonces una de las mariposas se posa en mi nariz. Lo hace tan solo un par de segundos, pero son suficientes para notar cómo sus pequeñas patas caminan sobre mi piel. Después, vuelve a emprender el vuelo junto a su compañera y, aunque las sigo con la mirada, no tardo en perderlas de vista en un cielo que ya está casi oscuro por completo.

Ha sido un buen día, pienso.

Mi primer y último día en libertad.

32

Lúa

¡Madre mía! Menudos días llenos de emociones.

Y mira que estoy acostumbrada a escuchar los casos policiales que me cuenta mi madre, a leer historias de crímenes imposibles y a zamparme uno tras otro los documentales de asesinatos en serie… Pero lo que había ocurrido con Tomás y su hermana no lo vi venir.

¿Quién en su sano juicio habría supuesto que incluso su padre estaba detrás del encubrimiento de la muerte de Jimena? Maldito cerdo sin sentimientos. ¡Todos los ricos son iguales, las ansias por tener más dinero y más poder los corrompen de tal manera que se olvidan de su humanidad! Porque al fin y al cabo… ¿qué tienen en común un millonario y un pobre más allá de provenir del simio? ¡Absolutamente nada! Los ricos jamás sufrirán los problemas de un mileurista, ellos nunca se preocuparán por los atascos porque vuelan cada día en jets privados, ni por el aumento de precios porque lideran grandes empresas que probablemente exploten a niños en países con pocos recursos. Ellos no tienen problemas para llegar a fin de mes porque pueden gastarse el sueldo promedio español en un bolso de lujo. ¿Qué empatía puedes pedirle a alguien así? A alguien que jamás podrá ponerse en tu lugar.

Al menos pensaba que sentirían amor hacia su familia, hacia sus hijos. ¡Pero ni eso! ¡Son tan jodidamente ricos que incluso han dejado de sentir! Tienen sus corazones llenos de oro y divisas y serían capaces de sacrificarlo todo con tal de mantener en pie sus imperios.

Gabriela se metió en la boca del lobo, los amenazó con descubrir la verdad que tantos años se esforzaron por mantener oculta y han estado a punto de cargársela. ¡La iban a matar, joder! ¡Esos niñatos iban a asesinar a mi mejor amiga! Menos mal que mi madre irrumpió con su equipo en el momento exacto y… ¡PUM! Los pilló con las manos en la masa; otro éxito para su intachable currículum de crímenes resueltos.

—Cielo… ¿Puedes venir al salón un momento, por favor? —me llama mi madre con un tono un tanto extraño. Lleva días hablando de esta manera, como si sus palabras anduviesen por la oración de puntillas.

—¡Voy! —exclamo desde mi cuarto y me apresuro para descubrir qué le ocurre.

Cuando me siento a su lado veo que su rostro está pálido y una expresión rara desfigura sus hermosos rasgos. Nos conocemos demasiado bien la una a la otra y ambas sabemos que ha llegado el momento de destapar el misterio que lleva semanas ocultando.

—¿Me vas a contar por fin qué es eso que tanto te inquieta? —le digo tratando de ser yo quien establezca la comunicación para que vea que estoy receptiva. Le dedico una sonrisa sincera y agarro sus manos, que tiemblan un poco.

Me extraña mucho verla así, tan preocupada. No es normal que mi madre exteriorice de esta forma sus sentimientos. Debe de tener dentro una pesada carga, tan pesada que consigue atravesar su piel y hacerse visible en su semblante.

—Si no te lo he contado hasta ahora es porque tú misma me pediste que no lo hiciese, Lúa —comienza, haciéndome fruncir el ceño.

—¿Es algo sobre mi padre? —pregunto confusa. Es lo único que se me viene a la mente, lo único de lo que le pedí no saber nada—. ¿Y a qué viene eso ahora, mamá?

—¿Me prometes que intentarás tomarte lo que voy a contarte con calma?

—Mamá, sabes que eso es imposible —respondo negando con la cabeza—. Montaré un auténtico drama, pero seguramente se me pase rápido —añado guiñándole un ojo.

Mi madre alza las cejas y clava la mirada en el suelo, su expresión me ha dado a entender que lo más probable es que el drama que vendrá a continuación se extenderá al menos varios días, como cuando tiró mi pececito por el retrete y se negó a enterrarlo en el jardín. Solo tenía seis años, pero se lo estuve echando en cara hasta que cumplí los quince.

—Lúa… Yo… No sé ni có… Cómo…

Es algo serio.

Muy serio.

Mi madre nunca se traba al hablar, jamás tartamudea. Ella es una mujer segura, de esas que cuando abren la boca es para decir todo lo que piensan sin dejarse nada en el tintero. Pero ahora parece un cervatillo herido en medio de la carretera, sin fuerzas para conseguir levantarse y huir hacia el bosque.

Aprieto sus manos entre las mías y la miro fijamente.

—Sea lo que sea lo que tengas que contarme, no cambiará nada —sentencio intentando aportarle esa tranquilidad que le hace falta.

Tras acariciarme la mejilla con ternura, mi madre encuentra la valentía para soltar la bomba que, en realidad, lo cambiará todo.

—Cuando Gabriela se presentó en esta casa y me pidió ayuda para demostrar la inocencia de Tomás, dudé —comienza a explicarme sin soltar mis manos—. Dudé porque una parte de mí, la temerosa, sabía que meterse con esa familia era peligroso. Hace muchos años firmé un contrato, Lúa.

—¿Un contrato?

—Lo tienes sobre la mesa —responde señalando la carpeta de cartón que no tardo ni medio segundo en coger—. Es un contrato de confidencialidad. Yo fui la amante del padre de Tomás.

—¡¿Qué?! —Al oír sus palabras mis manos se congelan y dejan caer los papeles que sostenían. Las hojas se extienden por el suelo cubriendo los colores de la alfombra que hay bajo nuestros pies.

—Él se pasaba mucho por comisaría, era muy atractivo y apuesto y siempre me trató bien; me llevaba flores, regalos, me invitaba a cenar… Yo sabía que estaba mal, Lúa, pero él me ofrecía la atención que ningún otro hombre estaba dispuesto a darme en aquel momento. Todo era perfecto, ni siquiera se esforzaba demasiado en esconder nuestra relación porque su mujer también tenía un amante y ambos lo consentían. Su matrimonio era un simple acuerdo comercial, la fachada perfecta para que sus empresas fluyesen bajo la fachada de una familia feliz. Pero entonces…

No sé si quiero oír el desenlace de esta historia porque, a diferencia del crimen de Jimena, sí sé cómo va a terminar el relato de mi madre y no me siento preparada para escucharlo. Sin embargo, estoy tan paralizada que no soy capaz de pronunciar ni una sola palabra.

—Entonces me quedé embarazada y eso despertó a la bestia que tan bien escondía en su interior. Nuestro adulterio era indiferente para él, pero tener un hijo fuera del matrimonio suponía un terrible escándalo público que podría hacer que bajaran sus acciones en bolsa —me cuenta intentando contener unas incipientes lágrimas—. Y no solo eso, sino que habría tenido que reconocerte como hija y tú formarías parte de esa inmensa fortuna que tendría que dividir.

Me levanto del sofá y empiezo a caminar en círculos. Necesito quemar de alguna manera este desasosiego que está empezando a germinar dentro de mí. He sido yo la que ha querido vivir en la ignorancia todos estos años, pero es que jamás habría pensado que la historia de mi nacimiento fuese una putísima novela turca.

—Él me dio dos opciones, abortar o firmar un contrato en el que debía jurar que jamás contaría la verdad y que nunca podría exigirle una prueba de paternidad.

—Ya sé por qué decidiste ayudar a Gabriela… —susurro llevándome las manos a la cabeza. Estoy recibiendo tanta información que podría empezar a echar humo por las orejas en cualquier momento.

—Decidí ayudarla porque la otra parte de mí, la valiente, quería encontrar la forma de defender a tu hermano.

Mi hermano.

Hasta hoy ni siquiera tenía padre.

Y ahora tengo un padre asquerosamente rico que está a punto de entrar en prisión por formar parte del encubrimiento de la muerte de su hija y un hermano que acaba de salir de la cárcel y que está enrollado con mi mejor amiga.

—Te... Tengo que contárselo a Gabriela —digo titubeando.

Siento que las paredes de esta casa podrían caérseme encima en cualquier momento, así que con los nervios aún a flor de piel cojo las llaves de mi coche y pongo rumbo a casa de... ¿mi cuñada?

33

Gabriela

El día de ayer terminó siendo increíble. Después de la visita al cementerio, Tomás y yo volvimos a mi piso, preparamos una pizza casera, tomamos algunas copas de vino e hicimos el amor hasta que caímos rendidos sobre la cama. Sentir el calor de su cuerpo junto al mío, que me rodease con sus fuertes brazos en medio de la noche... Aún noto en el estómago el hormigueo que el contacto de su piel me hizo sentir; dormir acompañada es un placer que todavía no había experimentado y al que podría acostumbrarme muy rápido.

Sin embargo, no son los besos de Tomás los que me despiertan, sino los lametones rutinarios de mis perras pidiéndome que les rellene el cuenco de comida.

—Ya va, chicas... —digo aún medio dormida.

Cuando consigo despegar los párpados, tardo unos segundos en procesar que Tom no está a mi lado. Siento que estoy sola, y, aunque él podría estar en el baño o incluso en la cocina preparando el desayuno, una voz en mi interior me dice que algo va mal.

Salto de la cama y lo busco por toda la casa; sé que no voy a encontrarlo, pero una parte de mí espera que mis suposiciones sean erróneas y que él esté en alguna estancia del piso.

—¿Tom? —pregunto al aire.

Nadie me responde.

Vuelvo a la habitación para ponerme algo de ropa; hemos dormido desnudos y el frío húmedo de Santiago ya comienza a calarme los huesos. Cuando me acerco a la mesilla de noche para coger los calcetines que guardo en uno de sus cajones, encuentro un papel doblado sobre el mueble. Sobre la hoja, descansa la caracola que encontramos ayer cuando fuimos a ver el atardecer a la playa de Carnota.

—No… —susurro tras imaginar lo que pondrá su carta—. No me hagas esto, Tom… —añado para mí mientras me acerco, lentamente, a ese folio que no sé si quiero desdoblar.

No obstante, la curiosidad que siento ante lo que Tomás haya podido escribir es superior al miedo que tengo a que él también me abandone. Un miedo que viene de lejos y que, aunque me haya esforzado mucho en trabajarlo con la psicóloga, sigue presente en mi día a día. Una vez que pierdes lo que más quieres y eres consciente de lo duro y difícil que es vivir sin esas personas a quien tanto amabas —en mi caso sin mis padres— es muy complicado no tener un miedo irracional a que los demás se marchen de tu vida sin ni siquiera avisar. Todos los momentos felices que vivo van acompañados de pensamientos intrusivos que martillean con fuerza dentro de mi cabeza: ¿y si esta es nuestra última tarde juntos? ¿Y si este es nuestro último beso? ¿Y si se aburre de mí y se marcha? ¿Y si desaparece sin dar explicaciones?

Mis manos temblorosas agarran la carta de Tom y, para evitar alargar todavía más la tortura que supone esta incertidumbre, comienzo a leer lo que ha escrito:

Querida Gabriela:

Gracias por darme el mejor día de mi vida.

Gracias por regalarme instantes que recordaré siempre, imágenes que se quedarán grabadas a fuego en mi retina y momentos que recrearé en mi mente una y otra vez.

Gracias por confiar en mí, gracias por luchar por mi causa y gracias por ayudarme a conseguir lo que más ansiaba en este mundo: recuperar mi libertad y el honor que me arrebataron hace cuatro años.

Eres una mujer excepcional: inteligente, valiente, descaradamente sensual, empática, graciosa, ingeniosa... Y ahora que lo veo todo con mayor perspectiva debo confesarte algo que ayer no llegué a decirte: admiro que publicases el artículo. Deberías habérmelo contado, pero tú tenías un objetivo y fuiste hasta el final para lograrlo. Te metiste en la boca del lobo, estuvieron a punto de matarte y cometiste un par de delitos para conseguir esa verdad que había permanecido años oculta... ¿Cómo ibas a renunciar a publicar lo que habías vivido? Tomaste la decisión acertada, no dejaste que el amor te hiciese perder de vista tu sueño y eso es admirable.

Dicho esto, ha llegado el momento de pedirte perdón.

Perdóname, Gabriela.

Perdóname por no estar preparado.

No estoy preparado para afrontar esta nueva realidad y olvidar un pasado que no soy capaz de dejar atrás. Cuando cierro los ojos veo a mi hermana y cuando los abro solo veo a esos criminales por todas partes: en la televisión, en los periódicos, en los debates...

La rabia y la sed de venganza que siento es demasiado grande y sé que jamás se saciará si no hago algo. Sé que viviré el resto de mi vida recordándolos, pensando en lo que vivió Jimena, fustigándome a mi mismo por no haberlo visto venir, por estar durmiendo plácidamente en mi cama mientras acuchillaban el cadáver de mi hermana en la habitación de al lado, sabiendo que estuvieron a punto de asesinarte y recordando los años que pasé en prisión...

Perdóname, Gabriela, porque finalmente seré lo que todos creían que era.

No me olvides nunca, por favor. Mientras tú me recuerdes, mi vida habrá merecido la pena. Vivir en tu memoria será el mayor regalo porque solo ahí podré ser quien realmente soy. Tú me has conocido de verdad, Gabi.

Mantén con vida a ese chico risueño al que yo maté hace años.

Te quiere y te querrá siempre,

Tomás

Mis lágrimas caen sobre el papel deformando algunas de las letras, que tras recibir el impacto de las pequeñas gotas se ensanchan hasta volverse ilegibles. Tom me ha roto el corazón, me lo acaba de arrancar del pecho para pisotearlo contra el suelo hasta hacerlo trizas.

Lo odio, pero lo entiendo; sé cómo se siente porque yo también me he sentido así. Cuando en tu vida sucede algo tan traumático que te obliga a empezar de cero es normal pensar que no vas a poder comenzar una nueva vida con una carga tan pesada sobre los hombros. Tras la muerte de mis padres, pensé que nunca lograría levantar cabeza. Pensé en quitarme del medio porque afrontar mi nueva realidad era demasiado complejo y una parte de mí creía que rendirme era la solución más sencilla para dejar de sufrir.

Pero, aunque suene muy tópico, una vez que aprendes a vivir con ese dolor, cada día se va empequeñeciendo. Cuando se da cuenta de que ya no tiene poder en ti, cuando ve que le has quitado el control sobre tu vida y que ya no puede dirigir tus pasos hacia donde él quiere, entonces poco a poco ese dolor empieza a desaparecer y tú vuelves a tomar las riendas.

Tengo que ayudarle a entenderlo.

Tengo que ayudarle a comprender que no está solo y que yo le acompañaré en el proceso, que estaré con él cuando sienta que no hay salida y que también estaré cuando por fin deje ese pozo oscuro y profundo atrás.

Me meto la caracola y la carta en el bolsillo del pantalón y cuando voy en busca de las llaves del coche no me sorprende demasiado no encontrarlas por ninguna parte. Sé que las ha cogido él, conozco lo suficiente a Tom como para saber qué es lo que planea hacer.

Hoy sacarán a Alexia, a Brais, a Gael y al padre de Tomás de prisión preventiva para llevarlos a declarar. Los periodistas ya han rodeado la calle por la que pasarán para intentar sacar alguna imagen o incluso alguna declaración durante esos segundos que tardarán en salir del coche y llegar hasta la puerta del juzgado. Está programado que todo esto suceda en dos horas, lo sé porque en el grupo de WhatsApp que tenemos los trabajadores del periódico se organizaron ayer para ver quién iba a cubrir la noticia. Y ahora me doy cuenta de que no debí comentarle nada de esto a Tom.

Necesito llegar allí cuanto antes y sin coche va a resultar complicado. Además, por si eso no fuese suficiente, alguien llama al telefonillo.

—Joder, lo que me faltaba… —maldigo entre dientes descolgándolo lo más rápido que puedo—. ¿Sí?

—¡Soy Lúa, abre! —exclama mi mejor amiga dejándome a cuadros, no me esperaba una visita suya. Pero, ahora que lo pienso, puede ser de gran utilidad que haya venido justo en este momento.

—¡Lúa! ¿Has venido en coche?

—¡Sí, quería llegar cuanto antes!

—Bajo ahora mismo.

—¿Cómo qu…?

Sin darle tiempo a terminar su pregunta, cojo una chaqueta del perchero que tengo en la entrada y bajo las escaleras corriendo como alma que lleva el diablo. Hasta los juzgados tenemos media hora de trayecto, así que debo darme prisa para llegar antes de que Tom cometa ninguna tontería. No pienso permitir que desperdicie de esa manera su nueva vida.

—¿Dónde has aparcado? —le pregunto a Lúa cuando llego al portal tras darle un abrazo rápido.

—Allí, pero… ¿qué te pasa?

—¡Te lo contaré de camino, vamos! —exclamo corriendo hacia su coche—. Déjame conducir a mí, tú eres pésima al volante —añado haciéndole un gesto para que me pase las llaves.

Lúa, sin nada que objetar, me las lanza.

—¿Adónde vamos? —pregunta sentándose en el asiento del copiloto.

—A los juzgados, hoy declaran los implicados en la muerte de Jimena y creo que Tom intentará hacer una tontería —respondo mientras arranco y meto primera.

El coche derrapa sobre el asfalto por el acelerón, pero enseguida consigo centrarlo en el carril y meto segunda antes de llegar a la rotonda y tomar la primera salida. Me sé el camino de memoria y, si soy ágil y piso un poco más de lo debido el acelerador, puede que tardemos menos de media hora en llegar.

—Gabi... Yo también tengo algo que contarte sobre Tom, pero no creo que sea buena idea hacerlo mientras conduces... —dice apoyando su mano en mi pierna derecha—. Es muy fuerte.

—Cuéntamelo —respondo llena de adrenalina, creo que nada de lo que pueda decir logrará sorprenderme—. Suéltalo, Lúa. Se te da muy mal retener información y, si no lo dices ahora, acabarás haciéndolo dentro de diez o quince minutos.

Noto que se mueve en su asiento, tratando de buscar una postura cómoda para soltar la supuesta bomba. Quizá su madre haya descubierto algún crimen que Tom cometió dentro de la cárcel y quiera advertirme sobre ello, o puede que haya encontrado cierta información sobre su pasado que crea que tengo que conocer... Estoy bastante tranquila al respecto, creo que Tom me ha contado todo lo que necesito saber sobre su vida.

—Tom es mi hermano.

Al escucharla pego tal frenazo que estoy segura de que habrá dejado las marcas de las ruedas en el asfalto. El coche de atrás ha logrado detenerse a tiempo para no chocar contra nosotras, pero toca el claxon varias veces y escucho cómo nos insulta tras bajar la ventanilla.

No le culpo, no sé cómo no hemos tenido un accidente.

—¿Qué? —pregunto sin entender absolutamente nada mientras estaciono en el arcén—. ¿Tu hermano? ¿Dices que Tom es tu hermano? ¿Tomás Méndez Puga? —vuelvo a preguntar incrédula.

—Mi madre fue la amante de su padre durante años... Se quedó embarazada y tuvo que firmar un contrato de confidencialidad. No me lo dijo porque yo nunca quise saber nada sobre mi progenitor, pero tras lo sucedido consideró que debía saberlo.

Salgo del coche para intentar coger aire, la noticia me ha pillado tan de improviso que ni siquiera sé cómo reaccionar. Si Lúa me hubiese dicho que Tom formaba parte de una secta satánica y que era la encarnación del mismísimo Satán, me habría sorprendido menos.

—Tranquila, yo todavía sigo procesándolo. —Lúa baja del coche y me da una palmada amistosa en el hombro—. ¿Crees que deberíamos contárselo a él? No quiero meter en problemas a mi madre, pero ahora que mi asqueroso progenitor es un convicto quizá podamos decir la verdad...

Me apoyo en el capó del coche y comienzo a morderme las uñas. Es una manía horrible que dejé hace años, pero lo que estoy viviendo es tan surrealista que no he podido aguantar las ganas. Una parte de mí quiere creer que no es verdad, pero si lo pienso fríamente esta es la pieza del puzle que faltaba para que todo cobrase sentido: la actitud extraña de Sol, su implicación en el caso a pesar de poner en riesgo su puesto de trabajo e incluso el color de pelo de Lúa, que siempre me había intrigado.

Lúa es pelirroja, al igual que el padre de Tom y Jimena. Tomás tiene el pelo castaño, pero con determinada iluminación también él podría parecer pelirrojo.

—¿Gabi? —pregunta Lúa al ver que no le he respondido. Ahora mismo mi mente trabaja a la velocidad de la luz y mi corazón está bombeando tan rápido que podría darme un paro cardiaco.

—Lúa, creo que Tom está a punto de intentar cometer un puto asesinato —digo sin ser capaz de mantener la calma. Lúa sabe que hay muy pocas cosas en este mundo que logren alterar mi tranquilidad, pero que mi mejor amiga sea la hermana perdida del chico es un giro argumental con el que no contaba—. Vamos a subir al coche, a olvidar por unas horas toda esta información y a detener a Tom, porque lo que está a punto de hacer no tiene el mínimo sentido.

—¿Quieres que conduzca yo? —pregunta acatando mis órdenes sin rechistar.

—Sí, será mejor —respondo con responsabilidad. Lúa es más lenta que una tortuga, pero creo que la velocidad y los nervios no son buenos aliados en la carretera.

Vamos a rescatar a mi hermano —sentencia con una sonrisa de oreja a oreja mientras pisa el embrague e intenta meter primera. Ahora mismo Lúa está viviendo en una de esas novelas fantasiosas que lee en Wattpad.

Pero el coche se cala.

Y estos momentos son los que se prefiere omitir en los libros.

34

Tomás

Sé que Gabriela me odiará.

Sé que, después de todo lo que hizo por mí, no se merece esto.

Pero también sé que, si no lo hago, me pasaré el resto de mi vida arrepintiéndome de no haber tomado la justicia por mi mano.

Cuando me desperté y la vi junto a mí, con algunos mechones de pelo desperdigados por su rostro, las sábanas blancas envolviendo su cuerpo desnudo, y esos labios tan jugosos algo entreabiertos…, por un momento me olvidé de cuál era mi propósito y casi me quedo a su lado, abrazándola y hundiendo mi nariz en su cuello para aspirar ese aroma fresco que emana su piel suave.

Pero, por desgracia, el odio es un sentimiento mucho más arraigado e incendiario que el amor. El rencor, la sed de venganza y la saña son emociones que una vez que se instalan en ti arrasan con todo lo demás. Se adueñan de tu alma, te convierten en su preso y te arrebatan la conciencia. Te vuelves su esclavo y obras en su nombre, te rindes ante su poder dictatorial y no piensas en nada más que en saciarlas.

Por eso salí de esa cama, por eso escribí esa carta y por eso cogí las llaves de su coche y conduje hasta los juzgados del centro de la ciudad.

Esta mañana comienza el juicio y les tomarán declaración a todos.

Sé que les espera un juicio duro, el suplicio de una presión mediática implacable y que serán vistos por la opinión pública como los criminales que son, como unos cobardes que escaparon de su castigo y que por fin serán juzgados por ello. Pero también tengo claro lo que ocurrirá finalmente: sé que el poder que sus familias ostentan es demasiado grande, que tendrán buenos abogados y que, una vez que estén en prisión, intentarán sobornar a quien sea necesario para conseguir excarcelarlos antes de lo debido; cumplirán una condena muy reducida y, en apenas unos años, volverán a las calles para seguir gozando de su libertad.

Y no pienso permitirlo.

Me niego.

Soy solo un hombre, así que debo tener solo un objetivo... Según lo que me contó Gabriela, Gael fue el único que quiso llamar a la policía y, aunque también se merece un castigo por guardar silencio y ser cómplice de lo que sucedió, igual que Alexia, no siento que ellos sean los culpables de lo que pasó aquella noche. Así que tengo que elegir entre Brais y mi padre.

Y lo tengo claro.

A mi padre no le queda nada aquí fuera.

En cuestión de un par de días las acciones de la mayor parte de sus empresas han caído en picado, mi madre ha pedido el divorcio y todos los socios que tenía se han desentendido por completo de él. Nadie le ayudará a salir de prisión, nadie hará absolutamente nada por intentar reducir su pena, estará solo y suficiente castigo es el que le espera entre rejas.

Por eso iré a por Brais.

Porque fue él quien engañó a Jimena, quien se reía mientras mi hermana se estaba ahogando y quien convenció a los demás de guardar silencio y culparme a mí. Brais fue quien tuvo la monstruosa idea de acuchillar su cadáver y quien llevó a cabo esa atrocidad, cuya imagen sigue atormentándome y no creo que pueda olvidar nunca. Actuó como líder y ahora tendrá que asumir las consecuencias de haberlo sido.

Hoy pagará por lo que hizo y yo obtendré la venganza que necesito para que mi alma descanse tranquila.

Según lo previsto, en menos de media hora deberían estar aquí. Habrá poco tiempo y tendré que ser rápido, puesto que estarán rodeados de policías, y delante tengo una valla de contención que he de esquivar. Lo bueno es que tan pronto lleguen se formará un auténtico caos: los periodistas intentarán sacarles cualquier tipo de declaración y les harán miles de fotografías, a pesar de que lo más probable es que bajen del coche encapuchados. El hecho de no poder ver la cara de Brais no supone un problema para mí, su morfología corporal es muy diferente a la de mi padre y a la de Gael: Brais es muy alto, mide casi dos metros, mientras que los otros dos tienen una estatura media tirando a baja.

La gente a mi alrededor ya comienza a estar nerviosa, todos se mueven tratando de buscar el mejor plano y empujan sin tener un mínimo de cuidado. Yo me he subido la capucha de mi sudadera y me he puesto una mascarilla de las que se usaban en la pandemia del covid; no hace mucho de eso, así que a nadie le extraña que la use. También llevo unas gafas de sol, ya que los periodistas conocen de sobra mi cara y no puedo permitir que me reconozcan, eso estropearía el plan. Tengo que pasar inadvertido, he de ser invisible para todos.

Inquieto, aprieto el mango del cuchillo que guardo en el bolsillo central de la sudadera. Lo cogí de la cocina de Gabriela, el más afilado de los que había. Mi plan puede parecer una cutrez, no negaré que quizá sea demasiado sencillo; pero precisamente por ser sencillo creo que puede funcionar. O tal vez simplemente mi obsesión por saciar la sed de venganza que siento me esté cegando.

Tan pronto aparezcan desfilando ante mí, saltaré la valla e iré directamente a su cuello. Será tan rápido, directo e inesperado que no podrán pararme. Cuando consigan detenerme, Brais ya estará desangrándose y será demasiado tarde como para hacer algo por su vida.

Entonces, yo seré culpado justamente como un asesino, me volverán a meter en prisión y será entonces cuando acabe con mi propia vida. Habré cumplido mi objetivo, mi hermana podrá descansar en paz y yo iré con ella. No puedo seguir en este mundo sabiendo que ese indeseable continúa con su vida después de lo que hizo, no me sirve que lo juzguen y lo encarlecen, quiero que muera.

Una vida por una vida.

Una muerte por una muerte.

Los periodistas comienzan a ponerse todavía más nerviosos cuando escuchan sonido de motores. Dos Audis negros se detienen delante de nosotros, al otro lado de la valla de contención. Primero bajan los copilotos, dos miembros de la Policía Nacional, que se acercan a las puertas traseras para abrirlas y dejar que los criminales salgan bajo su protección.

Ha llegado el momento.

Debo ser rápido, muy rápido.

Tal y como imaginé, los cuatro salen de los vehículos cabizbajos y con el rostro tapado, pero, aun así, enseguida logro reconocer a Brais.

El pulso se me acelera y mi cuerpo comienza a vibrar, doy un paso hacia delante convencido de saltar la valla, pero entonces escucho una voz que congela los músculos de mi cuerpo.

—¡NO LO HAGAS! —grita.

Y sé que es ella.

—¡POR FAVOR, NO LO HAGAS! —vuelve a gritar.

Evito volverme para así no ver su cara.

No quiero verla, no puedo permitir que mis sentimientos por Gabriela se interpongan en esto. Debo seguir adelante con lo que vine a hacer, debo cumplir mi propósito.

—¡TE QUIERO, TOM! —Su voz pierde volumen porque gana cercanía. Por suerte, los periodistas que nos rodean están demasiado ocupados captando la entrada en los juzgados de Alexia, Brais, Gael y mi padre como para prestarnos atención a nosotros—. Confía en mí, el odio que sientes se irá —añade, y la escucho tan cerca que su voz ha pasado a convertirse en un susurro.

Sus brazos rodean mi cuerpo desde atrás.

—Te entiendo, Tom, yo estaré contigo, encontraremos esa nueva caracola juntos —dice abrazándome con fuerza.

Mi vista sigue clavada en Brais, que camina hacia la entrada del tribunal seguido por sus escoltas. Si no actúo ahora, no tendré otra oportunidad. Él está a unos cinco metros de mi posición, tengo dos segundos para atacarle antes de que sea demasiado tarde.

—Jimena no querría esto —susurra Gabriela, consiguiendo que una lágrima surja debajo de mis gafas—. Jimena querría que vivieses la vida que ella no pudo vivir —continúa, metiendo su mano en el bolsillo de mi sudadera para arrebatarme el cuchillo que inconscientemente he dejado de agarrar—. No dejes que el odio gane esta batalla.

Mis rodillas flaquean y me hacen caer al suelo.

Estallo en un llanto sonoro y doloroso que me hace gritar de impotencia.

No he sido capaz.

No he sido capaz de convertirme en la persona que ellos creían que era.

—Te quiero, Tom —repite Gabriela mientras se agacha para volver a rodearme con sus brazos.

Ambos estamos de rodillas sobre el asfalto, rodeados de cuerpos que no se han inmutado por nuestra presencia, rodeados del sonido de las cámaras y de las preguntas sin respuesta que los periodistas lanzan con la esperanza de conseguir una exclusiva. Pero, aun rodeados de todo lo que más odio, encuentro verdad en las palabras de Gabriela.

He actuado con egoísmo pensando en lo que yo anhelaba, pero es cierto que mi hermana jamás querría ese destino para mí. Jimena desearía que yo fuese feliz, que superase su muerte y encontrase de nuevo mi camino en la vida. Jose también lo querría, él soñaba con que llegase el día en el que mi inocencia fuese proclamada a los cuatro vientos.

Se lo debo a ellos.

Y también se lo debo a Gabriela.

—Confía en mí, todo mejorará, cada día dolerá menos, conseguirás ser feliz.

Sus palabras son como un bálsamo curativo para las heridas de mi corazón, me protegen como lo hacían los brazos de mi madre cuando tan solo era un bebé, me dan ese valor que yo no fui capaz de encontrar por mi cuenta.

Levanto la cabeza para mirarla y agarro su rostro entre mis manos. Gabriela apoya su frente contra la mía y cierra los ojos. No decimos nada más, tampoco es necesario.

Sé que ella me ayudará a encontrarme de nuevo.

Y ella sabe que me dejaré ayudar, porque esta vez no podré solo, y no hay nada de malo en ello. Gabriela me ha ofrecido su ayuda cuando ni siquiera se la había pedido, porque ella misma ha sabido ver que la necesitaba.

Y la sigo necesitando.

—Gracias —susurro con el hilo de voz que me queda después del llanto desconsolado.

—Gracias —responde ella besándome dulce y lentamente.

Creo que, en cierta manera, ambos encontramos la forma de salvar al otro.

Epílogo

Tomás

Y entonces, cuando ya te has convencido de que la felicidad es algo a lo que jamás podrás optar, encuentras la forma de salir de ese túnel oscuro del que pensabas que nunca podrías escapar.

Hace dos años que mi nueva vida comenzó.

No ha sido fácil, los primeros meses fueron muy duros para mí. Aprender a vivir de nuevo en sociedad, aprender a digerir mi papel como personaje público, aprender a reconciliarme con todas esas cosas que me gustaba hacer antes de entrar en prisión pero que se volvieron extrañas cuando salí… Mi psicóloga me ayudó durante todo el proceso; gracias a ella entendí a qué se debían muchos de mis pensamientos intrusivos, entendí que debía hablar sobre cómo me sentía para trabajar esos sentimientos y analizar de dónde venía cada uno de ellos… Me conocí más de lo que lo había hecho en toda mi vida, comprendí por qué actuaba de una manera o de otra y también aprendí a mejorar todas esas carencias que el traumático paso por prisión había dejado en mí.

Es obvio que mi mente sigue llena de traumas, pero ahora sé convivir con ellos y estoy convencido de que poco a poco lograré minimizarlos hasta convertirlos en un recuerdo borroso en el fondo de un cajón de mi cerebro.

Gabriela también ha sido un apoyo fundamental para mí.

Ella entendió lo difícil que me resultaba volver a la casa de mis padres y me acogió en su piso sin ni siquiera tener que pedírselo. Y es que eso es lo que más me gusta de mi novia: la mayoría de las veces sabe lo que necesito sin que yo tenga que abrir la boca. Me conoce tan bien que con solo verme es capaz de averiguar lo que estoy pensando. Hemos creado un vínculo muy especial cuyos cimientos son el amor, el respeto, la pasión y la comunicación.

Tras seis meses viviendo juntos, decidí gastar gran parte de la indemnización que me dio el Estado y comprar la casa de mis sueños: un pequeño chalet de dos plantas construido en medio de un acantilado con unas vistas al mar de escándalo. Gabi y yo nos mudamos junto con nuestras mascotas, sus dos perras y Frankfurt, mi perro salchicha, al que tanto había añorado y que recuperé en menos de tres días.

Todo fue más fácil rodeado de mi nueva familia.

Nosotros cinco, Lúa y Sol.

Ahora vivimos un poco alejados del centro de Santiago, todos los fines de semana organizamos una churrascada o un buen cocido en casa y las invitamos. La noticia de que Lúa fuese mi hermana también supuso un gran desconcierto para mí. Tardé un tiempo en aceptar que era verdad, pero, tras unos días de duda y desconfianza, les abrí mi corazón de par en par a ella y a su madre. Fue entonces cuando descubrí lo que realmente se sentía al ser querido por tu familia: resulta ser un amor puro, genuino y altruista. Un amor que no espera nada a cambio, que te abraza con fuerza para dejarte claro que siempre lo tendrás a tu lado.

Contraté el mejor abogado de Galicia para que lograse encontrar algún error en el contrato que mi padre había obligado a Sol a firmar. Necesitaba proclamar a los cuatro vientos que Lúa era mi hermana y que existía un vínculo de sangre entre nosotros. Quería que quedase constancia de que éramos hermanos para que estuviese siempre amparada bajo el patrimonio de los Méndez. Ella también merecía gozar de todos los privilegios que se le arrebataron incluso antes de nacer.

En Lúa encontré muchísimos rasgos de Jimena.

A veces la observaba y me quedaba prendado de su cabello pelirrojo, de esos mofletes siempre colorados y de esos ojos que, aunque no eran del mismo color que los de Jimena, miraban de la misma forma.

Ella nunca llegó a conocer a su hermana, pero habrían sido uña y carne. A veces pensaba en lo diferente que podría haber sido todo si mi padre hubiese reconocido a Lúa como hija. Quizá Jimena seguiría entre nosotros, quizá nada de lo que ocurrió hubiese pasado, quizá...

Ahora intento no pensar en los «quizá», en los «y si...» ni en los «pero...».

Lo que pasó, pasó.

Yo no pude hacer nada por evitarlo y lo único en lo que puedo pensar ahora es en aprovechar cada día de mi nueva y maravillosa vida.

Gabriela dejó su trabajo (y eso que, una vez que se publicó el artículo, le hicieron una buenísima oferta para intentar que permaneciese en la plantilla) y aceptó un puesto estupendo en uno de los periódicos más importantes a nivel nacional. Ahora se siente valorada y lo que escribe es leído por miles de personas que admiran su rigor periodístico. Yo estoy tremendamente orgulloso de ella, ha logrado su sueño por sus propios medios y se merece más que nadie el puesto que ha alcanzado.

Además, como puede teletrabajar y escribir sus columnas desde cualquier sitio, no tuvimos que mudarnos a una de esas grandes ciudades que tanto odiamos. Pudimos quedarnos en el hogar que hemos formado, escuchando el mar cada día y sacando a pasear a nuestros chuchos por la playa cada atardecer.

Hace seis meses decidí matricularme en la carrera de Derecho. Lo que queda de la indemnización que me dieron por daños y perjuicios no durará mucho y no quiero depender del patrimonio familiar, prefiero trabajar, hacerme a mí mismo, y he encontrado en el derecho una motivación increíble para lograr el objetivo que me propuse: hacer de España un país más justo.

Estudio con calma, porque tengo todo el tiempo del mundo, pero no por ello pierdo convicción. No quiero que nadie más sufra como yo lo hice, no quiero que ningún inocente más tenga que ingresar en prisión y corromperse como yo lo hice.

—Cielo, es la hora —dice Gabriela mientras me sorprende por detrás posando sus labios en mi mejilla—. ¿Vamos?

—Claro, amor —respondo apagando el portátil; estaba repasando el temario de una de las asignaturas.

Les ponemos las correas a los perros y salimos de casa. Nuestros pies tardan tan solo un par de minutos en estar sobre la blanda arena. Como cada día, hemos esperado a que el sol estuviese a punto de rozar la línea que lo separa del mar para dar nuestro paseo rutinario. Agarrados de la mano, caminamos por la orilla viendo cómo el agua amenaza con mojarnos los zapatos mientras nuestros hijos peludos corren como si no hubiese un mañana. En momentos tan sencillos como este descubro que la felicidad reside en los instantes más simples y, a la vez, más afortunados.

Un paseo al atardecer, una mirada cómplice llena de pasión, una película que consigue emocionarte, un baño en el mar que logra erizar tu piel, una comida familiar con risas y anécdotas pasadas, un pícnic en el bosque rodeados del cantar de los pájaros, una siesta escuchando la lluvia caer, una canción que logra hacerte viajar...

He sentido felicidad tantas veces a lo largo de estos años que ya puedo admitir que soy una persona feliz.

—Gabi, tenías razón —digo, deteniendo mis pasos. Como vamos agarrados de la mano, ella se para unos centímetros más adelante y se da la vuelta para mirarme.

—¿En qué? —pregunta con una mirada risueña.

Está preciosa, la cálida luz dorada de esta hora ilumina su rostro y hace que sus ojos brillen todavía más. El viento alborota su pelo azabache y mueve la tela de su blusa, que parece tener vida propia. De su cuello pende el colgante que le hice con la caracola que encontramos aquel primer día que compartimos en el mundo real. Nunca se lo quita y siempre que algo la pone nerviosa lo acaricia tratando de encontrar algo de calma en él. Yo también llevo la caracola que ella me regaló, aunque mi collar es algo más largo y la concha se encuentra a la altura de mi corazón.

Tiro de su mano para acercarla a mí y le coloco esos mechones salvajes detrás de la oreja.

—Todo ha mejorado, cada día duele menos y he conseguido ser feliz.

Gabi sonríe.

Al principio es una sonrisa pequeña, pero cuando pasan los segundos se va haciendo más grande. Tan grande que termina ocupando la totalidad de su rostro y se convierte en una carcajada.

Una carcajada que no tarda mucho en contagiarme.

La agarro de la cintura y, una vez que consigo cargarla sobre mi hombro derecho, corro mar adentro hasta que ambos acabamos completamente sumergidos en el agua. Cuando emergemos, nuestras risas se han convertido en una mirada compartida.

—Te quiero, Tomás —susurra acariciándome la mejilla.

—Te quiero, Gabriela —murmuro besándola con todo el amor que un corazón humano es capaz de sentir.

Agradecimientos

Escribir este libro ha supuesto todo un reto para mí. Me encantan las novelas románticas, pero esta vez quería aportar algo más; quería volver al *thriller* de mis inicios, quería volver a esa temática que toqué por primera vez con mi ópera prima *Timantti*.

No os voy a mentir: el síndrome del impostor me atacó varias veces durante estos meses, pero quise llegar hasta el final de esta historia porque sentía que tenía mucho que ofrecer, sentía que todo merecería la pena.

Y hoy puedo confirmar que no me equivocaba.

Estoy tremendamente orgullosa de *Caracola*, mi séptima novela. Ha sido un proceso duro, pero muy gratificante. Espero que la historia de Gabi y Tom os hiciese sentir, y que mis palabras os entretuviesen y os hiciesen desconectar de vuestra realidad.

Leer es viajar, es vivir otras vidas, es sentir emociones que quizá nunca antes habías experimentado. Leer es algo maravilloso, así que imaginaos lo increíble que me resulta escribir historias que son devoradas por tantos lectores... Ese siempre fue mi sueño y a día de hoy sigo asimilando que ya se ha cumplido.

Quiero dar las gracias a todos mis lectores, a todas esas personas que disfrutan mis novelas y que cada año confían en mi nueva publicación. Os lo debo absolutamente todo, gracias a vuestro apoyo puedo seguir escribiendo. Gracias por hacer reseñas de mis libros, gracias por recomendarlos y hablar sobre ellos, gracias por venir a las firmas y llenarme el corazón de alegría con vuestras sonrisas y lágrimas… ¡No sabéis lo importante que es todo lo que hacéis!

Gracias a mi editorial por seguir trabajando a mi vera, por seguir confiando en mis ideas y darme la oportunidad de plasmarlas en estas hojas.

Gracias a mi familia por acompañarme, no solo en esto, sino en cada paso que doy. Crecer en un ambiente tan sano, tan hermoso y tan lleno de amor me ha convertido en la persona que soy actualmente. Gracias a mi madre, por guiarme y ser la pieza fundamental de todos mis puzles. Vivo por ti y mataría por ti, tenlo siempre presente.

Gracias a mi pareja, Alexis, por creer en esta historia incluso cuando yo dudaba de ella. Gracias por confiar en mí incondicionalmente y amarme sin peros. Gracias por ser esa luz en la oscuridad, esa seguridad que necesito y que siempre encuentro en tu mirada. Gracias por preguntarme cada día qué tal el capítulo que había escrito, qué tal mi reunión con la editora, qué tal las correcciones… Gracias por preocuparte, por estar presente y por no dudar de mí en ningún momento.

Gracias a mi amiga Uxia, que se ha leído todos mis libros y siempre tiene consejos valiosos que regalarme. Gracias por inspirarme, por ser la mejor compañera de aventuras que podría desear y por sujetar mi mano cada vez que me caía.

También quiero aprovechar para mostrar mi agradecimiento hacia todas las obras que han inspirado esta novela. La muerte de

Jimena, un accidente atroz ante el que no se supo reaccionar, fue inspirada por los sucesos de la película *Hereditary*, un filme de terror que os recomiendo si os gusta este género. Toda la premisa del crimen aparentemente obvio, pero mal juzgado, se basa en una de mis series favoritas, *Cómo defender a un asesino*. La venganza estúpida de Tom, ya que todos sabemos que no habría conseguido nada con un cuchillo de cocina y rodeado de policías, se inspira en un momento de la película *Relatos salvajes*, que también os recomiendo encarecidamente. Y, por último, para la parte en la que Brais, preso de la locura y del miedo, apuñala el cuerpo de Jimena, me inspiré en la película *Hermandad de sangre*, un filme un poco cutre que ni siquiera llegué a ver. Recuerdo tener nueve o diez años y estar en el cine con mi madre; antes de la película que habíamos ido a ver pusieron el tráiler de esa y os prometo que se me quedó grabado en la retina. A día de hoy sigo recordando la escena que tanto me impactó y que inspiró esa acción desquiciada de Brais. Si buscáis el tráiler podréis ver a qué me refiero.

Muchas veces me preguntáis de dónde surgen mis ideas y siempre os respondo lo mismo: o bien tu propia vida te inspira, o bien es el arte el que lo hace. Películas, libros, música, series, ilustraciones... Empapaos de arte y vivid con pasión, os prometo que lo demás llega solo.